김묘진 장편소설

그늘 꽃

김묘진 장편소설

그늘 꽃

이담
Books

축대 밑을 지났습니다. 돌을 쌓고 그 사이를 콘크리트로 꼼꼼이 메워놓은 축대였습니다. 그런데 그 틈의 균열을 뚫고 잡초가 솟아나고 있었습니다. 단단함과 척박함을 뚫고 풀잎은 세상을 향해 고함을 치듯 그 가녀린 생명력을 내지르고 있었던 것입니다.

삶은 이런 것이 아닐까 생각해 봅니다. 아무리 척박해도 살아내야 하는 것. 희망을 잃지 말아야 하는 것. 그렇게 잡초처럼 세상을 향해 만용을 부리기도 하고 힘차게 솟구치기도 하는 것이 삶의 아름다움이 아닐까 생각해 봅니다. 이 소설의 주인공들도 모두 그런 삶과 맞닿아 있습니다. 이야기도 현실도 마찬가지가 아닐까요.

왜 삶은 공식이 없는 걸까? 이런 의문에 대해서도 생각해봅니다. 공식화되지 않는 삶에 대해 불현듯 그려보고 싶다는 생각이 들었습니다. 절대로 원하는 대로 되지 않는 삶처럼 만만치 않은 것이 또한 소설이었습니다.

이야기 속의 주인공들은 내가 시키는대로 행동하고 말하였습니다. 그러나 어설프게 따라 다니던 그들은 어느 순간인가부터 생명력을 가지고 행동하기 시작했습니다. 내가 오히려 그들을 따라다니는 것 같았습니다. 주인공들이 나와 소통한 것처럼 독자와의 소통도 이루어졌으면 합니다.

독자의 공감을 자아낼 수 있는 글, 울림을 줄 수 있는 글이었으면 좋겠다고 생각했습니다. 이 소설이 부디 그럴 수 있기를 소망합니다.

소설을 쓰기 위해 한동안 원주에 가 있었습니다. 하던 일이 끝나면 부리나케 영동고속도로를 달려 원주 토지문화관으로 가던 길, 하늘은 참 맑고 드높았습니다.

원주시 매지리 토지문화관의 푸르게 우거진 신록, 산책을 나가면 계곡에서 끊임없이 내 귀를 간질이던 다정한 물소리, 언제나 그리울 것입니다.

창작공간을 제공해 주신 토지문화관 관계자 여러분에게 감사한 마음을 전합니다. 이 글을 쓸 당시 후배들에게 따뜻한 사랑을 보여주시던 고 박경리 선생님의 명복을 빕니다.

그리고 책을 내도록 도와준 인천광역시 남동구 관계자 여러분과 편집을 위해 애써준 한국학술정보(주) 여러분에게도 고마운 마음을 전합니다.

2010. 12.

김 모 진

차례

셋방살이

"얘, 지은아! 밖에서 지수 뭐하나 봐라."

희연은 밖에서 놀고 있는 아이들이 궁금하여 잠시 허리를 펴고 불러
보았다. 두어 평 남짓한 방 안에는 잦은 이사를 다니느라 군데군데 칠이
벗겨진 장롱과 그에 어울리는 남루한 화장대가 나란히 놓여 있다. 한쪽
벽에는 아귀가 맞지 않아 서랍이 채 닫히지 않은 문갑이 삐뚜름하게 놓
이고 그 위에 놓인 소형 텔레비전이 이 방의 유일한 문화시설이었다. 단
출한 세간들 사이로 아이들이 놀다가 던져 버린 장난감 나부랭이들이
제가끔 흩어져 있다. 서쪽에 나 있는 작은 창문으로는 저녁이 되어서야
게으른 햇살이 비로소 얼굴을 들이밀고는 곧 사라져 갔다.

희연은 잠시 손을 비벼 본다. 따뜻한 아랫목에 발을 묻어 놓고도 어깨
가 써늘하다. 코끝이 시린 걸 보니 바깥 날씨가 꽤 찬 모양이다. 오래되

고 낡은 단독주택은 외풍을 견디지 못하고 바깥의 찬 기운을 안으로 불러들여 사람의 마음까지도 스산하게 만들었다. 희연은 나지막이 한숨을 쉰 후 하다 만 부업거리를 끌어당긴다.

'피식'

실처럼 가느다랗게 올라오는 연기를 바라보며 희연은 미간을 살짝 찌푸렸다. 작은 불빛에서 뽀얀 젖빛으로 피어오르는 가느다란 연기는 희연의 얼굴을 향해 곧장 올라왔다. 코끝으로 슬며시 잦아드는 연기를 맡지 않으려고 일부러 숨을 멈추었다. 그러는 사이 재채기가 나올 것 같은 느낌이 들어 코를 씰룩거렸다. 그녀가 하는 일은 작은 전자부품을 판 위에 고정시키고 납땜을 하는 일이다. 납이 몸에 나쁘다는데 이렇게 실처럼 피어오르는 납땜 연기를 맡는 일은 얼마나 해로운 것일까? 건강이 염려되기도 하지만 집에 받아다 하는 납땜 일이 단가가 제법 높다는 이유로 쉽게 그만두지 못했다. 한 개에 100원 하는 공임은 하루 종일 등이 아프도록 구부리고 해 봐야 만 원 남짓한 벌이가 겨우 될 뿐이다. 하지만 이나마 어린아이들을 데리고 할 수 있는 일이라는 것으로 위안을 삼는다.

희연이 사는 집은 단독주택이다. 댓 평 남짓한 앞마당 한편에는 장독대가 있고 마당을 빈틈없이 메운 시멘트 바닥에는 올망졸망한 화분이 여럿 놓여 있다. 옴치고 뛰어 봐야 네댓 살의 어린아이가 놀기에도 비좁은 마당이었다. 희연은 하던 일을 멈추고 잠시 마당에 귀를 기울인다. 그리고 방문을 살짝 열어 보고는 마당에 나와 있는 안집 아주머니의 눈치를 살핀다. 행여 아들 지수가 말썽이라도 부린다면 큰일이다. 그렇지 않아도 까다로운 주인아줌마의 눈 밖에 난 지수이다. 주인댁은 동리에서도 까다롭기로 소문이 나 있었다. 바짝 마른 북어처럼 깡마른 주인여

10

자는 갈강한 얼굴에 날카로운 눈을 언제나 번득였다. 주인여자는 딸들에게도 늘 잔소리를 끊이지 않고 해댔다. 5살 지은과 3살 지수, 어린 자식들을 둔 희연은 매사가 조심스러웠다. 주인아줌마의 비위를 거스르지 않도록 신경을 써야 했다. 하지만 어린 지수가 주인집을 자꾸 가는 데는 도리가 없었다. 그런 지수를 주인아줌마는 도끼눈을 뜨고 바라보았다. 아이는 마당에 매어 놓은 안집의 강아지를 만지며 좋아했다. 강아지를 못살게 군다고 야단을 쳤으나 한창 말썽꾸러기여서 말귀 알아들을 나이가 아니었다. 또 지수는 틈만 나면 대문을 열고 밖으로 뛰어나갔다. 주인여자는 아이가 대문을 열어 놓았다고 대놓고 역정을 냈다. 그럴 때마다 희연은 그깟 대문 좀 열린 게 무슨 대수라고 우리 아이가 구박 받아야 하나 서러웠다.

한번은 이런 일이 있었다. 갑자기 자지러지는 지수의 울음소리가 들렸다. 깜짝 놀라 나가 보니 지수가 강아지에게 물려 울고 있었다.

"아이고! 그렇게 강아지를 못살게 구니 그렇지. 어이구, 쯧쯧 검둥아, 얼마나 귀찮았니."

주인여자는 마루 위에서 내려다보며 양양거리는 말투로 오히려 강아지를 어르고 있었다. 그러면서 속으로 회심의 미소를 지었다.

'저 쪼그만 녀석이 허구한 날 마당에서 알짱거리는 게 얄밉더니 기어이 개한테 물리고 말았네. 좀 안되긴 했지만 한편으론 고소하기 짝이 없네. 그건 그렇고 저 젊은 여자는 너무나 가난하다. 아이들에게도 싸구려 과자나 먹이는 저 궁상이라니… 게다가 전기세도 많이 나올까 봐 발발 떨고 공동으로 내는 수도요금도 많다고 불만인 눈치다. 그래서 만만하다. 저 가난한 꼴은 한없이 얕잡아 볼 만하다. 그것도 그렇고 괜히 주는 것 없이 얄밉기까지 하다. 그 이유가 뭘까 곰곰이 생각해 보니 그 이유가 자기 남편에게 있었다. 어찌 된 일인지 남편은 저 여자 편을 들었다. 저 여자의 험담을 꿍덜꿍덜 늘어놓으려고 하면 남편은 그건 당신이 이해해야지라든가 그래도 새댁이 마음은 착한 것 같던데 하면서 역성을 들었다. 그건 아마 저 여자의 얼굴이 반반해서 그런 것 같기도 했다. 그러니 저 여자가 어찌 얄밉지 않을 수 있겠는가.' 주인여자는 그런 생각을 했다.

"이놈의 강아지가 어디 사람을 물어!"

화가 난 희연이 발길로 강아지를 걷어찼다.

"아니, 세상에…"

놀라서 눈이 똥그래진 주인여자의 표정을 뒤로하고 지수를 안고 방으로 들어왔다. 물린 자국이 약간 있을 뿐 다행히 큰 상처는 나지 않았다.

"지수야, 아프지. 뚝! 고만 울자. 어이구, 우리 예쁜 지수 착하기도 해라."

크게 물리지는 않았으나 놀라서 몹시 울어대는 지수를 달래는 희연은 같이 소리 내어 울고 싶을 만큼 안타깝고 서러웠다. 그 뒤부터 주인아줌마는 희연을 더더욱 쌀쌀맞게 대했다. 동네 사람이 전하는 말로는 희연이 그렇게 버릇없는 여자인 줄 몰랐다는 것이다. 감히 제가 주인 보는 앞에서 강아지를 발로 걷어차다니 그럴 수 있느냐는 것이었다. 그러면서 그렇게 극성맞고 버르장머리 없는 애는 처음 본다고 했다는 것이다. 아니 그러면 주인 보는 앞에서 강아지를 발길로 걷어차는 것은 버릇없고 강아지가 사람 무는 것은 괜찮다는 말인가. 자기도 자식을 셋이나 키웠으면서 아이 다친 엄마의 심정을 그리도 모르다니. 희연은 기가 막혔다.

그리고 주인아줌마는 지수가 강아지 밥을 먹는다고 동네방네 흉을 보

12

았다. 이제 18개월밖에 안 된 어린것이 무얼 알아서 가린단 말인가. 호기심에서 먹어 보았을 테지. 그게 어른으로서 아니 40대 중반에 이른 사람으로서 흉볼 일이란 말인가. 아무리 셋방살이를 하기로서니 공짜로 방을 살았나. 세금을 밀렸나. 까닭 없이 무시당하는 것이 너무나 힘들었다. 또 이런 말을 했다.

"아유 지수 엄마, 애를 좀 독하게 혼내지 그래. 그렇게 아이를 위하니까 아이가 점점 말을 안 듣는 거야."

좀처럼 아이를 때리지 않는 희연을 보고 하는 말이다.

"네, 아직 아이가 어려서요. 말귀 알아들을 때가 되면 때리기도 해야지요."

가뜩이나 목소리가 작은 희연은 무슨 까탈이라도 잡힐 것 같아 목소리를 더욱 낮추었다.

"무슨 말귀 알아들을 때를 기다려. 지금부터 혼을 내서 기를 꺾어 놔야 이다음에라도 말을 잘 듣는 거야. 내 보아하니 집이는 다음에 애들이 크면 아마 애들한테 휘둘릴 거야. 우리 애들 봐. 그렇게 단단히 혼나면서 자랐어도 지금 말 듣는 줄 알아?"

이렇게 당당하게 타일렀다. 때려서 말을 잘 듣게 만들겠다고? 그러면 안 때리면 말 안 듣겠네. 소 돼지인가. 때려서 말 듣도록 만들게. 희연은 속으로 이렇게 비웃었다.

희연은 이 집에 세 든 걸 후회했다. 부동산 중개비가 안 들어가는 것만 좋아서 아는 사람 소개로 온 걸 후회했지만 뾰족한 수가 없었다. 다른 데로 이사 가려면 비용도 비용이지만 방을 얻는 것도 문제였다. 반듯한 2층 연립주택이라도 얻고 싶지만 그녀에게는 그럴 돈이 없었다. 무엇보다 보증금이 얼마라도 있어야 했다. 보증금이 거의 없는 지하연립에 세 들어 살아 보았지만 생전 햇빛 한번 구경하지 못하고 어두침침했다. 그리고 습기가 나다 못해 물기가 질척거려 집 안은 늘 끕끕한 기분이었다. 원래 부실 공사한 연립이라 어쩔 수 없었다. 그런 데서는 아이들이 밝게 자랄 것 같지 않았다. 그래서 계약기간이 끝나자마자 이사를 서둘렀다. 그나마 이 집은 주인집과 마주하는 것이 불편하긴 하지만 게딱지만 한 방일망정 조금 밝다는 것만이라도 감지덕지했다.

"야, 아빠다!"

바깥의 인기척을 듣고 강아지처럼 반가워하는 아이들이다. 지은이가 문으로 들어서는 아빠를 보더니 팔짝팔짝 뛰었다. 지수도 박수를 치며 만세를 불렀다. 희연의 남편 허정민은 과자를 한 아름 방에 내려놓았다. 주머니에 조금이라도 돈이 있으면 집에 올 때마다 아이들의 주전부리를 빠트리지 않는 정민이었다. 아이들은 과자를 하나씩 집어 들고 아빠에게 대롱대롱 매달렸다. 정민은 그런 아이들을 꼭 끌어안고 볼을 비볐다. 아이 따가워. 지은이가 까르륵까르륵 자지러지며 아빠를 떠밀었다. 그러다가는 다시 달려와 매달렸다. 지수도 권투를 하자며 제 아빠에게 덤볐다. 더없이 정겨운 풍경이었다. 그런 모습을 희연이 바라보고 다가왔다.

"어쩐 일이에요? 하는 일은 잘돼요?"

남편을 제대로 뒷바라지 해 주지 못한다는 죄책감으로 며칠씩 들어오지 않아도 뭐라고 하지 않는 희연이었다. 남편은 가끔 집에 들어왔다. 일이 바빠서 그렇다는 핑계를 대고는 했지만 꼭 그렇지만은 않았다.

"응, 지금 친구와 학원을 하나 내려고 말이야."

"또요?"

정민의 말에 희연은 어두운 그늘을 드리우며 한숨을 푹 내쉬었다.

"친구가 돈을 내어 종로에 사무실을 얻었어."

"잘되기나 해야 할 텐데…."

"응, 이번엔 염려 없어. 아마 잘될거야. 지금 미국에서 같이 있던 내 친구는 말이야. 서울에서 학원 차렸는데 얼마나 잘되는지 돈을 긁어 모은다고."

정민의 호들갑스러운 말에 신이 나기는커녕 풀이 죽어 반신반의하는 희연이다.

"글쎄 이번에는 틀림없대도. 그간 당신에게 미안했던 거 이번에 다 갚아 줄게."

"…."

"그러니 여보… 나 돈 좀 해 줘. 학원 시작해서 학생을 받기만 하면 곧 갚을 테니."

"아니, 이번 한 번만, 이번 한 번만 한 게 도대체 몇 번이에요? 이제는 당신이 콩으로 메주를 쑨다고 해도 믿기 힘들어요. 한두 번 속아 봐요? 그리고 당신 알다시피 내가 돈이 어디 있어요? 나 살림할 돈 가져다줘 봤어요. 간신히 꾸려 가고 있는 거 당신이 더 잘 알잖아요?"

"알아, 알아. 내 당신에게 할 말 없는 거…. 그러니 이번만 어디 가서 돈을 좀 빌려 봐."

"나처럼 아무것도 없는 여자에게 누가 돈을 빌려 줘요? 게다가 당신이 여기저기서 빌려다 쓴 돈도 나한테 달라는 통에 지금 내가 정신이 있는 줄 알아요?"

희연은 남편이 원망스럽고 야속해서 눈물이 그렁그렁하다. 그걸 보는

15

정민은 아내에게 미안한 마음뿐이다. 아내의 말대로 한두 번 그런 게 아니다. 매번 어려운 처가에서 돈을 갖다 쓰고는 했지만 갚아 본 적은 한 번도 없었다. 정말 장모님에게나 아내에게나 면목 없는 일이었다. 그러나 어찌할 것인가. 자신이 배운 것이 그것인데 할 수 있는 게 없었다. 학원 경영이 잘만 되면 되는데 그 잘되는 게 문제였다. 학원 경영이란 실력이 있다 해도 우선 시설이 좋아야 했다. 사람들은 일반적으로 실력 있게 잘 가르치는 학원을 구별하기보다는 겉모습을 먼저 보았다. 시설이 화려하고 번듯해야 우선 신뢰한다. 그래야 수강생도 척척 등록하게 마련인데 그렇지가 못했다. 돈이 부족하니 오래되어 낡고 비좁은 건물을 얻게 되었다. 그 초라한 사무실이나마 시설투자를 해서 번듯하게 만들어야 하는데 그렇지가 못했다. 그래서 광고만 요란했다.

<미국인 2세 '크리스 허'의 점프 점프 학습법>, <죽은 문법 학습은 이제 그만!>, <30년 영어학습의 노하우, 우리 점프 학원만의 특별한 교수법을 공개합니다>, <최대한 저렴한 부담, 고객의 입장에서 상담해 드립니다>.

이렇게 고객의 흥미를 끌 만한 어휘를 총동원하기에 전력을 다했지만 결과는 늘 신통치 않았다. 그럼에도 정민은 학원만을 고집했다. 이번엔 틀림없이 될 거야. 암 되고말고. 미국에서 같이 지내던 아무개도 학원으로 성공을 했는데 나라고 안 될 게 뭐람. 지금 대한민국은 영어 열풍으로 들끓지 않는가. 이 기회를 놓치면 안 되지. 암 안 되고말고. 아무튼 이 고비를 넘기려면 어떻게 하든 아내에게 돈을 얻어내야 한다. 그래야 뭐가 돼도 될게 아닌가. 정민은 그렇게 생각했다.

서희연과 허정민이 결혼한 것은 전에 같이 근무하던 회사의 언니를 통해서였다. "좋은 사람 있는데 너 한번 만나볼래? 미국 유학까지 했다는데 말이야, 나이가 좀 많아." "얼마나 많은데요?" "응 서른다섯" "그렇게 많아요?" "자기하고는 좀 차이가 나긴 하지? 그렇지만 사람은 참 착해." "미국 유학을 갔다 왔다는 사람이 왜 나한테?" 희연은 고등학교를 졸업했을 뿐이니 학벌로 봐서 그의 상대는 아니었다. "그 사람은 말이야 학벌은 관계치 않는다는군. 착하고 예쁜 사람을 소개해 달래." "뭐하는 사람인데요?" "지금 ○○고등학교에서 교편을 잡고 있어."

명숙 언니는 그를 그렇게 소개했다. 희연은 해사한 용모와는 달리 그때까지 단 한 번도 연애를 해 본 적이 없는 숙맥이었다. 쫓아다니는 남자가 없지는 않았으나 희연은 남자를 사귀는 것이 죄악처럼 생각되었다. 그건 가정교육 때문이었다. 평범하면서도 유교적 가풍이 고스란히 남아 있는 집에서 희연은 성장했다.

여자는 얌전해야 한다. 남자 사귀는 것도 안 된다. 10시 이후에 돌아다니지 마라. 딸자식에게는 금지하는 것도 많았다. 어른들 말을 거역할 줄 몰랐던 착한 희연이었다. 그러니 당시에 노처녀 고개를 넘어가는 스물일곱 살 먹도록 남자친구 하나 사귀지 못한 숙맥인 건 어쩌면 당연했다. 처음 만난 정민은 크게 마음에 끌리지도 않는 그저 그런 남자에 불과했다. 아니 희연은 남자를 만나도 좋은 건지 괜찮은 건지 자신이 판단하기도 모호할 만큼 맹한 구석이 있었다. 어쨌든 소개해 준 사람의 체면도 있었던 터라 차나 한잔 마시고 별 생각 없이 그들은 헤어졌다.

그리고 한참을 지난 어느 봄날이었다. 세상은 바야흐로 봄의 축제가 시작되고 있었다. 여기저기서 꽃들의 향연이 벌어졌고 처녀의 마음도 싱숭생숭 봄처럼 무르익어 가고 있었다. 그날은 더욱 그랬다. 농염할 대로 농염해진 봄기운에 취해 벚꽃이 여린 꽃잎을 하르르하르르 날리기 시작하고 있었다. 희연이 어느 교회 앞을 지나가고 있었는데 희연 씨 하며 누군가 자기를 부르는 소리가 들렸다. 그녀는 두리번거리다가 비로소 소리가 나는 쪽으로 고개를 돌렸는데 계단 위에서 웬 남자가 자신을 부르고 있었다.

그때 교회 종소리가 뎅그렁뎅그렁 꿈결처럼 울려 퍼지고 있었다. 늦은 오후, 계단 위에서 그 남자는 지는 햇살을 받으며 서 있었고 황혼의 빛이 불그레하게 그의 전신을 물들이고 있었다. 하얀 이를 드러내고 활짝 웃는 그 모습이 왜 그렇게 늠름하고 다정하게 느껴지던가. 아득히 올려다본 순간 희연은 백마 탄 왕자님을 연상했다. 그는 다름 아닌 얼마 전 선을 봤던 남자였다. 한눈에 반한다는 말은 이런 경우를 두고 하는 말이었다. 아, 네. 안녕하세요. 희연은 얼굴이 붉어져서 더 이상 아무 말도 하지 못하고 그 자리를 도망치듯 떠나고 말았다. 그런데 문제는 그 후부터였다. 시간 날 때마다 왕자님처럼 웃던 그 남자의 모습이 떠오르는 것이었다. 별일이야. 희연은 아무렇지도 않은 척 잊어버리려 했지만 날이 갈수록 그의 모습은 선명해졌다. 큐피드의 화살은 그녀에게 깊숙이 박혀 더 이상 어찌할 수 없는 지경이 되고 말았던 것이다. 급기야 상사병 초기의 증상이 시작될 무렵 희연은 소개해 준 언니를 스스로 찾아나서고야 말았다.

"언니, 나…."

희연은 말을 꺼내지 못해 머뭇거렸다.

"지난번 그 남자 만났다."

"그래, 어디서?"

"그냥, 우연히….”

말을 끝내자마자 희연은 얼굴이 빨개졌다.

"그랬어?"

그러고 끝이었다. 세상에나, 저 언니 눈치코치도 없지. 내가 그 남자를 만났다는데 자기가 소개해 줘 놓고 그게 뭐야. 혼자 투덜투덜했고 눈치 못 채는 언니가 야속하기 그지없었지만 더 이상 이야기를 진전시키지 못했다. 집에 돌아와서도 그녀는 끙끙 벙어리 냉가슴을 앓았다. 밤새잠 못 이루는 날도 생겨났다. 참다못해 사흘 후 다시 언니를 찾아 나섰다. 다시 똑같은 말을 했다. 그런데 언니는 별다른 생각 없이 "너 지난번그 말 하지 않았니?" 하고 마는 것이 아닌가!

채반으로 건져 놓은 국수처럼 맥이 쭉 빠져 집에 돌아온 희연은 그일을 잊어버리려고 애썼다. 그런데 인연이란 그런 것인지 잊으려고 애를 쓸수록 그 남자의 인상은 화인처럼 박혀 그녀의 가슴에서 떠날 줄 몰랐다. 어느 날 명숙 언니를 우연히 길에서 다시 만났다. 희연은 언니가마치 헤어졌다 십 년 만에 만난 것처럼 반가웠다. 그래서 슬며시 그 남자 이야기를 또 꺼내기에 이르렀다. 그래? 명숙 언니는 의아하게 생각하다가 그녀의 의도를 짐작했다. 아이고 요런 맹추. 그녀는 속으로 큭큭웃었다. "희연아, 그 남자 다시 만나게 해 줄까?" 하고 말을 건넸다. "아니 언니, 그게 아니고….” "아니긴 뭐가 아냐, 요것아.” 이래서 둘은 다시만나게 되었던 것이다.

정민의 입장에서는 희연이 싫지 않았다. 그녀의 미모가 그다지 끌리지 않는 것은 아니었지만 그렇다고 몸 달 만큼은 아니었다. 미팅 후 본인이 응하지 않는다고 해서 끝내고 말았는데 뜻밖에 연락이 온 것이다.
다시 만난 두 사람은 급속하게 가까워졌고 결혼까지 하게 되었다.

불행한 성장 과정

　어린 허정민은 대문 앞에서 망설였다. 그리고 잠시 손을 비벼 보았다. 어느새 손이 시릴 만큼 밤바람은 서늘했다. 그는 초인종을 누를지 담을 넘을지 한참을 망설이다가 담을 넘기로 했다. 괜히 초인종을 눌러 봐야 좋을 게 없었다. 가정부 아줌마가 나오겠지만 거실에 새엄마라도 있으면 그 눈총을 받을 게 싫고도 끔찍했다. 의붓아들인 정민이라면 무슨 꼬투리라도 그냥 두지 않는 새엄마였기 때문이었다. 몰래 담을 넘어 부엌문으로 들어갔다가 부엌문과 연결된 광에 숨어들었다. 그리고 거실에 귀를 기울였다. 거실에 아버지만 있거나 혹은 새엄마가 안방으로 들어가고 없으면 몰래 2층으로 숨어들 작정이었다.

　"너 이년! 이거 왜 여기 있어. 엉! 이런 거 제자리에 놓으랬지!"

　새엄마의 고함소리가 거실에서 들려왔다.

21

"엄마 안 그럴게요. 얼른 갖다 놓겠습니다."

허둥대는 동생 정희의 목소리가 뒤를 이었다. 정민은 정희가 불쌍해 가슴이 미어졌다. 하지만 자신의 힘으로는 어쩔 수 없는 일이었다. 내가 어른만 된다면 가만있지 않으리라. 동생 정희를 구출해서 멀리멀리 새엄마 없는 곳으로 도망을 가리라. 아아, 언제나 어른이 되나. 어린 마음이 안타까움으로 터질 것만 같았다. 그나저나 새엄마가 안방으로 들어가서 잠들거나 해야 할 텐데. 거실에서 사라져 주기만을 바라는 정민은 애가 타고 몸이 달 지경이었다. 광에서 웅크린 정민은 점차 추위를 느끼며 몸을 더욱 공처럼 웅크렸다. 꾸벅꾸벅 졸음이 왔다. 그러다가 광에서 잠이 들었다. 얼마쯤 지났을까. 갑자기 한쪽 귀가 떨어질 것 같은 아픔에 눈을 떴다.

"아니 이놈이 언제 몰래 들어와서 여기서 잠자고 있었어? 이런 망할 놈 같으니. 들어왔으면 인사하고 얼른 씻고 자야 할 거 아냐! 이런 엉큼한 놈, 너 여기서 뭐 하고 있었어. 이 음흉한 놈이 장차 뭐가 되려고 이러나 그래!"

정민의 귀를 잡아당긴 새엄마는 정민을 질질 끌다시피 거실로 데리고 들어왔다. 정민은 그만 사색이 되어 두 손을 싹싹 빌었다. 그런 정민을 날카롭게 노려보며 새엄마는 이곳저곳을 꼬집어 비틀었다.

"그리고 너 이리 좀 와 봐."

그녀는 정민을 끌고 그의 방으로 데리고 올라갔다. 정민의 방 안에는 자루가 놓여 있었고 새엄마는 그 자루를 거꾸로 들고 안에 있는 물건을 와르르 쏟아놓았다. 자루 안에는 구슬과 딱지, 그리고 만화책과 그 또래의 소년이 가지고 노는 잡다한 장난감 나부랭이가 쏟아져 나온다.

22

"이런 거 가지고 놀지 말랬지. 그런데 이게 뭐야?"

새엄마는 호되게 꾸짖었다. 정민은 벌벌 떨린다. 숨긴다고 숨겼는데 새엄마는 언제 내 방을 뒤졌을까? 좀 더 잘 감추지 못한 것이 후회스럽다.

이런 것뿐만이 아니었다. 하다못해 낙서를 하고 있어도 혼이 나야 했고 장난을 치고 있어도 경을 쳐야 했다. 밥을 먹을 때도 눈치를 보아야 했다. 밥을 빨리 먹지 않는다고 야단을 쳤고 자세가 바르지 않다고 눈을 흘겼고 사사건건 트집을 잡혔다. 그래서 정민은 집 안에 있는 것이 싫어서 집 밖으로 빙빙 돌았다. 장난감 따위는 가지고 놀 수조차 없었다. 새엄마는 보기만 하면 노발대발했다. 그 또래의 아이들이 놀 수 있는 모든 것은 금지의 대상이었다. 자기 방에서 놀다가도 새엄마의 인기척이 들리면 무조건 감추고 보았다. 이렇게 정민은 무엇이든지 감추는 버릇이 생겼다.

자신의 소생이 없었던 새엄마는 전처의 자식인 정민과 정희 남매를 좀 다독이며 키워도 좋으련만 그렇지가 못했다. 원래 성정이 모질고 독한 그녀는 정민 남매가 꼴도 보기 싫었다. 밥을 먹는 것도 눈앞에 알씬거리는 것조차도 웬일인지 싫기만 했다.

정민의 생모는 정민이 4살 때 죽었다. 모진 것이 사람 목숨이라 하지만 어이없이 죽을 수 있는 것도 사람의 목숨이었다. 정민의 엄마는 평소 소화가 안 되는 것 같아 병원을 가게 되었다. 가벼운 위염이라는 진단을 받고 약을 먹었는데 증세는 가라앉지 않고 점점 더 심해져 갔다. 얼마 후 종합병원으로 가니 위암이라는 것이다. 위 절제수술을 받으면 살 수도 있다고 했는데도 정민의 엄마는 수술을 안 받겠다고 고집을 부렸다. 자연요법으로 고치겠다고 이런저런 방법을 혼자 강구했고 어떠한 말도 듣지 않았다. 그렇게 터무니없이 고집을 부리는 사이 암은 급속하게 퍼져 나가서 손도 쓸 수 없을 지경에 이르고 말았다. 어린 남매는 어미의 죽음이 뭔지도 모르고 지낼 만큼 어렸다. 어미가 죽은 것도 모르고 당시 네 살배기 정민은 엄마의 배 위에서 말을 타고 놀았다고 한다.

그렇게 어이없게 아내를 잃은 정민의 아버지 허만호는 남은 아이들을 잘 키우고자 결심했다. 잘 키우려면 이복형제가 없어야 한다고 생각했다. 새로 얻은 아내가 자식을 낳고 제가 낳은 아이와 정민 남매를 차별한다면 어쩔 것인가. 그는 자신의 부친이 후실을 얻어 이복남매 간에 질시와 질투가 심한 가정에서 자랐기 때문에 자신의 아이들이 그런 상황에 처해질지도 모른다는 것을 용납할 수 없었다. 새 장가를 들더라도 절대 다른 자식은 낳지 않으리라. 그는 그렇게 결심했다. 돈 많은 30대의 홀아비는 그 나름대로 좋은 혼처였다. 처녀장가를 들라는 중매도 수없이 들어왔고 여기저기서 소개해 주겠다는 사람도 많았다. 그러나 그는 단호히 거절했다. 그까짓 철없는 처녀와 맺어 봐야 자식에게 잘해 줄 것 같지 않았다. 여자가 아쉬웠던 젊은 홀아비는 생리적 욕망을 해결하기 위해 그리고 타고난 바람기와 함께 여자를 끊임없이 갈아 치웠다. 돈만 있다면 여자는 얼마든지 구할 수 있었다. 그는 그러다가 양품점을 경영하던 여자를 만났다.

그녀는 원래 다방을 경영하던 여자였으나 그만두고 번화가에다 양품점을 개업했다. 당시 여자 나이 30대 중반이면 총각에게 시집갈 나이가 넘어도 훨씬 넘던 시절이었다. 제대로 된 총각이 그때까지 미혼일 리 없는 경우가 대부분이어서 그녀는 총각에게 시집가기를 포기하고 있었다.

옷가게의 경험이 없었던 만큼 장사가 시원치 않았다. 다방업으로 벌어 놓았던 돈도 야금야금 바닥을 드러낼 즘 허만호를 만났다. 여성복과 남성복을 함께 팔았던 그녀에게 허만호는 단골손님이었다. 그녀는 허만호를 꽉 잡아야겠다고 생각했다. 정숙한 척하면서도 전직이 있었던 만큼 갖은 아양을 다 떨어 허만호의 마음을 사로잡았다. 그러다가 허만호가 처녀와 결혼하지 않는다는 걸 알게 되었다. 그녀는 작전을 달리해서 자신은 한 번 시집갔으나 아이를 못 낳아 소박맞은 여자라고 둘러댔다. 그녀는 사실 아기를 낳을 수 없었다. 다방으로 전전하면서 10여 년이 넘는 세월이었다. 정이 들어 혹은 돈 때문에 이 남자 저 남자 전전하다 보니 몇 번의 임신을 했고 낙태를 거듭하다 보니 언제부터인지 남자와 관계를 해도 애가 들어서지 않게 되었다. 허만호 역시 그녀가 싫지 않았을 뿐만 아니라 안성맞춤이었다. 무엇보다 아이들을 돌보아 줄 엄마가 있어야 했고 이 여자는 더구나 자신의 아이를 낳을 수 없다지 않는가. 그래서 둘은 맺어졌고 여자는 허만호의 안방을 차지했다.

여자는 30대 중반에 5살, 7살 남매의 어머니가 되었다. 그녀는 성정이 모진데다가 어린아이들에게 애정이 없었다. 저깟 전실 자식 키워 봐야 내가 그 덕 보겠어? 이렇게 생각했고 아이들의 치다꺼리가 귀찮고 불편하기만 했다. 그래서 아이들이 장난감을 가지고 놀면서 조금이라도 집안을 흩트리거나 어지럽히는 꼴을 못 보았다. 허만호가 집 안에 있을 때는 뭐라 하지 못했지만 그가 없을 때는 가만두지 않았다. 아이들이 마음에 들지 않는다고 때리면 멍들거나 상처가 날 우려가 있었다. 그래서 그녀는 표 나지 않게 꼬집거나 모질게 구박했다. 남자아이였던 정민은 그래서 집에 있지 않고 새엄마의 눈총을 피해 밖으로만 빙빙 돌았다. 여자아이인 정희는 그러지 못했다. 새엄마의 구박을 받아 가며 날로 침울해졌다. 그래서 점점 표정 없는 아이로 자라났다. 어린아이란 장난치며 노는 것 자체가 학습이며 생활이다. 그렇게 늘 끊임없이 움직여야 하는 어린아이가 박제된 인형처럼 가만히 있어야 한다는 것은 마치 어른을 감금하고 묶는 행위와 다름이 없었다. 정희는 아버지가 사다 준 인형조차도 마음대로 가지고 놀 수 없었다. 인형에게 옷을 입히고 혼자라도 소꿉놀이를 하려면 방 안에 무언가를 늘어놓아야 했고 그렇게 되면 집 안을 어지럽힌다는 새엄마의 불호령이 떨어졌다. 그래서 아버지가 사다 준 화려한 옷을 입은 비싼 인형은 우두커니 늘 문갑 위에 놓여 있어야만 했다. 역시 인형처럼 화려하고 비싼 옷으로 치장하고 머리를 종종 땋아 내린 정희는 인형처럼, 정물처럼 거실에 혼자 오도카니 앉아 있어야 하는 날이 많았다. 그래서 정희는 새엄마가 지시하지 않는 것이면 아무것도 하지 못하는 아이가 되고 말았다. 정희는 유치원에서도 아이들과 어울려 놀지 못했고 전혀 적응을 하지 못했다. 드디어 자폐아란 진단이 내릴 정도로 비정상적으로 자라고 있었다.

허만호는 이런 아이들의 상태를 눈치채게 되었고 점차 잔소리를 하게 되었다. 그리고 급기야는 사이가 벌어져 헤어지기에 이르렀다. 계산이 빠른 여자는 위자료로 꽤 많은 돈을 거머쥐었다. 허만호는 여자에게 큰돈을 위자료로 주었지만 그의 재산은 별로 변동이 없었다. 모두 살기 어렵고 어수룩한 시절이었다. 머리가 남다르고 손재주가 좋았던 그는 이재에 밝았다. 게다가 타고난 천운이 있었는지 하는 사업마다 불 일듯 일어났고 돈이 붙었다. 그는 수입목재를 사들여 가공하는 목재업을 하면서 큰돈을 벌었다. 그리고 한쪽으로는 포목점이나 벽지를 취급하는 도매상을 냈다. 몸이 두 개라도 모자랄 만큼 사업에 바빴고 그만큼 돈도 많이 빌있다. 그는 다시는 아이들 때문에 아내를 얻지 않으리라 생각했지만 그것도 쉽지는 않았다. 우선 집안이 안정되지 않았다. 그래서 두 번째 여자를 얻었다. 아이들은 다시 새엄마를 맞아들였지만 역시 오십보백보였다. 두 번째 여자도 자식을 낳지 못하도록 했지만 그녀도 역시 아이들에게 애정을 주지는 않았다. 엄마가 바뀌었어도 아이들은 여전히 눈치꾸러기였다.

정민은 저학년 때에는 공부를 곧잘 했지만 부모의 관심을 받지 못하는 아이들이 대부분 그렇듯 학년이 올라갈수록 성적이 나빠졌다. 아버지는 아들에게 소소한 것까지 관심 가질 여가가 없었고 새엄마는 성적이 나쁘다고 호통을 쳤지만 매번 성적표에 관심을 기울일 만큼 성의가 있지는 않았다. 정민도 새엄마가 성적표를 보자고 하지 않는 한 스스로 보여 주는 일이 없었다. 그리고 정민은 나쁜 습관을 가지고 있었다. 새엄마에게 길들여졌던 대로 무슨 일이든 감추려고 하는 것이 탈이었다. 아이들끼리 구슬치기나 딱지치기를 하다가도 어른이라도 오면 얼른 감추었다. 그럴 필요가 전혀 없는 경우에도 그랬다. 그리고 별것 아닌 일로도 거짓말하는 것을 당연하게 여겼다. 그것이 습관처럼 굳어져 갔다.

아이들 사이에서도 정민은 사소한 거짓말을 해서 신용을 잃었다. 한번은 아이들에게 자기는 형이 있는데 그 형은 서울에서 경기중학교를 다니는 형이라는 터무니없는 거짓말을 했다. 그는 외아들이었고 손이 귀했다. 아버지도 외아들이어서 그런 형은 사촌이라도 있지 않았다. 그런 거짓말은 곧 탄로가 나고 만다. 이러한 일들이 자꾸 되풀이되면서 정민은 아이들 사이에서 신용을 잃게 되었다.

정민의 아버지는 새엄마의 눈치를 보는 아들이 안쓰러워서 용돈만은 아쉽지 않게 쓰도록 많이 주었다. 그래서 어린 정민은 돈을 헤프게 썼다. 용돈만은 풍족해서 갖고 싶은 게 있으면 쉽게 사서 쓰고 금방 남을 주었다. 늘 풍족한 용돈 앞에 아이들은 아무도 그에게 이의를 제기하진 않았다. 그는 그 시절에 하고자 하는 일이면 아버지의 재력에 힘입어 경제적인 고통은 모르는 대신 새엄마의 눈치와 구박에 집에 있기 싫었다. 여동생 정희가 새엄마에게 꼼짝 못 하고 집에만 있는 반면 정민은 한시도 집에 있는 날 없이 밖으로만 돌았다.

정민이 고등학교를 졸업할 무렵 정민의 아버지 허만호는 아들의 진학문제에 고민을 하게 되었다. 자신의 재력과 명성에 걸맞게 좋은 대학을 가길 원했지만 정민의 성적으로는 어림없는 일이었다. 허만호는 자식교육에 관심이 있었지만 특별하게 식견이 있진 않았다. 그런데 정민이 미국 유학을 가겠다고 아버지를 졸랐다. 그건 어쩌면 반가운 일이었다. 남 보기에도 그럴듯하고 본인에게도 좋은 일인지도 몰랐다. 미국에서 아무리 똥통학교를 나왔다고 해도 영어 하나는 확실하게 배우리라. 허만호는 그렇게 생각했다. 돈이야 얼마든지 있겠다. 제깟 놈이 미국 땅에서 돈을 써 봐야 얼마나 쓰랴. 아니 오히려 젊은 놈이 바람도 피우고 돈도 쓸 줄 알아야 이다음에 뭐가 돼도 된다. 그는 이렇게 생각했다.

그래서 정민은 미국 유학을 갔다. 그가 어학연수 2년 정규대학 4년간을 미국에서 다녔지만 공부는 제대로 하지 않았다. 집안에서 새는 바가지는 나가서도 샌다고 한국에서도 어영부영 공부 안 하던 그가 미국에 갔다고 열심히 할 턱이 없었다. 그가 다니던 대학도 정민 못지않게 엉터리여서 출석마저 제대로 하지 않아도 성적을 주는 학교였다. 그러나 아버지에게는 어학연수 끝내고 컬럼비아 대학을 들어갔다고 말했다. 이놈 거짓말 하고 있네. 아버지는 그렇게 생각했지만 그 말을 믿고 싶었다. 아니 믿지 않으면 어쩌랴. 너 공부 제대로 안 하니까 한국으로 들어와라 하고 싶지는 않았다. 무엇보다 체면 깎이는 일이었던 것이다. 정민은 사실 컬럼비아 대학에서 어학연수를 했을 뿐이었다. 그러나 컬럼비아 대학에 정식 학부생이라는 것을 증명하기 위해 그는 그 대학 앞에서 사진을 찍고 또 찍었다. 특히 코 큰 본토박이 학생들과 어울려 찍은 걸 아버지에게 보냈다. 아버지는 매우 흡족했다. 아들이 정말 컬럼비아대학을 다니고 있는 것이라든가 실력이 있느냐 같은 것은 그의 관심을 그다지 끌지 못했다. 허허, 이놈이 그래도 제법이네. 그 사진은 친척은 물론 거래처나 그가 아는 모든 사람에게 자랑거리가 되기에 충분했다. 아무려면 어떤가. 여기서도 공부 제대로 안 하던 놈이 미국 땅이라고 갑자기 잘했을 리는 없는 것이고 아비의 마음을 읽어 체면 세워 줄 사진이나마 보내 주는 걸 기특하게 여겼다.

미국 유학 6년을 마치고 그는 귀국했다. 그는 컬럼비아 대학 졸업장이 아니어도 대학교수쯤은 문제없으리라 믿었다. 어쨌든 대학졸업장은 있었고 아버지가 어떤 분인가. 뭐든 이루시는 분이었고 백 쓰고 돈 쓰면 어떻게든 될 줄 알았다. 그런데 그것도 마음대로 되지 않았다. 그는 자신의 진로를 수정했다. 그의 포부가 터무니없이 크고 남달랐다. 그까짓 대학교수는 뭐하러 하냐? 내가 대학을 세우고 말리라. 그래서 교수들을 부리는 사람이 되리라. 때는 70년대 초반, 바야흐로 너도나도 대학을 가고자 하는 수요는 많았지만 대학교는 턱없이 부족했다. 그는 전문대를 세우기로 결심했다. 서울에서는 어림없는 일이어서 그는 한적한 지방 도시로 갔다. 이미 가세가 기울대로 기울어진 아버지에게 얼마간 돈을 타내고 지역에 있는 유지들을 이사로 끌어들여 협조를 받고 건물의 기초를 닦았다. 지역의 유지들은 정민의 말에 입이 딱 벌어졌다. 낙후된 시골지역에 대학이란 생각도 못 한 거였고 이곳 아이들도 쉽게 저렴한 학비로 대학을 갈 수 있다는 말에 현혹되었다. 더구나 미국에서 유학까지 한 선생이 대학을 세운다는 일에 감격하여 그를 구세주처럼 떠받들었다. 학교 인가를 내기로 하고 우선 가건물을 지었다. 시설을 갖추고 인가가 나기도 전에 학생부터 모았다. 학비를 시중 대학보다 반만 받고 5개 학과를 모집했다. 그리고 전문대를 졸업하면 취업이나 서울대 편입은 문제없이 보장한다고 허위광고를 내었다. 학교는 시설이 턱없이 부족해서 전문대는커녕 전문학교 인가도 받기 어려운 형편이었다. 그러나 쉬쉬하면서 '만수전문대학교'라는 간판을 내걸었다. 형편없는 시설에 의문을 품은 학부형 하나가 당시 문교부(지금의 교육부)에 알아보았고 그 사실은 곧 탄로가 났다. 좁은 지역사회에서 그 사실은 큰 파장을 일으켰다. 급기야 그는 사기죄로 고발당하고 말았다. 그는 구속을 당했고 재판을 받았다. 결과는 6개월 징역에 집행유예 1년형을 선고받았다. 구류를 산 기간이 6개월이나 되어 곧 풀려났지만 그로 인해 그는 사회생활에 신뢰를 잃고 말았다.

이런 게 아니었는데…. 자신의 인생은 정말 이런 게 아니었다. 미국 유학 시절만 해도 참 화려한 꿈을 꾸었다. 고국에만 오면 금의환향하고 출셋길이 훤히 열릴 줄 알았다. 사업을 할까? 아니면 학교로 가서 이럭저럭 강사로 비벼대다가 교수가 될까? 웬만한 대학의 교수쯤은 가능할 것 같았다. 아니 무엇이나 가능할 줄 알았다. 그런데 되는 일이 하나도 없었다.

게다가 아버지마저 그 많던 재산을 날리고 달랑 집 한 채뿐이었다. 노름으로 다 날렸다고 했다. 아버지의 노름은 늙어서 시작한 게 아니었다. 젊을 적부터 노름에는 호가 나 있었다. 그에게 있어 노름은 지인들끼리의 교제 수단으로서 사업의 일환이기도 하고 취미이기도 했다. 젊었을 때는 노름에 잃어도 사업이 잘될 때여서 문제가 없었다. 노름이란 따기도 하고 잃기도 하는 법이지만 아버지는 가세가 기운 늘그막에도 노름하던 습관을 버리지 않아 노름을 멈추지 않았다. 젊을 때 사업 잘되던 때와는 달리 벌어들이는 돈이 없으니 차츰 재산도 바닥을 드러냈다.

정민은 어영부영 놀다가 고등학교 선생으로 취직을 했다. 하지만 고등학교 선생이 성에 차지 않았다. 또 다른 문제는 그의 쓸데없는 거짓말이었다. 그의 거짓말은 자신이 불리한 경우에 처해지거나 불안감을 감추기 위해 자기도 모르게 조건반사처럼 튀어나오곤 했다. 미국 유학을 갔다 왔다는 것은 천하가 다 아는 일인데 자꾸만 없는 거짓말을 보탰다. 미국 대통령이 주는 우수학생에 뽑혀 백악관에서 표창장을 받았다느니 컬럼비아 대학에서 수석을 했다느니 자기 아내는 E여대를 나와서 역시 미국 유학을 한 재원이라느니 안 해도 될 거짓말을 자꾸만 했다. 그런 거짓말은 선생들 사이에서 '그렇게 대단한 인사가 왜 고등학교 선생을?' 하는 의문을 낳았다. 그리고 그런 빤한 거짓말은 곧 탄로 나게 마련이었다. 거짓말이 탄로 남과 동시에 흥거리가 되었고 선생들 사이에서도 따돌려지게 되었다.

제깟 놈들이 뭔데 날 무시해. 그래 봐야 국내 대학 사범대 출신들 아닌가. 자기는 그야말로 미국대학 졸업생이었으니 그까짓 고등학교가 성에 차지 않았다. 너나없이 대학 가기도 힘들던 시절에 어엿하게 유학까지 갔다 온 처지에 고등학교 선생이 웬 말인가. 그는 선생 일을 그만두었다. 그가 그만두었다기보다는 실력 없는 선생으로 낙인찍혀 밀려나고 말았다. 그놈의 문법이 문제였다. 회화에는 별문제가 없었으나 문법은 공부한 적이 없어서 학생들에게 설명을 제대로 하지 못했던 것이다. 그렇게 놀다가 다시 다른 학교를 들어갔다가 비슷한 경로를 거쳐 또 나오게 되었다. 그러다 보니 자연스럽게 백수건달이 되었다.

정민은 희연이 첫 여자가 아니었다. 이미 요꼬라는 여자와 결혼을 약속한 적이 있었다. 미국 유학 시절에 사귀었던 일본계 미국인이었던 여자였다. 일본이라는 나라는 한국과 정서가 가장 가까운 나라였다. 지리적으로도 가깝고 일본의 식민지였던 탓에 많은 부분을 공유한 것이 두 나라였다. 그러다 보니 타국에서 일본인과 한국인은 가장 잘 맞는 사이였고 인종전시장 같은 미국에서 둘은 마치 같은 나라 사람인 것처럼 오해받을 적이 많았다. 둘은 깊이 사귀었고 서로 사랑했고 결혼을 약속했다. 요꼬는 정민의 아이를 임신하게 되었고 정민의 공부가 끝나 둘은 결혼을 하러 한국으로 왔다. 같이 기거를 하게 된 집에서 요꼬는 새엄마의 편견과 미움을 견디지 못했다. 인정머리 없는 계모는 여지없이 이국의 처녀에게 시집살이를 시키려 들었고 아들과 함께 그녀를 미워했다. 식성이 다르다고 미워했고 시부모 봉양을 못한다고 눈총을 주었다. 설상가상으로 유산까지 하게 되어 견디다 못한 그녀는 울며불며 다시 미국으로 돌아가고 말았다. 정민은 한동안 방황해야 했고 사랑의 상처만 남은 채 세월을 보내야 했다. 계모의 눈총이 쏟아지는 집에서 있을 수 없었던 정민이 취할 수 있었던 좋은 방법은 여자를 얻어 동거를 하는 것이었다. 그래서 정민은 이 여자 저 여자 가리지 않고 사귀다 쉽게 헤어졌다. 그러다 희연을 소개로 알게 되었고 결혼까지 하게 되었다. 희연이 마음에 든 또 하나의 이유는 그녀의 어머니를 만나고부터였다. 알뜰살뜰 자식의 마음까지도 챙겨 주는 어머니, 그야말로 자식이라면 지옥불도 마다하지 않을 것 같은 어머니상에 매료되었다고 해도 과언이 아니었다. 나에게 저런 어머니만 있었다면, 아니 저런 어머니는 고사하고 차라리 새어머니 없이 자라기만 했어도 이렇게 불행하지는 않았을 것 같았다.

정민이 결혼할 때에는 처갓집에다 자신은 고아에다 변변한 일가붙이가 없는 사고무친이라고 했다. 그가 처가에 거짓말을 한 것은 예전에 요꼬의 일이 생각났기 때문이었다. 요꼬를 데려다 놓고 시집살이를 시키던 계모의 일이 생각나 처가에다는 차라리 사고무친이라고 하는 편이 편했던 것이다. 괜히 양가를 소개해 놓고 계모가 자신의 과거 일을 들추어내서 이러쿵저러쿵하면 산통 깨트리기 십상이었고 희연을 시집살이를 시키겠다고 모질게 닦달할 일도 끔찍했다. 그리고 사실대로 말하면 늘 불이익을 당한다는 어릴 때의 뼈아픈 경험이 습관이 되어 불러온 결과였다. 그래서 누구보다도 거짓말을 죄의식 없이 쉽게 했다.

정민은 자신의 아버지를 닮아 천성적으로 부지런했다. 희연의 아버지가 돌아가신 집에서 희연의 어머니는 하나뿐인 사위인 정민을 의지했고 착하고 부지런한 정민이 마음에 들었다. 돈벌이만 잘하면 정민은 더할 수 없는 사위였다. 마음씨도 착하고 희연을 끔찍이 위할 줄도 알았다. 희연도 행복했다. 곧 지은이가 태어났다. 문제는 가난이었다. 넉넉지 못한 처갓집에 얹혀 있으면서 정민은 나다니기만 했지 돈을 벌어 올 줄 몰랐다. 게다가 씀씀이마저 헤펐다. 정민으로서는 돈을 벌고 싶지 않은 것이 아니었다. 대학 강사도 알음알음으로 가게 마련인데 그것도 쉽지 않았고 손을 써 줄 아버지는 이미 재산을 탕진해 이빨 빠진 호랑이였다. 희연을 만날 때 학교 선생이었지만 얼마 다니지 않아 그만둔 상태였다. 처갓집에 얹혀 있는 신세도 하루 이틀이지 허구한 날일 수는 없었다. 그들은 희연의 어머니가 해 주는 돈으로 처갓집에서 나와 분가를 했다. 뚜렷한 직업이 없었던 정민은 밖으로 빙빙 돌았다. 집에 안 들어가는 횟수가 잦아지고 점차 집하고는 멀어졌다. 희연은 그런 남편에게 뭐라 할 수도 없었고 사회적으로 출세하지 못하는 것이 안쓰럽기만 했다. 그러면서도 착하고 똑똑한 남자이니 언젠가는 잘되겠지 하면서 막연히 기대를 저버리지 않았다. 나름대로 어린아이들을 데리고 부업을 하기도 하면서 어려운 살림을 근근이 꾸려 나갔다.

입사

"엄마 이거 하면 돈 많이 벌어? 난 엄마가 돈 많이 벌었으면 좋겠어요."

투정을 부리는 지수를 간신히 달래고 전자부품을 조립하는 일을 하고 있는 엄마를 쳐다보며 일곱 살이 된 지은이가 묻는 말이다.

"그래 지은아, 엄마는 돈 많이 벌 수 있어. 돈 벌어서 지은이 예쁜 옷 도 사 주고 맛있는 것도 많이 사 주고 또 좋은 집도 사야지."

"정말이요? 엄마 근데 나는 예쁜 옷 안 사 줘도 돼요."

"왜??"

희연이 의아한 듯 돌아본다. 평소에 예쁜 옷만 보면 그렇게도 부러워하지 않았던가.

"그러면 엄마가 돈을 많이 쓰잖아? 엄마가 돈 많이 쓰는 건 난 싫어. 그러면 엄마가 가난해지잖아요."

이 어린것이 가난이라는 의미를 알까? 유난히 눈이 커서 왕눈이라는 별명이 붙은 지은이의 큰 눈이 깜빡거리는 걸 바라보며 희연은 슬며시 웃음이 나온다. 그리고 딸의 엉덩이에 손을 대고 토닥인다.

"그래그래, 우리 착한 지은이 유치원도 보내 주고 그래야지."

"엄마 지수는요? 지수도 유치원 보내 주세요."

지은은 말썽꾸러기 동생을 그렇게 위해 주고 싶은가 보다.

"그럼 그럼, 지수도 보내 주고 말고."

"나는요…. 미술학원에 보내 주셔도 돼요. 유치원엔 돈이 많이 들어간다면서요?"

"누가 그러든. 아유! 요것이 돈 걱정을 왜 해."

희연은 웃으며 지은을 끌어안고 볼에 입을 맞춘다. 어린것이 제 엄마 걱정을 덜어 주겠다고 말하는 양이 기특하다. 이 아인 어린것이 집안 걱정부터 하고 도대체 속 썩이는 일이라고는 없을 만큼 조숙한 데가 있다. 아이가 다섯 살 때쯤인가. 희연이 어린 지수를 업고 지은만을 집에 놔두고 외출한 일이 있었다. 그때도 부업거리 일로 지은에게 혼자 놀라고 이르고는 외출을 했었다. 지은은 다녀오라고 고개를 끄덕였다. 저녁에 돌아와 보니 지은은 엄마 품에 안기며 반긴다. 그러나 그다음 날 옆집에 사는 여자의 말은 자못 충격적이다.

"지은 엄마 어제 어디 갔었어? 지은이가 얼마나 울었는지 알아. 지은이가 그런 얘기도 안 해?"

"울다니요? 그런 내색도 안 하던데."

"아이고, 고런 깜찍한 것 같으니. 글쎄 지은 엄마 가고 나서 아이가 막 찻길로 달려 나가더니 대성통곡을 하고 울어대지 않겠어. 내가 왜 우냐

고 했더니 아줌마는 몰라도 된다면서 흑흑 느껴가며 한참을 실컷 울고
나더니 돌아서서 제 집으로 가지 뭐야. 그러니까 다음부터 제발 지은이
혼자 놔 두고 어디 가지 마. 나 원 어린것이 어찌나 애처롭게 울던지 나
까지 눈시울이 뜨거워지지 뭐야.”

희연은 그 이야기를 듣고 깜짝 놀란다. 아니 나한테는 내색도 안 하고
저 혼자 외로움을 감당하려 들다니. 지은에게 물어보자 지은이는 아니
라고 시치미를 뗀다. 희연은 지은의 조숙함에 가슴까지 뭉클하다.

희연은 걸어서 안 가겠다고 떼를 쓰는 지수를 업고 지은을 앞세우고
시장을 갔다.

“엄마, 이리 주세요.”

얼마간의 푸성귀와 잡다한 반찬거리를 사 든 희연의 손에 들려 있는
짐을 지은은 제가 들고 가겠다고 빼앗는다.

“지은아, 엄마는 무겁지 않아. 괜찮다니까!”

“아니요. 내가 들고 갈래요. 엄마는 지수를 업었잖아요.”

작은 효녀 지은이는 기어이 고집스레 짐을 빼앗아 든다. 양쪽으로 봉
지를 꼭 움켜잡고 야무지게 걸어가는 모습이 꼬마 살림꾼이다.

*

“글쎄, 그게 정말이니?”

“얘는 믿지 못하기는, 정말이라니까. 한 달 백만 원 수입 정도는 쉽게
벌 수 있다니까.”

"하지만 난 세일즈는 못 할 것 같아. 다른 일은 몰라도…."

희연은 보험회사에 다니는 친구 명희의 방문을 받고 이상한 시달림을 받고 있는 중이었다.

"참 너도 딱하다. 처음부터 잘하는 사람이 어디 있다던. 나만 해도 그렇지 처음부터 잘했는지 아니. 하다 보면 다 되게 돼 있어. 또 그만큼 교육도 시켜 주고 말이야."

"하지만 난 안 돼. 보험회사는 못 다녀."

"어쨌든 너는 돈을 벌어야 할 거 아냐. 이런 콧구멍만 한 집에서 언제까지 셋방살이할래."

명희는 눈을 크게 뜨고 약간 뻐드러진 이를 내보이며 훈계조로 말했다.

"얘는 무슨 말을 그렇게까지… 우리가 어때서? 꼭 돈이 많아야만 잘 산다고 할 수 없잖아."

"어머머! 쟤 좀 봐. 여전히 고상한 척 센티멘털리즘이네. 그러니까 여잔 뭐니 뭐니 해도 남편을 잘 만나야 한다니까. 너나 나나 이게 뭐니."

2평 남짓한 방 안에 비좁게 들어서 있는 초라한 살림살이를 턱으로 가리키며 명희는 희연에게 새우 눈을 뜨며 비죽댄다.

"얘는 무슨 말을 그렇게 하니."

"네가 요 꼴로 살면서도 아직도 그렇게 순진하니. 야! 세상이 돈이면 다지 뭐가 더 필요해. 너는 어째 옛날이나 지금이나 변할 줄 모르냐."

명희는 힐난하듯, 타이르듯 마치 손위 언니처럼 굴었다.

"내가 왜 안 변해. 나는 뭐 돈 좋은 줄 모르나. 하지만 돈이 따라 주지 않는 걸 어떡해."

"아이, 아무튼 시끄러. 너 내일 우리 회사 올 준비나 해. 내가 말이야,

너 우리 회사 데려 가면 나오는 수당이 있거든. 그거 나 안 가지고 너 줄 테니까, 그리 알고 잠자코 나오기나 해.”

“명희야, 난 주변머리 없어서 그런 일 못 한다니까.”

“그래 알았어. 그냥 나오기만 해. 너 하다 못 하면 그만두면 되지, 누가 널 붙잡는다던? 나 그런 줄 알고 갈 테니까 꼭 나와야 해. 아, 참 그리고 너 보험회사 취직한다고 아무한테도 말하지 마.”

“왜?”

“말이야. 인식이 안 좋은 사람은 가지 말라고 그러거든. 그러니까 그냥 말 안 하는 게 좋아.”

명희는 누가 듣기라도 한다는 듯 희연을 향해 눈을 찡긋하면서 소곤소곤 말했다.

“원 애도… 별 걱정 다 해.”

희연은 흐흐 웃었고 명희는 안 가겠다고 버티는 희연을 향해 몇 번이고 다짐을 주고서야 집을 나섰다. 희연은 명희가 놓고 간 과일과 과자 꾸러미를 물끄러미 바라보며 마지못해서라도 가긴 가 주어야겠다고 생각한다. 명희는 오래된 친구였다. 소식을 모르고 지내다가 얼마 전 우연히 거리에서 만난 후 전화번호를 물어 와서 가르쳐 주었는데 몇 번 연락하더니 오늘 아침 갑자기 집으로 오겠다고 전화 약속을 하고 방문한 것이다. 다음 날 아침 일찍 명희에게서 전화가 왔다.

“희연아, 너 오늘 올 거지?”

“아유 애도, 어젯밤에 전화하고 못 미더워서 또 전화했니. 그래, 네 성화에 가 주긴 가 주는데 나, 다니진 않을 거야.”

“아이고, 계집애 엄살은. 알았어. 꼭 와야 해 난 너 맘 변했을까 봐 또 전화한 거야. 너 안 오면 난 큰일 나."

"왜."

"이번에 꼭 사람을 데려가야 하거든. 내가 오죽하면 수당까지 너에게 주면서 너를 데려가려고 하겠니."

"참, 그 회사가 그렇게 사람이 필요한 데니?"

"아유, 이건 비밀이지만 정착들을 해야지. 오랫동안 다니면 다 돈 벌게 되어 있는데 금방 그만두고 하니까 사람이 만날 필요하지."

"그렇게 힘든 데를 난들 배겨낼 수 있어? 아무튼 나는 한번 가 주기만 할 거니까."

"그래 알았어. 빨리 오기나 해."

다음 날 희연은 명희를 따라 빌딩 안으로 들어섰다. 반들반들한 대리석이 깔린 현관에 들어서자 한 떼의 여자들이 엘리베이터 안에서 쏟아지고 있었다. 짙은 화장품 냄새가 확 끼쳐 왔다. 커다란 가방을 하나씩 둘러메 여자들의 무리가 희연의 옆을 스치고 지나갔다. 개중에는 무엇이 그리 즐거운지 큰 소리로 웃는 축이 눈에 들어왔다.

"희연이 왔구나. 이리 와. 여기 우리 팀장님이셔. 인사 드려."

명희가 희연의 손을 잡고 팀장이라는 자에게 데려갔다. 희연은 머뭇거리며 "아유 애 난 안 다닐 건데…" 명희의 옆구리를 쿡쿡 찌르면서 속삭였다. 그러자 명희가 "이 바보, 좀 가만히 있어 봐" 하면서 희연의 손을 꾹 잡았다 놓는다.

"어서 오십시요. 서희연 씨라고 하셨죠. 아주 잘 오셨습니다."

훤칠하고 인상이 서글서글해 보이는 팀장이라는 자는 명함부터 내밀었다.

"글쎄, 저는 뭐 다닐 것이 아니라 명희가 그냥 가 보자고만 해서…."

수줍음을 많이 타는 성격인 희연은 눈을 약간 내리깐 채 조용한 목소리로 말했다.

"아, 왜요. 다니셔야죠. 정말 재미있습니다. 여가 선용도 되고 또 노력한 만큼 소득이 따르는 일이니까요."

"네, 하지만 저는 세일즈라면 정말 못해요. 적성도 안 맞고 누구한테 가서 싫은 소리도 못 하고 하니까요."

"하하, 처음엔 누구든지 그런 소리를 하죠. 그러나 염려 마십쇼. 이건 세일즈가 아니니까요. 지금 김명희 여사님처럼 사람만 소개하면 저희가 다 알아서 하니까요. 서희연 씨는 그저 저희가 하는 대로 따라 하시기만 하면 됩니다."

하지만 희연은 두 사람의 눈치를 보며 머뭇머뭇 일어선다.

"허 참, 서 여사님 가시려고요? 오리엔테이션을 끝까지 들어 보시고 결정은 나중에 서 여사님이 알아서 하시면 되지 않겠습니까? 절대로 말리지 않을 겁니다."

한 팀장은 상대방이 거절하지 못하도록 은근히 압력을 가하면서도 여유만만하게 배짱으로 나온다.

'이런 여자는 튕겨야 해. 싹싹 빌다시피 있어 달라고 하면 오히려 가 버릴 거야.'

한민호는 오랜 경험으로 이렇게 판단했다.

"그래 희연아, 아무 소리 말고 팀장님 말씀대로 하면 돼. 그리고 조금 있다 입사 설명회가 있어."

41

"어! 희연이 나왔구나. 희연아 이리와. 우리 소장님하고 점심이나 들자."

점심시간이 되자 명희가 기다리고 있었다는 듯 희연의 팔을 잡아끈다. 한 팀장의 옆에는 세련된 옷차림의 여자가 서 있다. 그녀도 오늘 처음 설명회에 나온 여자이다. 한 팀장이 그녀를 박금자라고 소개한다.

"신입회원이시죠? 이리 오세요 이쪽은 내 친구인데 같이 인사하세요."

명희가 오래된 친구라도 만났다는 듯 반가운 표정을 지으며 어색한 분위기를 리드하려고 애쓴다.

회사 근처 식당에 자리한 한민호를 비롯한 네 사람은 점심시간에 몰려나온 사람들로 인해 시끌벅적한 식당 한쪽에 마주 앉았다.

"우리 한 팀장님 참 좋은 분이세요. 젊고 똑똑하시고."

명희가 부글거리는 해물탕 찌개에 국자를 넣고 휘저으며 말문을 연다.

"하하, 이 여사님 별 말씀을. 아무튼 나는 기쁩니다. 이렇게 새로운 두 분과 마주 하게 돼서…."

"한 팀장님, 내 친구 희연이도 정말 괜찮은 애지만 박금자 씨도 참 인상이 좋으시네요."

명희의 덕담에 오늘 처음 온 박금자라는 여자가 부드러운 미소로 답한다. 명희는 계속 수다스럽게 말을 이어 나갔다.

"보험은 인상이 저런 분이 해야 합니다. 누구나 부담 없고 호감 가는 인상 말이죠."

찌개가 다 끓자 개인 접시에 담아지는 해물탕이 식욕을 자극한다. 한

42

팀장이 접시에 찌개를 덜어내며 말한다.

"뭐니 뭐니 해도 회사는 신입회원이 북적대야 잘되죠. 두 분 다 기대가 큽니다."

박금자는 한 팀장의 이야기를 들으며 회사를 다녀 볼까 생각한다. 무엇보다 서글서글한 한 팀장의 매너가 마음에 든다. 또 자신은 딱히 할 일도 없는 주부이기도 하지만 막 면허를 딴 초보운전자로서 운전 연습을 하기 위해서라도 핑계를 대서라도 다닐 곳이 있어야 했다. 금자 일행들이 점심 먹고 들어가자 회사의 분위기가 술렁댄다. 곧 '부동산과 재테크'에 관한 강의가 있을 거란다. 이런 강연은 사람들을 끌어모으기 위한 미끼였다. 희연은 가고 싶은 마음에 엉거주춤 서 있다가 슬며시 앉는다. 곧 강연이 시작되었다. 강사가 등장하자 사회자의 거창한 소개가 이어진다. 비쩍 마르고 입으로만 기가 올랐을 것 같은 키가 큰 사나이가 등장하여 마이크를 넘겨받는다. 부동산 투자란 투기의 개념으로 인식하지 말고 어디까지나 투자이므로 장기적인 안목으로 보아야 한다든지 재산은 위험 부담을 줄이기 위해서라도 분산 투자는 필수라든지 하는 당연한 상식 같은 이야기를 유머를 섞어 가며 이야기를 끌고 나갔다.

희연은 출근 준비를 하며 가볍게 설레기 시작한다. 다른 때보다 정성들여 화장을 하고 옷매무시를 한 번 더 매만져 보느라 거울 앞에서 시간을 보낸다. 아무리 봐도 촌스럽다. 달리 입을 옷인들 마땅한 것이 없다. 희연이 미간을 살짝 찌푸리며 거울 앞에서 앞뒤를 돌아보자 학교 갈 준비를 서두르던 지은이가 초롱초롱한 눈을 빛내며 제 엄마를 쳐다본다.

"엄마, 오늘 돈 벌러 회사 가요?"

"그럼, 지은아 돈 많이 벌어 올께."

"정말이요? 얼마 버는데."

"아주 많이!"

희연은 손을 크게 벌리며 지은이 좋아하는 모습에 덩달아 즐겁다.

"십만 원보다 많이?"

제 딴에는 십만 원이 최고로 많은 액수인가 보다.

"그럼, 물론이지. 우리 지은이 선생님 말씀 잘 듣고 친구들과 열심히 공부하고 있는 동안 엄마 회사 갔다 올게. 알았지?"

희연은 딸의 볼을 살짝 틀어쥐고 살살 흔든다. 아무리 봐도 착하고 예쁜 내 딸이다.

"지수는요."

동그란 눈으로 제 엄마를 쳐다보는 지은이는 말썽꾸러기 동생이 걱정이다.

"엄마가 없더라도 숙제하고 있어. 그리고 지수 좀 잘 돌보고."

"걱정 마세요. 그 대신 엄마 일찍 들어오셔야 돼요."

어린것이 믿음직스럽다. 학교 갔다 오면 엄마도 없는 썰렁한 방에서 혼자 있기도 뭣한데 말썽꾸러기 동생까지 돌보아야 하다니. 어린것에게까지 고단한 생활의 짐을 나누어 지우려는 것 같아 가슴이 아프다. 지은이 초등학교 3학년, 지수가 1학년이다. 지은이는 제 일을 잘 해내는 데 비해 지수가 늘 골치였다. 준비물을 잘 안 챙기는 것은 물론이고 곧잘 찔통을 부려 애를 먹였다. 오늘 아침만 해도 지은이가 서둘러 학교로 가기 위해 먼저 집을 나서려고 했다. 그러자 지수가 갑자기 큰소리를 질러대며 천정이 얕다는 듯 펄쩍펄쩍 뛰었다. 누나는 왜 먼저 가려고 하냐는

것이다. 아휴! 저놈의 찔통, 누굴 닮아서 저 모양인가 하고 희연의 속이
터지는데 지은이가 오히려 제 동생을 살살 달래며 데리고 학교로 간다.

*

　금자는 출근을 서두르기 위해 아침마다 찍찍 늘어지게 늦장을 부리는
아들 태수의 등을 떠밀다시피 학교를 보냈다. 며칠 후면 교육이 끝나 간
다. 자동차의 시동을 걸며 어제저녁 남편 김인국과의 대화가 생각나자
약간 마음이 심란해져 온다.
　"여보 나 말이죠, 심심한데 직장이나 다닐까?" "뭐, 무슨 직장? 당신
오라는 데가 있어?" "흥, 아주 날 무시하네. 쌍수 들어 환영하는 데가 있
다고." 금자는 고개를 쳐들고 꼿꼿이 콧대를 세운다. "어딘데?" "음… 보
험회사!" "아니, 보험회사를 다녀? 보험회사가 어떤 덴 줄 알기나 해!"
인국이 눈을 크게 뜨며 화를 낸다.
　"내가 젤 싫어하는 여자가 보험회사 다니는 여자야. 수다스럽고 끈질
기고." "흥, 근거도 없이 어떻게 말을 그렇게 함부로 해요?" "아무튼 나
는 당신이 보험회사 다니겠다는 건 용서할 수 없어. 절대 안 돼." "그럼,
집에서 뭐 해? 뭘, 뭘 해. 책도 보고 살림하고, 취미생활이라도 하고…."
"책? 들여다보다가 10분 지나면 졸려서 하품부터 나오는 걸. 취미생활도
지겨워. 도대체 뭐 할 만한 일이 있어야지."
　잔뜩 불만에 차 있는 표정으로 금자는 하품하듯 늘어지게 말을 뱉는다.
　"장사나 하겠다면 또 몰라." 인국이 불쑥 한마디 한다.
　"장사요? 장사는 뭐 아무렇게나 하나. 괜히 섣불리 했다가 밑천 날리

45

기 쉬운 게 장사지. 그리고 난 장사는 지겨워. 당신도 내가 동생하고 장사할 때 봤잖아. 그게 얼마나 신경 쓰이고 위험부담이 따르는 일인가를. 장사만 좀 안되면 난 아찔했다고요. 인건비니 집세니 차량 유지비까지, 하루 나가는 비용이 얼만데 이러다가 집 날아가는 건 아닌가 하고 보통 걱정했는 줄 알아?" 금자가 따지듯 퍼붓는다. "하긴 그도 그렇지." 인국이 고개를 끄덕인다. "다행히 그때 우리가 하던 대리점이 시세가 좋아 권리금 받고 잘 넘겼으니까 그렇지. 괜히 고달프기만 하고 살림은 살림대로 꼴 안 되고…" "아무튼 그래도 보험회사는 안 돼." 인국은 다시 단호하게 고개를 흔든다. "그러면 내가 운전도 할 겸 교육만 받을게. 초보 딱지 떼려면 운전하러 나다닐 데가 있어야 하잖아." "교육은 무슨… 그러다가 그 딴 여자들하고 어울리면 자기도 그렇게 되는 거야." "당신은 뭘 알지도 못하면서 그런 식으로 싸잡아 비난해요! 그러면 공무원이면 다 무능하고 정치인이면 다 사기꾼이야? 보험회사 사람들 내가 보니까 다들 성실해 보이고 분위기도 좋더라." 금자는 제가 주장하는 것에 대해 옳다는 것을 강조하기 위해 더욱 열을 올리다 못해 벅벅 악을 써댄다.

"아유. 알았어. 박금자 여사님 똑똑한 줄 알고 있어. 그러니까 당신 잘났다고. 잘난 줄 알고 있다고." 거듭되는 금자의 반격에 귀찮다는 듯 인국은 귀를 막는 시늉을 한다.

"아무튼 나는 교육이라도 받을 테니까 그런 줄 알라고요." 금자는 우격다짐을 하듯 눈까지 치켜 떠 가며 소리친다.

"그래그래! 맘대로 해. 내가 언제 당신을 이기겠다고. 에구…" 인국은 그만 백기를 들고 만다.

46

"집이 어디세요?"

교육을 끝낸 후 어깨를 나란히 하고 걸으며 금자가 희연에게 묻는다.

"석남동이에요. S종합시장 부근이요."

"아, 그래요. 그곳이라면 제가 먼저 살던 곳인데. 우리 아파트라고…"

"우리 아파트요! 바로 제가 살고 있는 곳에서 가까워요."

"지금은 가정동에 살고 있죠. 저랑 방향이 같으니까 같이 가시면 되겠네요."

금자는 자신의 승용차가 있는 골목길로 접어들며 희연에게 웃어 보인다.

"어머, 차가 있으시군요. 부러워라."

희연의 짐짓 놀랍다는 표정을 짓는다.

"호호호, 부럽긴요. 간신히 끌고 다니죠. 뭐, 아직 초보에요."

"초보라도 대단하죠. 저는 아직 면허도 없는데."

"네에! 아직도 면허가 없으시다니요?"

금자는 타령처럼 읊조리며 호들갑을 떤다.

"호호호, 금자씨도. 네, 그래요. 저는 요즘 팔불출의 하나죠."

승용차 옆 좌석에 앉은 희연은 왠지 쾌활한 금자가 좋아진다.

"참, 그리고 희연 씨는 무슨 띠죠?"

띠를 묻는 건 나이를 묻는 우회적 표현이다.

"어머, 그럼 우린 동갑이네요. 나도 개띠인데. 그럼 우린 친구네. 근데 희연 씨는 훨씬 어려 보여요. 난 처음 볼 때 30대 초반 정도밖에 안 봤어요"

"그래요. 금자 씨도 나이보다는 앳된데요. 뭘."

"우리 서로 밀어주기로 했어요? 왜 비행기는 태우고 그래요."

"아이 참, 금자 씨도. 정말이에요."

희연은 금자와의 대화가 자못 유쾌하다. 이 여자에게서는 활기찬 기운 같은 게 느껴진다.

"참, 희연 씨 부탁이 있어요. 내 이름이 금자이지만 승윤이라고 불러줄래요? 명함도 박승윤으로 할 거니까요. 난 내 이름이 싫어요. 금자가 뭔가요? 금자가! 그 흔한 자(子) 자(字) 돌림…. 휴, 난 너무 싫어. 그래서 그렇게 바꿔 부르고 있어요."

금자는 입으로는 계속 투덜대면서 장난스럽게 눈을 위로 부릅뜬다. 그녀는 이름에 대해 콤플렉스를 갖고 있다. 어디를 가든 금자니 영자, 숙자 같은 끝에 자가 들어가는 이름은 흔했다. 자신은 뭐든 남달라야 직성이 풀리는 그녀는 이런 흔한 이름을 갖고 있다는 것을 수치스럽게 여겼다. 그래서 예명을 하나 지었다. 본명보다 예명으로 불리기를 더 좋아하는 세상이었다.

"아, 그렇군요. 그럼 그렇게 부를게요. 내 생각에는 금자라는 이름도 괜찮은 것 같은데요?"

희연은 웃으며 고개를 갸웃거린다. 그러면서 속으로 오히려 승윤이라는 이름이 어쩐지 삼류만화 주인공 같다고 생각한다.

오빠의 그늘

　희연은 오랜만에 오빠네 집을 들렀다. 평소에 전화도 잘하지 않던 올케가 이사를 간다고 연락을 해 온 것이다. 올케 최화영은 역시 집에 없었다. 이사 가는 날조차도 집에 없다니. 희연은 올케에게 야속한 마음이 들었다. 집에는 오빠가 아이들과 짐을 꾸리느라 여념이 없었다. 오빠는 슬하에 남매를 두고 있었다. 아이들은 책이나 공책 같은 개인물품을 챙기고 있다가 희연을 보더니 "고모 오셨네, 안녕하세요" 하고 환하게 웃는다. 그래그래. 희연은 살뜰한 생각에 아이들의 머리를 쓰다듬었다.

　희연은 식기 등을 챙기기 위해 주방으로 들어갔다. 주방은 함부로 나뒹구는 그릇들로 어수선하기 짝이 없었다. 개수대에선 썩는 냄새가 났다. 그릇을 정리하기 위해 싱크대문을 열자 갑자기 크고 작은 바퀴벌레들이 웅크리고 있다가 화들짝 놀라 삽시간에 검정콩처럼 와르르 흩어지고 있었다. 희연도 놀라 "어머머!" 하고 소리를 내지르며 펄쩍 물러났다. 하찮은 미물일지라도 놀라서 가슴이 콩닥거렸다. 희연은 놀란 가슴을 진정시키느라 숨을 몰아쉬었다. 다시 짐을 꾸리기 위해 싱크대 안에서 크고 작은 냄비들을 꺼내 놓았다. 기다란 손잡이가 달린 터프론 냄비 안에는 언제 해 먹었는지도 모르는 생선 찌꺼기가 바닥에 조금 남아서 고약한 냄새를 풍기고 있었다. 또 다른 냄비에는 먹다 남은 김치찌개가 물기는 거의 다 마르고 소금기와 신맛이 산화작용을 일으켜 냄비가 함께 부패를 일으키고 있는 중이었다.

'쯧쯧, 이러면 냄비도 아주 못쓰게 되고 마는데⋯' 희연은 혀를 찼다. 뿐만이 아니었다. 하수구 안에서는 음식찌꺼기들이 구멍을 꽉 메운 채 썩은 냄새를 풀풀 풍기고 있었다. 희연은 우선 그릇을 정리하기 위해 팔부터 걷어붙였다. 그릇들도 함부로 뒤엉킨 채 음식찌꺼기들이 빼리빼리 말라 있었다. 말라비틀어진 밥알이 불을 수 있도록 물을 붓고 우선 그릇들을 정리하기로 했다. 사기그릇과 깨지지 않는 그릇들을 분류하고 사기그릇들은 신문지로 싸서 박스 안에 넣었다.

올케가 평소에는 자신에게 전화도 않더니만 갑자기 전화를 해서 무슨 일인가 했더니 이사 간다고 도와 달라고 했다. 막상 와 보니 전혀 살림 정리는 되어 있지도 않았다. 냉장고 안도 역시 기막혔다. 냉장고 안을 가득 채운 물건들은 쓰레기나 다름없었다. 온갖 반찬 찌꺼기가 담긴 그릇들과 언제 해 먹었는지도 모르는 형체를 알 수 없는 음식물들이 두서없이 엉켜 있었다. 희연이 내린 결론은 주부의 손길이 가지 않았다는 것과 올케가 전혀 살림과는 무관하게 살아왔다는 것이었다. 주방의 정리를 대충 끝내고 마당으로 나갔다. 뒤란에 항아리를 옮기려니 묵직했다.

물이 들었나? 희연은 뚜껑을 열었다. 커다란 비닐에 뭔가 들어 있고 입구는 꽁꽁 막아놓았다. 그리고 김치 군둥내가 심하게 났다. 아니 이게 뭐야? 설마… 비닐을 열어 보니 지난 가을 담근 김장김치가 해를 넘긴 채 얌전하게 들어앉아 있었다. 아니 지금 9월이니까 꼭 일 년이 돌아오네. 지난 겨울 아이들이 집으로 김치 얻으러 오던 기억이 되살아났다. 김치 떨어졌다고 겨우내 징징대던 올케의 음성도 생각났다. 김장김치 한 독을 뒤란에 얌전히 모셔놓고 몰랐던 것이다. 김칫독 두 개 중에서 하나가 비워지자 아이들은 김치가 다 떨어졌다고 생각했고 살림에는 관심도 없던 올케는 아이들 말만 믿고 김치가 떨어진 줄 알았던 것이다.

올케 언니가 꼭 이렇지만은 않았는데. 한때는 꽤나 바지런하고 깔끔을 떨던 올케였다. 무엇이 그녀를 이렇게 만들었을까. 물렁하고 순해 터진 오빠는 아내가 어떻게 하든 모른 척했고 올케 역시 오빠를 남편으로 취급하지 않았다는 것이었다. 오빤 참 결혼을 잘못했어. 희연은 한숨을 푹 내쉬었다.

희연의 오빠 서동욱은 마음이 여린 사람이었다. 성실하고 몸도 건강했다. 그는 공업전문대학 기계과를 나와 대기업 생산직 근로자이면서 생산라인의 주임이었다. 그의 문제점은 고지식하다는 데 있었다. 그의 아버지를 꼭 닮아 남을 속이거나 둘러대지 못하는 성격일 뿐만이 아니라 시킨 일은 열심히 하는 데 비해 요령을 부릴 줄도 몰랐다. 그런 그의 성격은 장점이면서도 단점이었다. 시킨 일만 착실히 하면 되는 그의 직업은 적성과도 맞는 것이었지만 동욱은 자신의 일에 만족할 줄 몰랐다. 자신이 사무직 근로자가 아닌 것이 항상 불만이었다. 사무직 근로자가 돼야 승진도 할 수 있고 직업에도 자부심을 가질 것 같았다. '그래도 펜

대를 굴려야' 한다는 것이 평소 그의 지론이었고 그것이 그의 열등의식
이었다.

그의 성격은 배우자를 고르는 데도 마찬가지였다. 연애를 아주 안 해
본 것은 아니지만 자신의 배우자는 늘 이상형을 고집했다. 얼굴도 예뻐
야 하고 마음은 착해야 하고 학벌도 있어야 했다. 학벌은 최소한 자기처
럼 전문대는 나왔어야 한다고 강조했다. 자신이 전문대를 나왔다면 남
다른 출세가 있든가 아니면 모아 놓은 재산이 있든가 해야 그의 욕구를
충족시킬 신부를 얻을 수 있겠지만 이도 저도 아닌 그에게 맞는 조건의
중매는 성사되기 어려웠다. 그래서 수도 없이 선을 보았지만 이루어지
지 못했다. 인물이 반반하면 학벌이 빠졌고 학벌이 되면 인물이 처졌다.
둘 다 마음에 들면 이번엔 상대방에게 딱지를 맞았다. 그래서 그는 35세
를 넘기고서야 배우자를 찾을 수 있었다.

아내 최화영을 만난 건 중매를 통해서였다. 화영은 동욱과 상반되는
성격의 소유자였다. 그녀는 허영심이 많고 허풍이 센 여자였다. 실제로
전문대를 졸업한 것도 아닌데 전문대를 나왔다고 속였다. 그래서 표면
상 전문대를 나왔고 미모도 그만하면 나무랄 데 없었고 무엇보다 둘은
혼기가 꽉 찬 노처녀 노총각이었고 그래서 부랴부랴 결혼을 서둘렀다.
펜대를 굴려야 한다는 동욱의 꿈을 더욱 부채질한 건 화영이었다. 그녀
는 남편의 직장이 도무지 마음에 안 들었다.

훤칠한 키에 서글서글하게 큰 눈, 우뚝한 콧날, 뚜렷한 이목구비를 지
닌 그녀는 누가 봐도 미인이라 할 만했다. 그래서 자신은 늘 남달라야
한다고 생각했다. 그녀는 꿈이 컸고 자기애가 유달리 강했다. 자신이 선
택한 남편은 대기업의 과장쯤은 되어야 했고 돈도 있어야 했다. 그런데

자신의 남편이 대기업이기는 하나 겨우 현장근로자라니. 게다가 전세살이라니. 자신의 성에 안 찬 결혼으로 인해서 늘 불만이 많았다.

결혼 전 그녀는 신데렐라를 꿈꿨다. 근근이 생활하는 가난한 집에 장녀였던 그녀는 그래서 더욱 결혼에 대한 환상을 키웠다. 그러나 현실에서 신데렐라란 없는 법. 이야기꾼들이란 현실에는 없는 것을 만들어 사람들에게 대리만족을 주게 마련이다. 어쨌든 현실은 자신의 처지대로 짝을 만나기 돼 있었다. 재벌의 아들은 재벌의 딸과 결혼하고 가난뱅이는 역시 가난뱅이와 맺어지게 된다. 그게 아니라면 상대방에는 없는 월등한 다른 조건이 따라붙게 마련이다. 다 끼리끼리라는 건 세상의 법칙인 것을 일부의 사람들은 그것을 망각하고 때론 헛된 꿈을 꾸기도 한다. 어쨌든 허영심 많은 최화영은 자신은 신데렐라가 되고도 남을 미모와 재능을 가졌는데 현실이 그렇지 않아 늘 불만이었다. 그래서 그 불만을 남편에게 때때로 짜드락거리는 걸로 풀었다.

따지고 보면 그녀는 결혼을 못한 것도 아니었다. 최화영은 전문대를 나오지 않았을 뿐만이 아니라 번듯한 직장조차도 다녀 본 적이 없었다. 다녀 봤다는 직장이 레스토랑의 홀 서빙이거나 양품점 점원이었다. 그녀의 친정은 너무 가난해서 혼숫감이라고는 일절 보낼 수 없는 형편이었다. 하다못해 결혼식장에서 입는 드레스며, 식장 비용까지도 동욱의 집에서 부담했다. 게다가 시집 올 때 해 온 이부자리 등속도 남편 될 사람이 뒤로 돈을 해 주어서 겨우 해 올 정도였다. 알몸으로 시집 왔다고 해도 과언이 아닌 처지에서 희연의 집에서 해 준 패물과 혼수는 그녀에게는 분에 넘치는 것이었다. 하지만 화영은 동욱의 집에 고마워하기는커녕 다이아반지도 안 해 주고 패물도 싸구려라 마음에 안 든다고 대놓고 투덜거렸다. 그렇게 화영은 자기처럼 잘난 여자가 시집 잘못 왔다고 울퉁불퉁 불만이 끊이지 않았던 것이다.

그런 그녀였지만 옷이나 치장을 세련되게 할 줄 알았다. 한마디로 센스 있는 여자였다. 그리고 눈치가 빠르고 손재주도 좋아서 음식이든 바느질이든 배우면 잘 만들어 냈고 아이들도 세련되게 꾸며 내놓을 줄 알았다. 이런 것들은 그녀의 큰 장점이었다. 문제는 그녀의 허영심이었고 남편보다 기가 드센 게 탈이었다.

따지고 보면 희연의 오빠 서동욱은 온실 속 화초나 다름없었다. 지극히 평범하고 모범적인 가정에서 자란 그는 시쳇말로 제 털 뽑아 제자리에 박아 버리는 고지식한 인물이었다. 게다가 엄한 아버지 밑에서 소위 말하는 잡기를 모르고 자랐다. 놀 줄도 모르고 여자의 마음 따위를 헤아려 리드해 볼 줄도 모를 만큼 고지식하게 자란 것이다. 그의 아버지는 젊은이들의 파격적인 행동을 이해하지 못했다. 집에 지나치게 늦게 들어온다거나 외박 같은 건 절대로 허가하지 않았다. 친구들과 술 먹고 돌아다니는 일도 불량한 아이들이나 하는 일로 치부했다. 여자 사귀는 것도 허락하지 않았다. 그의 아버지는 자식을 올바르게 키우는 것과 고지식하게 키우는 것을 같은 것으로 이해했다. 그것이 세상을 바르게 사는 길이라 여겼다.

그러나 세상의 이치는 공부를 잘하는 것만이 다는 아니었다. 사춘기 때는 나쁜 짓을 좀 저지르더라도 친구들과 돌아다니고 말썽을 부리는 것이 때로는 좋은 체험이 되고 세상살이를 위한 학습이 되기도 한다. 또한 자신이 물건을 사 보면서 에누리하는 법도 배워야 하고 이런저런 실수와 시행착오를 거치면서 세상살이를 배워야 하는 것인데 그의 부모는 남매를 너무나 고지식하게 가르쳤다.

동욱은 물건을 사건, 일을 처리하건 모든 건 아내가 잘했고 옳은 것 같았다. 물건 하나를 사도 아내에게 핀잔을 듣기 일쑤였고 매사에 아내 마음에 안 들었다. 그런 일들은 동욱이 화영에게 열등감을 가지게 되거나 점차 주눅 드는 원인이기도 했다. 아마도 똑같이 고지식한 성격의 부부였다면 불협화음 따위는 없었을 것이었는지도 몰랐다. 동욱이 그런 위인일지라도 잘 살아갈 수 있는 여지는 충분했다. 그는 지극히 성실했고 가정적이었기 때문이다. 자신의 직장에 불만이 있다 하더라도 무모하게 직장을 나오거나 제가 하고 싶은 대로 하는 성격은 아니었던 것이다.

화영은 점심때가 다 되어서야 정장을 하고 어디선가 살랑살랑 나타났다. 그녀의 옷차림은 예전과는 달리 놀랍도록 세련되어 있었다. 미색 블라우스와 카키색 스커트를 입고 연록색의 바바리를 걸친 그녀는 상큼하게 커트머리를 하고 있었다. 어디에다 내놓아도 세련된 멋쟁이였다. 그런 데 반해 동욱은 머리도 덥수룩하고 허름한 잠바를 입고 있어 부부라고 하기가 민망할 정도였다. 동욱의 머리가 산발인 이유는 집에서 머리를 깎았기 때문이다. 이발 요금 들어가는 게 아까워 남편의 머리를 손수 깎아 주었던 것인데 요즘은 그나마도 바쁘고 귀찮아 안 해 주다 보니 그렇게 된 것이다.

이사 정리가 끝난 후 늦은 점심을 인근 중국집에서 하기로 했다. 희연은 무엇보다 지저분했던 살림살이가 생각나 입맛이 뚝 떨어졌다. 특히 주방이고 옷장이고 아무 데서나 와르르 쏟아지던 바퀴벌레만 생각하면 구토가 날 지경이었다.

"아유 고모 미안해. 내가 사업상 바빠서 말이야. 황 부장이 긴히 할 말

55

이 있다고 해서 말이지 내가 일찍 와야 하는데 이렇게 됐네."

화영은 미안함을 감추느라 약간의 콧소리를 내며 애교를 떨었다. 그리고 식당에 들어서서도 바바리코트에 손을 찔러 넣은 채 자리에 앉을 생각도 안 하고 마치 다른 인간이나 되는 듯이 거드럭거렸다.

그래 봐야 지나 내나 세일즈지 뭐 별거야? 희연은 아니꼬웠지만 내색도 못 하고 잠자코 자장면 면발을 젓가락으로 돌돌 말았다.

"저… 언니, 직장도 바쁘겠지만 살림에도 신경 좀 써야지요."

"어머! 아가씨, 살림을 제대로 못 하는 건 내가 직장을 다니기 때문이야. 내가 이렇게 벌지 않으면 우리가 어떻게 생활이나 할 수 있는 줄 알우? 오빠 벌이가 뭐 제대로 되어야 말이지."

"아니 오빤 월급도 안 타다 주나요?"

"말두 말우. 쥐꼬리만 한 월급이나마 제대로 가져오나? 다 술로 퍼먹고 마는 걸."

그녀는 눈에 핏발을 세우며 남편을 쏘아보았다.

(흥, 좀 있어 봐라. 내가 회사에서 출세하면 저런 것들과 상대도 하지 말아야지. 남편은 뭐 말라비틀어진…)

화영의 생각을 읽기라도 하듯 동욱은 움찔하며 아내의 기세에 눌려 아무 소리 안 했다. 희연은 그런 오빠가 안타까웠다.

"오빠, 그게 정말이에요? 언니 말이 정말이냐고요?"

희연은 오빠를 향해 안타까운 심정으로 소리쳤다.

"아니, 아가씨 그럼 내가 거짓말이라도 한다는 거야?"

화영이 힐난하듯 희연을 오히려 닦아세웠고 희연 역시 그런 올케의 기세에 눌려 말을 흐렸다.

"아니 그런 건 아니지만…."

"고모도 오빠가 예전과는 다르다는 걸 알아야 돼. 오빠는 술밖에 몰라. 세상이 어떻게 돌아가는지 살림이 어떻게 돌아가는지 영 깜깜이라니깐. 그러니 내가 미치고 팔짝 뛸 노릇이지. 글쎄 저번에는 술에 취해 길거리에 누워 있질 않겠어? 게다가 동네 시끄럽게 고래고래 소릴 지르질 않나. 내가 아주 창피해서 못 살겠다니깐. 쥐꼬리만 한 월급 타면 뭘 해. 술 퍼마시고 술값 외상 갚고 하면 집에 들여오는 돈은 없는 걸. 아무튼 술로 세월을 보낸다니까. 저 인간이 사람인 줄 알아? 세상에 저 인간이 벌어다 주는 돈으로는 굶어 죽기 딱 알맞아. 내가 뭐하러 저 인간하고 결혼을 해서 이 고생을 하는지 원…."

화영은 기세가 등등해서 식당 안이 다 들리도록 큰소리로 떠들었다. 식당 안 사람들이 그들 일행을 힐끗힐끗 쳐다보았다. 동욱은 아내의 말에 아무 소리 못 하고 고개를 숙인 채 말없이 단무지를 느릿느릿 집어 올렸다. 희연은 (아닌데 아닌데 오빠가 그럴 리 없는데. 우리 오빠는 그렇게 막되어 먹은 인간이 절대 아닌데…) 속에서는 그런 생각이 들끓었으나 워낙 올케의 기세가 드센데다가 오빠가 죄인처럼 고개만 숙이고 밥을 먹고 있어서 달리 할 말이 없었다. 동욱은 술에 절고 힘든 일에 지쳐 표정이 어두웠다. 옛날에 깔끔했던 동욱의 모습은 어디에도 없었다.

동욱의 신세가 이렇게 쭈그러진 건 회사를 나오고 나서부터였다. 전에 다니던 직장은 알아주는 대기업이었고 월급도 좋았다. 그가 하던 기계일은 동욱의 고지식하고 꼼꼼한 성격의 적성에도 잘 맞았다. 그러나 화영은 늘 불만이었다. 그래서 남편에게 직장을 그만두고 사업을 하자고 권했다. 화영의 친정 여동생 남편이 그걸 같이 하자고 꾀었다. 게다

57

가 화영이 그렇게 하자고 성화를 대니 그럴 수밖에 없었다. 그래서 직장을 그만두고 퇴직금으로 개인 사업을 했다. 학교나 공장 식당에 물품을 납품하는 일이었다. 공장이나 회사 식당에서 필요한 것들은 야채니 과일이니 생선, 육류 등 그 종류가 다양했다. 사업은 그러저러 꾸려 나가기 바빴다. 그러나 현재 들어가고 있는 거래처 말고도 새로운 거래처를 뚫어야 했다. 소극적이고 고지식한 동욱이 그 일을 잘 해낼 리 없었다. 꼭 아는 사람을 통해 거래처를 트려고 했다. 그러나 그런 일은 쉽게 이루어지지 않았다. 다람쥐가 쳇바퀴 돌리듯 자금을 빨리빨리 회전해야 했고 어찌 된 일인지 들어오는 돈보다 인건비며 뭐며 나가는 돈이 더 많았다. 어느덧 퇴직금은 거덜 났고 그들은 그 일에서 손을 놓아야 했다. 일을 놓은 후 직장은 금방 구해지지 않았다. 놀면서도 매달 생활비는 써야 했고 전세 아파트에서 살던 그들은 할 수 없이 전세마저 내놓아야 했다. 그러는 사이 전세금마저 야금야금 까먹고 사글세로 나앉고 말았다.

화영은 그런 건 다 남편 때문이라고 생각했다. 그렇게 주변머리 없고 행동이 굼뜬 인간은 생전 첨 봐. 아니 사업을 시작했으면 좀 빨리빨리 행동하고 눈치가 빨라야지. 그렇게 세월아 네월아 하고 앉았으니 내가 열불이 터져 못살지. 화영은 그저 모든 걸 남편이 무능한 탓으로만 돌렸다. 사실 동욱은 행동이 굼뜨고 느리기는 하나 게으르진 않았다. 어쨌든 자신과는 너무 다른 남편의 성격에 환멸을 느꼈을 뿐만이 아니라 남편이 마냥 하찮게 보였다. 그러다 보니 잠자리마저도 차츰 멀어지게 되었다. 신혼 때는 그렇지 않았으나 점차 갈수록 그것도 잘되지 않았다. 우선 화영 자신이 남편이 송충이처럼 싫기만 했던 것이다.

그 후 동욱은 좋은 직장을 구하지 못했다. 어정쩡한 나이에 직장을 그만둔 남자는 갈 곳이 마땅치 않은 법이었다. 한참을 집에서 놀다가 어렵사리 중소기업에 취직했으나 오래 있지는 못했다. 자연히 이 공장 저 공장으로 떠돌다 보니 날로 그 모습이 초췌해져 갔던 것이다.

사업을 그만둔 후 살림이 거덜 나다시피 했으니 돈을 벌어야 했다. 화영은 손재주가 좋았다. 맵시 있게 아이들 옷을 만들어 입히던 솜씨였다. 그 솜씨로 부업으로 뜨개질도 하고 바느질도 했다. 전자조립품 같은 것도 받아다 집에서 해 보았지만 그런 것은 성에 차지 않았다. 이따위 벌이로 언제 돈을 모으남. 생각할수록 한심하기만 했다. 그녀는 돈을 더 벌기 위해 파출부로 나섰다. 아침 일찍 남의 집에 가서 온갖 궂은일을 하는 것은 결코 쉬운 일이 아니었다. 괴팍한 주인을 만나면 치워 놔도 여간 까다롭게 구는 게 아니었다. 그렇지 않더라도 대개의 주부들은 파출부를 부르기 전에 일감을 모아 놓기 때문에 할 일은 산더미 같았다. 하루 종일 종종거리고 일을 하다 보면 저녁에는 지쳐서 손가락 까닥하기도 싫을 지경이었다. 다른 부업거리에 비해 파출부 일이 일당이 좀 높지만 매일 할 순 없었다. 몸이 지쳐서 골병들 것만 같았기 때문이다. 그러다 좀 쉬운 벌이가 없을까 궁리한 것이 책 세일즈였다. 그녀가 들어간 곳은 주로 아동물을 제작해서 직접 판매하는 국일출판이라는 회사였다.

화영은 손에 물 안 묻히며 다닐 수 있는 직장에 적이 만족했다. 다달이 실적을 올려야 하는 세일즈이긴 하지만 힘든 일 안 하고 멋 부리며 돌아다닐 수 있는 직장이 그녀의 적성에 잘 맞았다.

설계사의 꿈

희연은 아침부터 가볍게 설레기 시작한다. 아이들을 챙겨 학교로 보내고 출근하려면 늘 늦게 마련인 희연이 엘리베이터에서 내려 헐레벌떡 복도로 들어서자 갑자기 찢어지는 듯한 아이의 울음소리가 들렸다.

"아유! 난 몰라. 속상해 죽겠어. 너 왜 이렇게 엄마 속을 썩이니!"

"잉잉잉! 엄마."

용희가 그녀의 자식인 4살, 5살 아이들의 따귀를 찰싹찰싹 때리며 야단을 치고 있었다. 희연은 놀라 눈을 크게 뜨며,

"용희 씨, 도대체 왜 그래? 아침부터 왜 애들은 때리고 그래!"

"언니, 얘네들 좀 봐요. 내 속을 얼마나 썩이는지 미치겠어. 아침부터 늦게 일어나가지고 있는 대로 속을 썩이더니 안 가겠다고 버티지 뭐예요. 그러니 출근은 해야겠고 내가 얼마나 애가 탔는지 몰라요. 그리고

간신히 여기까지 데리고 왔는데 또 있지도 않는 장난감 같은 걸 사 달라는 거예요. 아주 나를 골탕 먹이려고 요것들이 작정을 했지 뭐야."

용희는 분통을 터트렸다. 그녀는 나이가 30대 초반으로서 또순이었다. 지금 살고 있는 전세방을 면하기 위해 아무리 힘들어도 악착같이 일을 했다. 어린것들을 데리고 매일 출근하려니 오죽할까. 용희가 하루도 결근이 없다는 건 그녀가 얼마나 부지런한 여자인지 알 수 있는 대목이다. 희연의 자식도 어리지만 용희에다 비하면 한참이나 나은 형편이었다. 용희는 연년생인 두 아들을 데리고 추우나 더우나 아침 일찍 출근했다. 아들 둘은 10시가 되기 전에 놀이방에서 데리러 회사로 왔다. 엄마가 낮에 일하고 저녁에 데리러 갈 때까지 그곳에서 어린 형제는 놀고 있어야 했다. 어린아이들은 보통 아침 늦게까지 이부자리에 있게 마련인데 제 엄마의 성화에 억지로 두들겨 깨워져 매일 아침 집을 나서려니 어린것들의 짜증이 오죽했을까. 용희는 24평 아파트를 분양 신청을 했다는 것이다. 불입금을 붓기 위해 그녀는 안간힘을 다했다. 남보다 더 돌아다니고 더 열심히 컴퓨터 앞에 앉아 있기도 하면서 부지런하게 움직였다.

"용희 씨, 그렇다고 그 애들을 때리면 어떻게 해. 살살 달래야지. 애들이 때린다고 알아들어. 응, 제발 때리지 마."

희연은 그들 모자가 안타까워 용희에게 간곡히 말했다. 용희는 분이 안 풀리는지 씩씩거렸다.

"니들 엄마 말 안 들으면 죽을 줄 알아! 알았지! 아주 내다 버릴 거야!"

다시 한 번 협박을 했다. 아이는 계속 설움에 겨워 콧물을 훌쩍였다. 잠시 후 놀이방에서 승합차가 와서 그들을 데리고 갔다. 대부분의 여자들은 아침 일찍 일어나 밥을 하랴 어린 자식들을 챙기랴 혹은 도시락을 싸랴 고단한 하루를 시작했다. 그래서 아침 출근은 좀 늦거나 파김치처럼 늘어져 있기 일쑤다. 그래서 아침의 긴장을 풀고 좀 늦게 오는 사람들을 기다리려는 의도로 아침마다 노래를 부르도록 했다. 그들의 노랫소리는 활기차지 못하고 한없이 늘어져 장송곡을 부르는 것처럼 들렸다. 희연은 용희 모자를 참견하다 들어오느라 더 늦어져서 계면쩍은 얼굴로 영업소를 들어섰다.

오늘이 합동조회를 하는 날이다. 신계약 축하 겸 다음 활동을 위한 격려의 의미로 수료식을 갖는 것이다. 각 영업소의 신입 설계사들이 모두 모인 가운데 국장이나 상무 급의 고위직 인사가 그동안 경과보고 등을 듣고 같이 축하를 해 주기 위해 내려오는 날이다. 한성보험 인천 영업국 교육실장은 아침부터 합동조회 준비로 바쁘게 돌아갔다.

각 영업소 소장들은 자기네 영업소 으뜸설계사들을 축하해 주기 위해 꽃다발과 약간의 기념품을 마련하여 앞좌석에 도열하듯 앉아 있다. 국민의례와 애국가를 부른 다음 사회자가 나서서 약간의 사투리가 섞인 억양으로 서울 본사에 계시고 수도권 교육관장이신 박 상무님을 모시고 격려사를 듣겠다는 안내를 했다. 교육관장이라는 사나이는 50대 중반인 듯 보였고 입은 한일자로 굳게 다문 채 대머리를 꼿꼿하게 들며 거만하게 앞으로 나섰다.

"에헴, 우선 여러분의 신계약을 축하합니다. 여러분은 어영부영 그저 되는대로 출근만 할 게 아니라 꿈을 가져야 합니다. 목적을 가져야 합니다. 1년 후면 300만 원의 소득을 갖겠다든지 500만 원, 혹은 1,000만 원의 소득을 올리겠다든지 해야 합니다. 내가 예전에 삼일 생명보험에 있을 때는 우리 영업소가 참 날리는 영업소였소. 내가 조회를 잘했거든.

무엇보다 팀장들은 조회를 잘해야 해.”

박 관장의 말은 어느덧 반말로 변해 있었고 쥐처럼 작고 옴폭한 눈을 빛내며 자기 자랑 같은 것을 늘어놓기 시작했다.

“그리고 말요. 다른 생명 보험 여자들은 어떻게 하는 줄 알으요? 얼마나 열심히 하는 줄 알으요? 무엇보다 고객이 우선이요. 고객이 시키면 시키는 대로 해야 하는데 그렇지 않아서 탈이란 말요. 고객이 골프 가자면 골프 가고, 여행 가자면 따라가고 그래야 계약이 나오지. 그렇지 않고 맨송맨송 어떻게 보험 계약을 한다고 나선단 말요.”

좌중은 물을 끼얹은 듯 조용해졌다. 각 팀장들은 죄인이라도 된 듯 고개를 수그리고 있었고 박 관장은 자기 말에 자기가 도취된 듯 더욱 열기를 띠어 가고 있었다. 금자는 분노로 얼굴이 일그러지고 있었다.

“무엇보다 영업은 끈질긴 데가 있어야 한단 말이요. 그리고 강 실장 고객카드 좀 이리 가져오오.”

박 관장은 강 실장을 턱 끝으로 가리키며 명령했다. 강 실장은 황송하다는 듯 두 손을 비비며 한 묶음의 고객카드를 박 관장에게 내민다.

“으음, 여기 박서자 씨, 서자 씨 있소?”

고객카드를 들여다보던 박 관장이 누군가의 이름을 부른다. 이윽고 머리를 길게 길러 스트레이트파마를 한 여자 하나가 앞으로 나아간다.

*

“아니 뭐 그런 인간이 다 있어!”

금자는 희연과 둘이 있게 되자 분노를 터트렸다.

64

"뭐! 고객이 골프 가자면 골프 따라가고 여행 가자면 여행 가야 한다구! 우리를 뭐로 보고 하는 말버릇이야. 그 개자식. 우리가 술집 작부로 보인다는 거야, 뭐야!"

"그러게, 정말 기가 막혀."

금자는 희연과 더불어 조용히 고개를 끄덕이며 불만을 나타냈다.

"저 따위 인간 때문에 보험회사 이미지가 나빠지는 거야. 그렇게 하려면 술집 여자들을 증원해서 데려오지 그래. 아니 희연 씨도 생각해 봐. 우리가 다 가정부인들 아냐. 그런데 그런 말이 어디 있냐구. 우리들을 뭐 몸 파는 여자들로 만들겠다는 거야 뭐야! 세상에 그런 인간이 어떻게 해서 무슨 교육관장이고 상무야."

희연은 금자의 분노가 무리가 아니라고 생각한다. 자기도 아까 박관장이 말을 했을 때 어이가 없지 않았던가.

"난 아무래도 저런 인간 때문에 못 다닐 것 같애."

금자의 노기 띤 말에 희연이 놀라는 표정을 짓는다.

"아니 금자 씨, 아, 참 내 정신 좀 봐. 금자로 부르지 말랬지. 이름을 바꾸어 불러야 하는데 미안해요 승윤 씨. 그나저나 그까짓 일에 고만둔다고 할 거까지야 뭐 있어. 그런 인간들은 어디에나 있게 마련이야. 박관장이 뭐 보험회사를 대표하는 거야."

"흥 그런 인간이 상무라니 한성 생명도 알 만하다. 알 만해."

금자는 분해 죽겠다는 듯 계속 악담을 하며 입을 씰룩거렸다.

"하지만 승윤 씨 우리가 뭐 그런 사람 보고 회사 다니겠어. 그래도 자기나 나나 교육받느라 여태 고생했는데 지금 그만두면 아무것도 아니잖아. 또 내가 자기 때문에 얼마나 위안이 되는 줄 알아. 그런 승윤 씨가 그만두면 나도 못 다닐 거야. 그러니까 승윤 씨 제발 고만두겠다는 소리 는 말아 줘."

희연이 사뭇 걱정스럽다는 듯이 애원이다. 언제나처럼 둘은 집으로 가기 위해 금자의 차를 탔다.

"희연 씨, 우리 집에 안 갈래?"

갑자기 금자는 희연을 돌아보며 제안을 한다. 서로의 위로를 위해서 도 희연과 수다라도 떨면서 좀 더 오래 같이 있고 싶다.

"어머, 그래요. 나도 자기네 집에 가 보고 싶어."

아파트 앞 넓은 주차장에는 고급 승용차들이 나란히 세워져 있었고 오후의 햇살을 받아 반짝이고 있었다. 금자는 희연을 아파트 건물 앞에 내려놓고는 자신의 승용차를 가지고 지하주차장으로 들어갔다 나온다. 건물 입구에는 늙수그레한 경비가 졸린 듯 눈을 반쯤 뜨고 있다가 금자 를 보자 목례를 한다. 희연은 살짝 긴장한다. 그리고 열등감이 생긴다.

"어머! 승윤 씨 이게 도대체 몇 평이야. 몇 평인데 거실이 이렇게도 넓어?"

희연이 놀랍다는 듯 큰 눈을 더욱 동그랗게 뜬다.

"으응, 60평이야."

"어머나! 그래요. 어쩐지 넓더라. 이렇게 넓은 곳에 세 식구가 살아?"

희연은 부럽다는 듯 금자를 쳐다본다. 금자는 '나 어때?' 하는 표정으 로 자랑스럽다. (저 부러워하는 얼굴을 봐. 이런 맛에 넓은 곳에 살지.) 그녀는 속으로 흐흥 하고 웃는다.

넓은 거실에는 인삼 무늬가 새겨진 화문석이 깔려 있다. 아이보리색 문갑 위에는 대형 ＴＶ가 놓여 있고 그 옆에는 검은색 오디오가 무게 있

게 자리 잡고 있었다. 말린꽃이 풍성하게 꽂힌 화병을 잠시 바라보고 있
는데 금자가 과일과 주스를 내어 온다.

"승윤 씨, 아저씨가 뭐하시는 분이에요."

"뭐, 별 볼일 없는 월급쟁이죠."

"아무리…. 그런데 이렇게 큰집을 어떻게 샀어?"

"우리 아저씨 공무원이야. 그런데 월급쟁이가 무슨 수로 이렇게 큰집
을 장만했겠어. 반은 요행이지."

"무슨 요행? 나도 좀 가르쳐줘요."

"호호, 희연 씨 가르쳐 줄 거나 뭐가 있어. 우리도 처음에 단칸방을 살
았더랬어요. 난 다른 재주는 없지만 저축은 잘하는 편이에요. 한 푼 두
푼 모아서 15평형 아파트를 하나 장만했지. 그곳에서 몇 년을 살았는데
돈이 좀 모여서 집을 늘려 이사하려니까 잘 안 팔리지 뭐야. 그런데 이
사 가고 싶어 죽겠는 거야. 그런데 그, 왜 집값이 엄청나게 뛰었었지. 우
리가 2월에 집을 보러 다니는데 서울에서는 집이 오르고 있다는 소식이
있더라구. 그러던 중에 팔려고 내놓은 집을 하나 보았어. 마침 그 집 주
인이 세를 놓고 서울서 살고 있었는데 인천에서도 집값이 뛰고 있다는
걸 모르고 있더라구. 자기 딴에는 서울은 집값이 오르더라도 인천에 있
는 집이 설마 오르랴 했던 거야. 우리는 좀 싼 값에 얼른 계약을 했지.
사려고 했던 집이 세 들어 있었으니까 전세를 끼고 그 집을 산 거지. 전
세라고 해 봐야 집값하고 거의 맞먹으니까 들어가는 돈도 별로 없었어.
그러니까 돈 천만 원 들여서 집이 두 채가 된 거야. 우리가 집을 사고
나자마자 이게 웬일이야! 집이 천정부지로 뛰잖아. 자고 새면 집값이 오
르는데 정말 살맛 나더라구."

희연은 철 이른 수박 한 쪽을 들고 씨를 골라내며 금자의 말을 열심히 듣고 있었고 금자는 그때가 생생하게 생각난다는 듯 신이 나서 떠들었다.

"한 채는 우리가 살 집이니까 그렇다 해도 한 채는 고스란히 남는 돈 아냐. 자고 새면 아무 노력도 하지 않는데 돈이 생긴다니 얼마나 신나는 일이겠어. 아무튼 그때 열 평 정도를 늘려 가는데 먼저 집 판 돈에 별로 보탠 것도 없어. 거저 늘려 간 거지. 그 후 그곳에서 한 4년 살고 나니까 그 아파트가 주공 아파트여서 그런지 샀을 때보다 4배쯤 값이 뛰었더라구. 그리고 나서 돈 보태서 이 아파트 산 거야."

"어머 좋았겠네. 참 운도 좋지."

듣는 희연은 자기 일인 양 손을 마주 잡고 눈을 빛냈다.

"호호, 그러니까, 잘만 하면 우리나라 좋은 나라 아니겠어. 내 말 더 들어 봐. 그때 내가 생각한 거야. 오냐, 이런 기회를 놓치지 말자. 그리고 나도 한몫 단단히 잡았지. 즉 부동산 투자랄까 뭐 투기랄까를 좀 했지. 처음에 오를 기미가 있을 때 이런 인천 구석은 사람들이 제대로 인식을 못 하고 있는 거야. 그때 돈 가지고 집 사는 줄 알아? 내 돈 한 푼 안 들여도 집을 10채고 20채고 살 수 있었다구."

금자는 신이 나서 떠벌인다.

"어떻게?"

희연이 호기심을 가지고 무릎을 바짝 당겨 앉으며 물었다. 그들의 말투는 자연스레 반말투로 변했다.

"호호, 그때 말야. 전셋값이나 집값이나 같았어. 융자 많은 아파트는 전셋값이 더 비싼데도 있더만. 집을 사면서도 돈을 받는 경우도 있었으니까. 그게 왜냐면 예를 들어 집값이 1억이었는데 융자는 5천만 원이거든. 자기 돈은 5천만 원 정도만 되면 융자 끼고 살 수 있었는데 전세는 오히려 6천만 원이었거든. 인기 없는 1층이나 5층은 5천5백만 원에 깎아 샀어. 그러니까 전세를 끼고 집을 사면서 돈을 받게 되더라구. 그래서 내 돈 안 들이고 받은 돈으로 등기하고 복비 주고 하니까 딱 맞더라구. 내놓은 집은 많았고 그런 식으로 땅 짚고 헤엄쳤지. 그런 때는 그저 잽싸게 움직여야 돼. 그리구 부동산에서는 복비 먹는 재미에 알아서 다 소개해 주더라구.”

금자는 그때를 생각하면 재미있다는 듯 히죽히죽 웃었다.

“그래서 내가 전세를 끼고 사는 조건으로 집을 사들였지. 뭐 팔릴 동안 융자금 이자 무는 게 좀 손해지만 나중에 집을 두 배까지도 남기고 팔았으니까 그깟 이자야 새발의 피지. 그리고 또 재미있는 건 경매야. 열심히 경매정보지 들여다보면서 물건을 찍고 만날 보러 다니고 어쩌다 낙찰 받으면 참 많이 남는 장사했지. 아! 언제나 다시 그런 좋은 시절이 오려나.”

금자는 혀로 입술을 핥으며 입맛을 다셨다.

(그랬구나. 그때에는 집 없는 사람이면 정말 기가 막혔는데. 이런 사람들은 그렇게 재미가 좋았으니. 우리처럼 없는 사람들은 집을 사겠다는 꿈은 고사하고 방세 올려 주기도 전전긍긍했는데.)

희연은 부러움이 섞인 맹렬한 질투가 일어나는 자신을 느꼈다. 그때의 암담했던 기분을 돌이키자 다시금 속이 상해서 입술을 지그시 깨물었다.

“그래, 집 없는 사람들은 그랬을 거야. 뻔히 눈뜨고 도둑맞는 심정이 그렇겠지. 그러니 가난한 사람이 우는 대신 우리 같은 투자자들이 얼마나 재미있었겠어. 그야말로 떼돈 남았지. 참 투기꾼인가? 헤헤 뭐, 투자나 투기나 생각하기 나름이지. 그때도 막차 탈 뻔했는데 운도 좋았지."

"그래도 승윤 씬 선견지명 있었네. 집이 오를 것 같은 조짐을 눈치챘다는 것 아냐."

"바보, 아까 내가 그랬잖아. 서울에서 조짐이 있을 때 서둘렀어. 인천은 아무래도 좀 늦거든. 그리고 조금이라도 남으면 팔아 치우고 재빠르게 움직여야 해."

금자는 희연의 부러움을 사자 기분이 좋아진다.

"승윤 씬 사업도 했었다며? 그것도 돈 벌었을 거 아냐?"

"흐흐, 부동산으로 번 돈, 사업해서 까먹을 뻔했지. 재미없었어. 밑천 날릴 뻔했는데 다행히 손해는 안 보고 손 뗐지."

금자는 혀를 날름하면서 장난스럽게 웃는다. 희연은 넋이 나간 듯 금자를 바라본다. 마치 딴 세상 사람처럼 부럽기만 하다.

"참, 집 옮길 때 주의할 점이 있어. 집을 옮기려면 우선 부동산에 내놓고 나서 부지런히 다른 집 보러 돌아다녀야 해. 그렇지 않고 덜컥 먼저 팔아 버리고 집 사러 다니면 낭패당하기 쉬워."

"왜?"

"에그… 뭘 왜야. 봐라. 먼저 팔아 버리면 좋은 가격 받기도 힘들고 밖에 시세가 어떻게 돌아가는지도 잘 몰라. 그런데 부동산에 내놓고 팔기전에 우선 돌아다니다 보면 내가 가진 돈에 어느 정도 살 수 있는지 파악도 되고 또 싼 물건을 잡으면 나도 여유 있게 팔 수 있잖아. 특히 주의할 건 부동산이 한창 오르고 있을 때 살던 집 먼저 팔아 버리면 절대 안 돼. 그러고 나면 십중팔구 돈을 더 들이고도 못 늘려 가. 팔고 보러 다니는 동안에도 집값은 오르거든."

"아이고 사부님 앞으로 많은 지도편달 바랍니다."

금자의 훈계에 희연은 장난스럽게 키득거리며 머리를 조아린다. 금자가 오냐오냐하면서 거드름을 피우는 흉내를 내자 둘의 웃음이 거실에 낭자해진다.

"여긴 관리비도 꽤 많아."

"관리비가 얼마인데?"

"한겨울에 연료비까지 한 ○○만 원 정도."

"그렇게나 많이?"

"그렇다니까. 입구마다 경비가 있으니까 편하긴 하더만."

"관리비가 그렇게 많다면서 경비실 없애자고 해 보지?"

"뭐하러 없애. 입구에 들어설 때마다 경비가 얼마나 정중하고 깍듯하게 인사하는 줄 알아. 그 기분도 꽤안커든. 그리 경비가 둘씩 교대하는데 그게 인건비만 해도 얼마야. 경비들이 라인마다 교대하니까 잡상인 출입 일체 없애 주지. 오는 사람 가는 사람 다 체크해 주지. 그러니까 돈 좀 들어가는 거 별거 아냐. 없애자는 사람도 있는데 반대하는 사람이 더 많으니까 그게 안 되더라구."

"자기네 세 식구에는 좀 넓겠다. 너무 썰렁하지 않아. 청소하기도 그렇고…."

"뭐 별로 그렇지는 않아. 청소도 자주하는 건 아니니까 일주일에 한 번씩 파출부 아줌마 불러서 해 달라고, 부른 김에 이것저것 살림도 돌보면 할 일도 없어. 그리구 별로 넓은 것도 모르겠더라구. 여기 사는 집들

71

이 식구가 많아서 큰 평수 사는 줄 알아? 두 식구, 세 식구 사는 건 기본이야. 나도 애초엔 육십 평까지 살 생각은 안 했어. 먼저 아파트가 32평형이었잖아. 근데 돈 있겠다. 뭐하러 38평짜리를 사겠어. 그리구 방도 네 개는 있어야 하구. 말이 나왔으니 말이지. 다른 집들은 실내 장식이 얼마나 사치스러운데. 세간들도 호화롭고. 그 사람들은 집안 꾸미는 데는 열성이지. 아무리 비싸도 마다하지 않으니까. 것도 경쟁이야. 누구네가 인테리어 바꾸었다 하면 나는 하다못해 세간이라도 하나 새로 들여놔야 직성이 풀리지. 또 승용차들도 얼마나 고급이야. 소나타 정도는 약과고 아까 봤지! 그 즐비한 그랜저를. 그런 것에 비하면 우린 세간도 그렇고 좀 기죽는 편이지."

"..."

희연의 눈이 꿈꾸듯 부러운 눈으로 금자를 쳐다본다. 베란다를 통해 들어오는 바람은 하늘하늘한 연두색 커튼을 살짝 들추듯 떠밀어 내고는 희연의 볼을 간지럽히고 있었다.

*

다음 날 희연은 더운 날씨에 흐르는 땀을 연신 닦으며 공단으로 들어가는 길을 걷고 있었다. 검은 아스팔트는 내리쬐는 햇빛에 대항이라도 하듯 그 뜨거운 열기를 무한정 토해 내고 있었다. 희연은 문득 광진공업 허 반장과의 일을 떠올렸다. 허 반장은 처음 희연을 보았을 때 교육보험에 대해 물어보며 호감을 보였었다. 자신은 돌이 채 안 된 어린 자식이 있다는 것이다. 그 아이를 위해 교육보험을 들어야겠다고 생각하는데 아직 돈이 없으니 좀 더 있어야겠다고 말했다. 희연의 귀가 반짝 뜨였다.

(유망고객이 하나 생겼네.)

그녀는 계약으로 이어지기 위해 성의를 다해 허 반장에게 앨범이나 간단한 아기용품 같은 판촉물을 정성스럽게 포장하여 갖다 주고 상품의 필요성을 누누이 강조했다. 그러나 허 반장은 계속 날짜를 미루더니 밤에 자기를 만나면 계약을 하겠다고 말했다. 희연은 돌연 아연했다. 밤에 만나자니 의도가 뻔했다. 희연이 두말 않고 돌아서자 자기는 교육보험 말고도 연금보험도 필요하다느니 친구도 같이 들게 될 거라느니 하면서 희연의 의중을 떠보았다. 희연은 다시는 그딴 인간에게 보험얘기를 꺼내지 않으리라 하고 생각했으나 마감은 돌아오고 달리 마땅한 계약이 없었다. 하루를 고민하고 망설이다가 할 수 없이 다시 광진공업을 찾기로 했다. 광진공업에 가니 허 반장이 직장을 고만두었다는 것이다. 희연은 허 반장의 집을 찾아가기로 했다. 허 반장의 부인을 만나 설득해 보리라. 허 반장의 부인도 교육보험의 필요성을 생각하고 있으리라. 오히려 부인이 더 설득하기가 좋을는지도 모른다. 희연은 고객카드에 쓰인 주소대로 집을 찾아가기로 했다. 우선 영업소에 비치되어 있는 지도를 펼쳐 놓고 위치를 대강 찾아 놓았다. 집 근처에 내려 부동산에 들른 다음 정확한 위치를 묻고 근처에 가서 동네 반장 집을 찾은 후 다시 동네 사람에게 물어물어 허 반장네 문을 두드린 것은 오후 한나절을 넘긴 4시쯤이었다. 뜻밖에 이층집 반지하에 허 반장이 세 들어 살고 있었다.

문을 두드리자,

"누구세요?"

하는 신경질이 섞인 여자의 음성이 들려왔다. 어두컴컴한 지하실 방에서 고개를 내민 여자는 이 여자는 뭐야 하는 투로 희연을 아래위로 훑어보았다.

"저, 여기가 허창수 반장님 댁 맞죠."

"그런데요. 누구시죠?"

"저어 한성생명에서 왔는데요. 허 반장님 계신가요?"

하고 묻자

"어 아줌마가… 웬일로."

하는 음성과 함께 어두운 방 안에서 고개를 쏘옥 내민 허 반장의 얼굴이 보였다.

"교육보험 들겠다고 하신 것 때문에 왔어요."

하고 말하자

"글쎄 그게 저…."

하면서 허 반장이 머리를 긁적거렸다. 그러자 부인이

"흥, 꼴좋다! 노는 주제에 무슨 보험이야! 아줌마 우린 보험 못 들어요. 누가 보험 든대요. 아줌마가 주었다는 앨범인지 뭔지 때문에 온 것이라면 여기 있어요!"

하고 날카롭게 쏘아붙이더니 어디선지 앨범을 꺼내 내던진다.

갑자기 무안해진 희연은

"앨범 때문에 그러는 것이 아니에요. 허 반장이 그러는데 아줌마도 교육보험은 들어야겠다고 해서 온 거에요."

하고 말했다. 갑자기 아이가 깼는지 방 안에서 칭얼거리는 소리가 들려왔다. 여자가 방문을 활짝 열었다. 두어 평 남짓한 방 안에 세간들이 빼곡하게 들어차 있는 속에서 아이가 울고 있는 게 보였다. 남자가

"아줌마 지금 놀고 있어서…." 하면서 궁색한 변명을 했다.

"그런데 왜 가입할 것처럼 얘기했죠?"

하고 희연이 묻자

"그렇다고 아줌마가 여기까지 오실 줄은…."

하고 말한다. 그러자 여자가

"어이구, 지겨워! 내가 저 인간하고 살다니."

하면서 잔뜩 짜증을 부리며 진저리를 쳤다.

희연은 하릴없이 되돌아 나와야 했다. 갑자기 피곤이 함께 몰려오면서 주저앉고 싶을 만큼 다리가 아팠다. 저런 형편없는 인간, 지하 단칸방 사는 주제에 보험을 미끼로 바람을 피우려고 했던 것을 생각하니 얼굴이 확 달아오르도록 화가 났다. 하지만 뭐라 할 수도 없었다. 희연은 맥이 빠져 기운이 하나도 남아 있지 않았다.

허 반장의 집을 나와 터덜터덜 한참을 걸어 버스정류장으로 향했다. 희연은 잠시 생각했다. 이곳에서 버스를 타면 두 번을 더 갈아타야 한다. 그러나 두 정거장을 걸어가면 집까지 버스를 한 번만 타도 갈 수 있었다. 희연은 버스비를 아끼려고 더위를 무릅쓰고 두 정거장을 더 걷기로 했다. 평소에도 버스비를 아끼려고 서너 정거장의 거리는 늘 걷곤 했던 것이다.

늦은 오후의 태양은 사람을 더욱 지치고 늘어지게 만들었다. 희연은 집에 있을 아이들을 생각해서 부지런히 걸었다. 등 언저리에서 끈적끈적하게 땀이 배어 나왔다. 갑자기 돌부리에 걸렸는지 발밑이 이상했다. 희연이 힘없이 아래를 내려다보자 구두의 밑창이 떨어져 오뉴월 똥개 혓바닥처럼 헤벌레 벌어져 있었다. 신발까지 속을 썩이다니. 아무리 싸구려 신발이라지만 이렇게까지 단박에 떨어질 줄은 몰랐다. 희연은 그 자리에 주저앉아 그만 울고 싶어졌다.

*

희연은 저녁을 지어 먹고 아들 지수의 학교 공부를 가르쳐 주어야겠 다고 생각하지만 몸은 천근만근 무거웠다. 저 녀석이 공부나 제대로 하 는지 숙제는 다 했는지 걱정스러웠다. 그때 남편이 들어섰다. 희연은 시 큰둥해서 남편을 바라보다가 문득 생각이 나서

"지수야, 준비물 챙겼니? 숙제는 어떻게 됐니?"

하고 물어본다. 그러자 녀석이 어물어물하는 게 영 수상하다.

"이리 가져와 봐."

하고 말하자 눈치만 슬슬 본다.

"너 책가방 좀 보자!"

희연이 다짜고짜 책가방을 가져다 뒤져보기 시작했다. 아니 이럴 수 가, 희연은 화가 치솟았다. 공책이 두어 개, 어디다 팔아먹었는지 필통에 는 몽당연필 한 자루만 달랑 들어 있었다.

"아니 이 녀석이 도대체 정신이 있는 놈이야 없는 놈이야! 너 이게 뭐 니! 지우개는 어디다 두고 연필은 다 어쨌니? 이 녀석이 공부를 하려는 놈이야, 뭐야."

희연이 소리를 지르자 겁이 난 녀석이 고개를 푹 수그린 채 눈치만 살핀다. 희연이 계속 가방을 뒤지자 50점짜리 시험지가 나온다.

"아휴! 속상해 난 어쩌면 좋아. 이놈아! 너 이담에 공사판에 가서 일할

76

래? 뭐 할래. 너 공부 이렇게 해 가지고 어떻게 할래. 아주 지게꾼이나 되어라.”

희연은 속이 상하여 지금은 있지도 않은 지게꾼을 들먹이며 아이에게 악담이나 하듯 겁을 주고 있었다.

“아니, 당신 무식하게 아이한테 무슨 소리야. 전 같지 않게 왜 그리 신경질이오.”

남편 정민이 뜻밖에 화가 나 있는 희연을 향해 걱정스러운 듯 충고한다.

“신경질이 아니라 그렇잖아요. 쟤 하는 양을 보세요. 내가 화 안 나게 됐나.”

지수가 저리되어 가는 게 어찌 아이 탓만 하랴. 희연의 무관심이 더 큰 탓이 되련만 희연은 결과에만 집착해 속이 터진다.

“그래도 그렇지 당신이 그런 말을 할 줄 몰랐소. 그런다고 아이가 말을 듣나. 당신이 무척 신경이 날카로워져 있는 것 같은데. 직장 다닌다고 힘드니까 짜증이 나는가 보군.”

정민은 희연이 안쓰러워 조심스럽게 말을 건넨다.

“난들 힘든 걸 왜 모르겠어요. 아이들을 잘 돌보지도 못하면서. 하지만 당신이 돈을 벌어다 주어야 아이들 돌보며 살림만 할 게 아니에요. 난 정말 미치겠어.”

희연은 정민에게 한참 넋두리를 늘어놓다가 제 설움에 겨워 눈물이 차오른다. 그녀는 우는 걸 감추려고 무릎에다 얼굴을 묻는다. 정민은 그런 희연을 물끄러미 바라보았다. 달래기 위해 무슨 말을 해야 하나 난감했다. 다 그놈의 돈 때문이지만 자신인들 어쩔 도리가 없었다. 여자 낚는 것만큼 돈이 낚이면 얼마나 좋을까. 그는 잠시 그런 생각을 했다. 여자는 건드리는 족족 낚이는데 어째서 돈은 벌리지 않는지 모르겠는 거였다. 자신이 아무리 노력을 해도 돈은 자신과는 동떨어져 있었다. 어려서는 돈에 궁한 줄 모르고 살았건만 돈 때문에 자신이 이렇게 초라해질 줄은 몰랐다.

돈, 그놈의 돈! 어떻게 하면 돈을 벌 수 있을까. 방법은 달리 없었다. 여자 낚기가 수월한 만큼 돈 많은 여자를 낚는 거였다. 여자란 건 묘했다. 절대 안 넘어올 것처럼 새침을 떨다가도 이쪽에서 강하고 적극적으로 나오면 못 이기는 척 응하게 마련이었다. 그러다가 될 수 있는 대로, 신속하게 적당한 때에 몸을 섞고 나면 그 후에는 간이라도 빼줄듯이 태도가 달라졌다. 친한 친구라도 돈을 얻기는커녕 얘기를 꺼내기도 힘들지만 자신에게 낚인 여자에게서 돈을 얻어 쓰기는 수월했다. 안 갚아도 그만인 만큼 편리한 관계가 되었다. 돈 많은 여자를 낚으면 몸도 주고 마음도 주고 돈도 줄 터였다. 그러기 위해서 거짓말은 필수다. 무조건 유식한 척하고 돈도 넉넉한 척해야 하는 거다. 가난뱅이 남자를 좋아할 여자가 세상 하늘 아래 어디 있던가. 그래, 아무리 생각해도 달리 그 방법밖에는 없다고 혼자 주억거렸다.

부녀회 나들이

집 안에 들어서자 기다렸다는 듯 인터폰이 울렸다.

"태수야, 자기 오기만 눈 빠지게 기다렸다. 만날 어디 나다녀? 뭐 애인이라도 생겼어."

박금자는 피식 웃음이 나왔다. 있지도 않은 애인 타령이라니….

"그래, 애인하고 재미있게 지내다가 이제 들어온다. 왜? 근데 난 왜 기다렸어?"

"우리 이번 부녀회에서 단합대회 가는데 자기도 가야지."

"난 못 가, 날마다 나가야 하는데 어떻게 가."

"안 가도 회비는 내야 돼. 알지?"

"안 가는데 왜 회비를 내?"

"몰라서 물어. 너도 나도 다 빠지면 누가 가냐. 자기도 부녀회원 간부 아냐. 무조건 회비는 내야 하는 거야."

부녀회 총무는 금자에게 다짐이라도 하듯 보이지도 않는 상대에게 삿대질을 해 가며 호들갑을 떤다. 부녀회는 동네의 봉사 모임이지만 주부들의 호응도가 적었다. 금자도 처음 이사 와서 반상회에 몇 번 참석했다가 어물쩍 부녀회원이 되고 말았다. 그나마 작은 평수 여자들의 부녀회 활동이 활발한 편이었고 금자처럼 큰 평수 여자들은 거의 참여하지 않았다. 금자도 참여하지 않았으나 태수의 유치원 학부모였던 여자 중 하나가 부녀회 간부인 탓에 자꾸 조르는 통에 들어가게 되었다.

부녀회에서 하는 일은 각종 바자회를 주선하거나 폐품 수집을 하기도 했다. 1년에 두 번 경노잔치를 열어 주는 일도 부녀회가 하는 일이었다. 하지만 바자회라는 것도 전문 장사꾼들에게 아파트 마당을 자릿세 형식으로 돈 받고 빌려 주어 열리는 바자회이기 때문에 주민들에게 도움 되는 일이라곤 없었다. 바자회라는 명목으로 장사꾼들이 한 떼가 몰려와 차일을 치고 장사를 벌이는 날이면 아파트가 온통 시끄럽고 또 주차를 시키지 못하는 등 오히려 피해가 많기 때문에 주민들은 불만이 많았다. 경노잔치라는 것도 노인들을 초청하여 하루 동안 점심식사라도 대접하면서 여흥을 즐기도록 하여 경노 효친 사상을 고취시킨다는 명분이지만 행정관청의 지시에 따르는 것이기 때문에 본래의 목적보다는 으레 치르는 행사로 여겼다.

지난번에 경노잔치라는 것이 처음 열려 금자도 부녀회원으로서 일을 거들게 되었다. 전날에는 부침개를 부치고 음식을 장만하기 위하여 회원들이 누군가의 집에 모여 음식을 만들었다. 다음 날에는 아파트 마당에 차일을 치고 동네 노인들을 초청하여 국수 잔치를 벌였다. 그중 놀기 좋아하는 여자들이 곱게 한복으로 치장을 하고 노인들을 대접한답시고 들락거렸다. 동네 유지들이나 의원들, 혹은 동네에서 행세깨나 한다는 사람들을 초청하여 기부금을 받았다.

한 떼의 부녀회원들은 초청된 남자들을 접대하느라고 하하 호호 간드러진 웃음과 교태를 흘리며 흡사 기생처럼 굴었다. 마당에선 흥겨운 음악이 넘쳐나고 여자들의 잔치인 양 신이 난 여자들의 노랫가락과 엉덩춤이 어우러진 기묘한 잔치가 되었다. 금자도 어울릴까 하다가 '안 되지, 평수에 걸맞지 않게 경거망동하면 안 되지. 작은 평수 여자들과는 급이 다르지. 암 급이 달라' 하는 생각에 가만히 있었다.

그 방면에는 숙맥인 일부의 순진한 부녀회원들은 설거지 같은 뒷일을 거들며 그들의 행동을 바라보았다. 겉으로는 아무 말이 없었지만 속으로는 경멸하며 그들을 지켜봤다.

잔치가 끝나고 다음 날 결산 보고를 하면서 회장을 비롯한 회원들이 회식을 했다. 탕수육이나 팔보채 같은 중화요리에 맥주가 한 순배 돌아가고 화기애애한 분위기가 무르익었다. 다음 행사로는 단합대회를 가자는 것이 회의의 목적이었다. 금자는 보람된 일을 하는 것으로서 부녀회란 할 일이 못 된다는 것을 진작부터 깨닫고 있었다. 이렇게 부녀회라고 있어야 주민들에게 도움 주는 일이라고는 없기 때문에 인식도 별로 좋지 않았다. 부녀회원이라면 으레 좀 극성스럽고 쓸데없이 수다스러운 여자들의 집단쯤으로 여겼다.

그런 부녀회에서 일 년에 한 번씩 관광버스를 대절하여 단합대회라는 명목으로 야유회를 갔다. 보통 30명 정도의 인원이 가야 하는데 언제든지 가려는 사람이 턱없이 적었다. 그래서 부녀회원이라고 명단에 올려져 있는 사람이면 싫든 좋든 회비를 내도록 만들었기 때문에 울며 겨자 먹기로 가야만 했다. 금자도 어쨌든 부녀회원이기 때문에 가기로 했다. 속리산 관광도 하고 모처럼 맑은 공기를 쏘이러 가는 일도 괜찮지 않은 가 하고 생각했다.

야유회 날 아침은 막 여름이 물러간 청명함을 알려 주듯 잔디밭에서 귀뚜라미가 울어대고 있었다. 금자는 귀뚜라미 우는 소리에 잠이 깨었다. 벌써 가을이네. 이 계절이 가면 곧 겨울이 오고 다시 한 해가 지나리라. 속절없이 나이만 먹는 것 같아 귀뚜라미 소리가 더욱 처량하게 들린다.

대절해 놓은 관광버스는 아파트 앞 정문에 대령해 있었다. 간간히 모르는 얼굴도 눈에 띄었다. 다른 아파트에서 원정 온 사람이다. 버스는 속리산을 향해 출발하기 시작했다. 출발하자마자 차 안이 들썩이기 시작한다. 스피커에서는 뽕짝이 흘러나오고 사회를 보는 여자가 앞에 나와서 우스갯소리로 흥을 돋우기 시작한다. 어떤 것이든 섹스와 관련된 농담이다.

"지금부터 퀴즈를 내겠습니다. 거북이 부부가 제주도로 신혼여행을 갔어. 그런데 암놈은 돌아오지 못했대. 왜 그랬게?"

"글쎄, 으음 알겠다. 힘이 들어서!"

"땡, 틀렸습니다. 자빠진 걸 뒤집지 못해서입니다."

다시 차 안에서는 찢어질 듯한 음악이 나오고 여자들 몇이 나와서 흔들어댔다.

"야! 영아야, 뭐 하냐? 나와서 추지 않고 빨리 나와. 안 나오면 쳐들어 간다. 쿵짜작 쿵짝."

부름 받은 영아 엄마가 엉덩이를 흔들면서 좌석 사이로 나가고 호호호 간드러진 웃음을 터트리며 훈이 엄마가 끌려 나갔다. 금자도 그 분위기에 어울려 덩달아 엉덩이를 흔들며 앞으로 나갔다.

흐흥, 이것도 운동이라면 운동인가. 춤은 출 줄 모르지만 흥이야 낼 수 있지 하면서 금자는 팔을 위로 흔들면서 우스꽝스러운 몸짓으로 춤을 춘다.

뒤에서 괴성과 함께 자지러진 웃음소리가 함께 들려왔다. 금자가 돌아다보니 여자 하나가 고개를 위로 쳐들고 눈을 가느스름하게 뜨고 몸을 비비 꼬는 게 보였다. 그냥 꼬는 게 아니라 엉덩이 부분을 살살 돌리면서 성행위를 그대로 흉내 내고 있다. 여자들이 즐겁다는 듯 손바닥으로 무릎을 치기도 하고 박수를 치기도 하면서 즐거워한다.

"야! 끝내준다. 끝내줘! 밤에 어떻게 하는지 알 만하다. 알 만해. 에지간히 밝히겠다. 응!"

누군가가 부추기듯 농담을 하자 몸을 비비 꼬던 여자가 더욱 요란스럽게 엉덩이를 돌리며 "흐으응" 하고 이상한 신음소리를 냈다.

"야, 죽인다. 죽여!"

좌중은 다시 박수를 치며 웃음이 터졌다. 곧이어 금자가 쫓아가 그 여자와 마주 보면서 엉덩이를 앞뒤로 흔들어댔다. 남자 역할을 흉내 내는 것이다.

벌겋게 취해서 박장대소를 하는 무리들이 더욱 깔깔대느라 버스 안이 소란스럽다. 금자도 술에 취해 얼굴이 벌겋게 달아올랐다. 여자들도 전부 차 중간으로 몰려나와 마시고 떠들고 흔들었다. 출렁출렁 맥주 캔이 흔들렸고 여자들의 엉덩이가 흔들렸고 차 안이 뽕짝으로 달아올랐다.

"달빛이 흐르는 다리를 건너… 으쌰 으쌰! 술만 먹고 돈만 내라. 아싸!

아싸!"

이수일의 아파트가 차 안에서 요동을 쳤고 들썩이는 차는 힘겹게 산비탈을 오르고 있었다. 차창 밖으로는 더위에 지친 늦여름의 풍경이 시시각각 뒤로 멀어져 갔다.

일행들은 속리산에 도착하여 법주사로 올라가기 위해 길을 걸었다. 어디선가 이름 모를 산새들의 소리가 귓가를 간질였다. 길 양쪽 옆에는 갈비집, 디스코텍, 노래방 들이 즐비하게 늘어서 있다. 뒤에서 몇몇들이 소곤거리는 소리가 들렸다. 힘들게 뭐하러 법주사까지 가느냐고 했다. 그래, 그래. 우리 좋은데 가자! 가자! 하고 킬킬대면서 막걸리 집으로 몰려갔다.

돌아오는 길에도 차 안에서는 계속해서 들썩거리는 여흥이 벌어졌다. 아파트에 도착하니 밤 8시가 다 되어 가고 있었다. 어둠의 커튼이 내려지고 있었다.

"야! 태수야, 우리 2차 안 갈래?"

벌겋게 취한 얼굴에 눈동자가 개개풀린 영아 엄마가 금자의 팔을 잡아끌면서 눈을 찡긋해 보인다.

"그럴까, 꺽꾹! 근데 태수도 돌봐야 하고 태수 아빠 보면 뭐라고 할텐데."

"어이구 맹추. 야! 태수가 어린애냐. 전화 한 통화 해 주면 될 걸 가지고 그래! 그리고 태수 아빠한테는 차 밀려서 늦게 들어왔다고 하면 되지. 웬 걱정이야."

그때 삐삐가 울렸다. 찍어 보니 집에서 온 거였다.

"그래도 안 돼. 난 집에 갈 테야."

"그래그래, 태수야! 박금자! 너 요조숙녀라는 것 알고 있다 잉! 알고 있다구."

할 수 없다는 듯 고개를 외로 꼬면서 눈을 흘기는 영아 엄마를 뒤로 하고 금자는 집으로 향했다.

집에 돌아온 금자는 술 먹은 걸 티 내지 않으려고 세수부터 했다. 남편은 아직 돌아오기 전이었다. 아침에 지어 놓고 간 저녁밥을 차려놓고 태수와 함께 식탁에 마주 앉았다. 녀석은 밥숟갈을 들고서 밥은 먹으려고도 하지 않고 텔레비전 코미디 프로에 열중하며 앞니 빠진 입으로 헤벌쭉 헤벌쭉 웃어대고 있었다. 언제나 태수가 잘 먹지 않아 고민이지만 오늘은 유난히 신경이 거슬렸다. "야, 태수야 너 밥 안 먹을래" 하고 소리를 꽥 질렀다. 태수가 흠칫 놀라 눈치를 살핀다. 우리 엄마 히스테리가 또 시작되는구나 하는 표정이다.

금자는 하나뿐인 아들 태수를 정말 잘 키우고 싶다. 하지만 무엇으로 잘 키우고 있다는 것을 증명할 수 있는가. 금자는 자신이 없다. 차라리 딸이라도 하나 더 나을 걸. 뒤늦은 후회가 밀물처럼 밀려왔다. 모두들 금자를 부러워하고는 했다. 성실한 남편을 두었다고 했다. 사기업처럼 언제 밀려날지 모르는 불안한 출세가 아니라 그야말로 자기 잘못만 없으면 해고당할 염려도 없어서 신이 내린 직장, 또는 철밥통이라고 불리는 공무원이 아닌가. 또한 공부 잘하는 아들 하나만 두었으니 성가실 일 없고 돈도 그만하면 남에게 아쉬운 소리 하지 않아도 될 만하니 무엇 하나 부러운 게 없어 보인다고 했다.

그러나 허울뿐이라는 것을 금자는 누구보다도 잘 알고 있었다. 무엇보다 하나뿐인 자식인 태수가 문제였다. 태수가 학급에서 잘난 척하는 것도 금자가 치맛바람 날리면서 어머니회 회장으로 기부금이다 뭐다 학교에 충성을 바친 결과라는 것을 잘 알았다. 공부를 잘한다는 것도 여태까지 과외다 뭐다 하며 저학년인데도 쉬지 않고 다그쳐 왔으니까 그 정도지. 그렇지 않았으면 성적이 바닥을 칠지도 모르는 일이었다. 먹는 것도 뭐든 가리지 않고 잘 먹어 주었으면 좋으련만 도대체 밥이라고는 안 먹었다. 제 엄마의 눈치를 보아 가며 억지로 두어 숟갈 뜨는 정도였으니 이만저만 속 터질 때가 한두 번이 아니었다. 그렇게 제대로 먹는 것이 없으니 몸 또한 약했다. 단것만 좋아해서 앞니까지 썩어 버린 것은 물론이고 감기 또한 끊이지 않았다. 어려서는 아무것도 안 먹고 오직 아이스크림과 빙과류만 먹으려 들었다. 그래도 살이라고 붙어 있는 게 용했다. 오죽하면 그나마 붙어 있는 살이 쮸쮸바살인가 보다고 금자는 욕을 한 적도 있을 지경이었다.

집에 있어 봐야 태수에게 신경 쓸 일밖에 없었다. 자신이 태수에게 과잉으로 신경을 쓰지 않기 위해서는 무엇에나 열중할 수 있는 일을 하고 싶었다. 하지만 부녀회 봉사라는 것도 그렇고 무엇을 해야 한단 말인가. 그나마 요즘에는 보험회사라도 다니며 신경을 그리로 쓰고 있는 게 다행이라면 다행이었다.

가치 있는 일을 하고 싶다. 그 가치 있는 일이란 게 도대체 뭘까.

불쌍한 남자

화영은 출근을 하기 위해 화장대 앞에 앉았다. 남편 동욱은 이미 일찍 출근을 했고 화영이 그 뒤를 이어 출근준비를 서두르고 있었다. 요즘엔 흥얼흥얼 콧노래가 절로 나왔다. 남들은 사십 중반이면 32평 정도 아파트는 다 사는데 난 이게 뭐람. 겨우 월세를 살고 있으니. 어서어서 돈부터 벌고 봐야지. 화영은 돈 벌 생각에 희망에 들떠 있는 한편 못난 남편 동욱과 살게 된 자신의 처지가 원망스러웠다.

"최화영 씨, 참 실적이 좋네요. 이대로 하면 팀장은 문제없겠는데 조금만 더하시면 됩니다."

황 부장의 칭찬에 화영은 꿈에 부풀었다. 내 처지에 이렇게 그럴 듯한 사무실의 주인이 될 수 있다니. 팀장만 되면 그야말로 사무실 하나 떡

차지하고 앉아서 월급 챙기고 사원관리만 해도 된다는 것이다. 어떻게 하든 그렇게 되리라. 그래서 보란 듯이 팀장이 되어 나의 성공을 부러워하게 만들리라. 그렇게만 된다면 그 징그러운 남편이라는 인간 먼저 차버리고 산뜻하게 살아야지. 그런 꿈에 부풀었다. 더구나 영업부를 담당하고 있는 황 부장이 자신에게 보이는 눈길이 은근했다. 그럼 그렇지. 역시 여자는 나처럼 한 미모 하고 봐야 돼. 화영은 미끼 문 물고기처럼 살살 잡아당기기만 하면 황 부장이 자신에게 넘어올 것 같았다.

"저… 황 부장님."

"무슨 일이죠?"

화영은 눈을 사르륵 내리깔며 수줍은 듯 말을 건넨다.

"오늘 시간이… 있으신가 해서요. 왜요? 그냐앙… 늘 저 때문에 수고하시는데 저녁이라도 같이하고 싶어서요."

그녀는 뜨문뜨문 말을 이어 붙이며 교태스러운 웃음을 흘렸다. 황 부장은 싱긋 웃으며 "아… 무슨 말씀을, 내가 저녁을 대접해야 하는데 이거 원." 하면서 화영을 올려다본다. 그 눈이 만족한 듯 게슴츠레했다.

'허, 이건 또 웬 떡이야. 이런 여자들 요새 많단 말야. 좋아 좋아, 내가 유혹하지 않아도 지들이 알아서 꼬리를 치니…. 이렇게 꿩 먹고 알 먹는 일이 어디 있느냐 말이야. 요즘 여자들은 어떻게 된 게 갈수록 화끈하단 말이야. 이게 봉이 될지 안 될 지는 두고 봐야 하지만 일단 먹고 보는 거지. 주는 데 안 먹을 건 뭐야.' 황 부장은 회심의 미소를 지었다.

황 부장이 생각하는 봉이란 영업실적도 탁월하게 좋으면서 섹시한 여자였다. 물론 자기 품에 착 안겨 오는 여자 중에서 말이다. 세상이 달라지면서 집에 있는 여자들이 너도나도 직장을 다니고자 했다. 그중에서도 주부가 다닐 수 있도록 만만한 건 세일즈라는 직업이었다. 세일즈 직원을 모집하는 건 두 가지였다. 광고를 해서 모집하거나 현재 다니는 사람들에게 수당을 준다는 조건으로 주변 사람을 데려오게 하는 것이었다. 후자가 제일 좋은 방법이었고 정착하는 비율도 높았다. 대체로 세일즈에 나서는 여자들은 가정형편이 어려워 돈벌이를 해 보자는 부류가 있고 또 하나는 집안 배경도 좋고 형편도 넉넉한데 단지 집에 있기 무료하기도 하고 사회생활을 해 보고자 하는 무리들이었다. 가정형편이 어려운 경우든 그렇지 않은 경우든 실적만 많이 올리면 그만이었다.

실적이 좋은 여자 중에는 가정형편이 좋은 여자가 월등히 많았다. 제가 잘사니까 주변이 대부분 그렇게 마련이었고 주변 연고로 해서 처음에는 승승장구하게 실적을 올렸다. 이런 여자들 중에서 황 부장이 생각하는 봉이 많기도 했다.

영업소에는 실적표가 쭉쭉 그래프로 그려져 있고 매일 아침 실적을 점검하고 서로 경쟁을 시키기 위해 빨간 줄이 제일 길게 올라간 사원을 뽑아 영웅처럼 대접했다. 그럴 때 황 부장은 가만있지 않았다. "아, ○○○ 여사님 대단해요. 우리 영업소가 ○○○ 여사님 아니면 어쩔 뻔했겠습니까?" 그러면서 한마디 슬쩍 은밀하게 보탠다. "말이죠. 영업국에서, 아니 본사에서도 지금 여사님을 주목하고 있습니다. 그러니 열심히 하세요. 이렇게 하다가 영업팀장 되는 건 문제없으니까요. 영업팀장 아시죠? 영업팀장만 돼 보세요. 매일 나다니지 않아도 되고 사무실에 지키고 앉아서 사원관리만 해도 월급이 얼맙니까? 거기다 보너스죠. 자녀학자금이죠. 이건 뭐 평생직장이죠. 이런 기회 놓치지 마십시오." 이렇게 헛바람을 넣어 주면 대부분 신이 나서 제 돈으로라도 끌어넣으며 자꾸 계약을 해 오게 마련이었다. 요렇게 살살 미끼를 던져 가며 자꾸 추어주면 하다못해 영업수당으로 타는 월급을 몽땅 다 넣고 빚까지 얻어 가짜 계약을 넣는 사람도 있었다. 가짜 계약을 넣건 말건 그건 알 바 아니다. 회사는 실적만 올리면 그뿐이다. 사원이야 또 들어오면 되고 실적 못 올리면 단물 빠진 껌처럼 퉤 뱉어 버리면 그만인 것이다. 아니다. 뱉어 버리지 않아도 지가 알아서 그만둔다. 실적 못 올리는 인간들은 그만두란 소리 하지 않아도 아침마다 닦달하면 창피하기도 하고 면목이 없어서 슬그머니 그만둬 버린다. 이런 부류는 일 년이면 대개 바닥을 드러냈다. 그래도 아쉬울 건 없었다. 증원시상이다 뭐다 하면서 현금이나 해외여행을 미끼로 걸어 놓고 사람은 또 데려오게 하면 되니까.

황 부장은 화영을 살살 가늠해 보았다. 인물은 그만하면 쓸 만했고 저것이 실적을 얼마나 올려 줄지가 미지수였다. 저까짓 계집 갖고 놀다 싫증나면 그만인 거였다. 보아하니 얼굴 하나 반듯한 거 빼면 별 볼일 없는 가난뱅이 계집이었다. 저런 건 넘치다 못해 처지지. 저게 용써 봤자 얼마 안 가면 실적을 올릴 수 있는 자원은 고갈될 거고…. 그래, 그때까지만 놀아 주지. 황 부장은 그렇게 생각하며 남모르게 흐흐 웃었다.

황 부장은 화영을 승용차 옆자리에 태우고 월미도로 나갔다. 짭조름한 해초냄새를 실은 산뜻한 바람이 바다로부터 불어왔다. 화영은 흩날리는 머리칼을 손바닥으로 쓸어 올리며 감미로운 어둠에 젖어 가는 바다를 들뜬 마음으로 바라보았다. 촉촉한 불빛의 가로등이 둘의 그림자를 만들었다. 두 사람은 바다가 내려다보이는 레스토랑에서 저녁을 먹고 와인을 한 잔씩 마셨다. 멀리 불빛이 찬란했다. 마치 불기둥을 바다에 드리운 듯 길게 늘어진 불빛들은 검은 물결에 흔들리며 신비감을 자아냈다.

식사를 끝낸 후 한잔 더 하자며 라이브 카페로 갔다. 라이브 카페에선 꽁지머리를 한 무명가수가 흘러간 노래를 구성지게 불렀다. 그러고는 잔잔한 멘트로 사람의 심금을 흔들었다.

"오늘 바람 부는 저녁입니다. 여러분, 이곳에 모인 여러분은 먼 여정으로부터 왜 여기 온 걸까요? 사랑은 선택되는 것이 아니라 쟁취하는 것이라 했던가요. 오늘처럼 아름다운 저녁… 그대와 함께하는 밤은 아름답습니다. 제 노래와 더불어 여러분에게 멋진 저녁을 선사합니다."

"화영이, 오늘 어땠어?"

어느새 화영에게 말을 놓아 버린 황 부장은 유럽귀족들이 마신다는 스카치위스키 '스윙'을 시켰다. 웨이터가 가지고 온 스윙을 고양이 눈물만큼 홀짝홀짝 마시고 있는 화영을 향해 황 부장은 한쪽 눈을 찡긋했다. 그러더니 그는 어느새 화영의 옆자리로 자리를 옮겨 어깨에 슬며시 팔을 걸쳤다. 화영은 아무 소리 안 하고 미소를 지었다. 라이브 가수의 노래가 끝난 실내에는 최백호의 '낭만에 대하여'가 흐느적흐느적 실내를 돌아다녔다.

"난 외로운 놈이야. 와이프와의 사이도 그렇고…. 집사람은 우리 아버지가 강제로 맺어 준 사이나 다름없어. 우리 아버지가 군대 대령이었을 때 쫄따구의 딸이었거든. 아버지가 며느릿감이 당신 맘에 든다고 계속 결혼하라는 바람에 대학을 나오자마자 결혼했지. 아내는 E여대를 나왔는데 인물은 좀 없지. 그런데다 콧대만 높아서 말이야. 와이프는 제가

91

제일인 줄 아는 여자지. 난 그런 와이프가 싫어. 난 G대 나왔잖아. 지가 E여대 출신이라고 첨엔 날 아주 깔보더라구 나 참…."

"호호, 사모님이 이대를 나오셨다니 콧대 부릴 만도 하지요."

"지까짓 게 뭐라고… 나한테 오히려 시집 잘 온 거지. 안 그래?"

"그런가요?"

화영은 웃고만 있다.

"아버지가 물려 준 빌딩이 서울에 하나 있지. 거기서 월세만 삼천만 원 정도 나오는데 아내가 관리하고 있어. 모, 내 용돈만 오백 정도 쓰는데 나머지는 돈 관리하기 귀찮아서 말이야. 돈은 아쉽지 않게 쓰고 있지."

아니 이 남자가 이렇게 돈 많은 사람이었단 말이야. 다소곳이 고개를 숙이고 듣던 화영은 슬며시 놀라고 있었다. 가슴은 뛰고 있었다. 그리고 이런 남자와 결혼했더라면 자신의 인생이 얼마나 달라졌을까를 상상하기도 했다. 이 남자 마음에 들도록 꽉 잡아야지. 이 남자만 잡으면 팀장이 되는 출셋길은 뻥 뚫린 고속도로나 다름없을 것 같았고 자신이 원하는 건 무엇이든 이루어질 것만 같았다.

"그렇게 돈도 많으시면 사업을 하시지 그랬어요."

화영이 존경의 눈으로 황 부장을 바라보며 애교스럽게 한마디 했다.

"사업? 사업을 뭐 안 해 봤나? 한때는 건설업을 했지. 거 일일이 관리하기 싫어서 때려치웠지. 한때는 돈도 좀 벌었지만 다 귀찮아. 그래서 건설 면허는 친구에게 빌려 주고 돈 벌어 놓은 거 가지고 한동안 잘 놀았지. 그렇지만 사람이란 게 일이 있어야지. 돈이 있다고 마냥 놀고 있어도 꼬라지가 돼야 말이지. 그래서 이 회사 들어왔는데 국일출판 사장이 나하고 친구거든. 그놈 부탁으로 이까짓 부장이나마 하는 거지 뭐."

돈 안 드는 말이라고 황 부장은 거드럭거리며 마냥 부풀렸다. 사실 황 부장은 아내가 이대를 나오기는커녕 중졸 학력이었으며 저도 껄렁대다가 삼류 고등학교마저도 중퇴한 처지였다. 돈 많은 남자도 집안 좋은 남자도 아니었지만 상대 여자의 호감을 사기 위해 늘 그렇게 말하곤 했다. 그러면 대부분의 여자들은 그에게 쉽게 넘어왔다. 내친 김에 황 부장은 화영이 껌뻑 죽도록 한 번 더 허풍을 쳤다.

"사실 난 치대를 나와서 치과의사 라이선스도 가지고 있어. 한동안 치과도 했었지."

화영이 그런 좋은 직업을 왜 내버렸냐는 표정으로 황 부장을 쳐다보자 여유롭게 웃으며 말을 이었다.

"아이고, 치과 왜 그만둔 줄 알아? 세상에 만날 앉아서 남의 냄새나는 입이나 들여다보고 앉아 있자니 그처럼 따분한 일이 어디 있겠어. 그래서 때려치우고 사업을 한 거야."

그의 말에 의하면 세상은 제 마음대로였다. 모든 돈과 명예가 그의 손에 있는 것처럼 떠벌이고 있었다. 그는 사실 과거에 불법으로 남의 이빨을 해 주던 무허가 떠돌이 치과기술자였다. 곰곰이 들어 보면 황 부장의 말이 허풍이라는 것을 알 수 있었지만 욕심과 허영으로 똘똘 뭉친 화영은 판단의 눈이 흐려지는 것도 깨닫지 못하고 있었다. 화영은 자신의 신세타령도 했다.

"저는 친정이 서울인데 우리 친정은 알아주는 부자였죠. 우리 아버지는 미군부대를 상대로 사업을 했어요. 어릴 때 휴일이면 아버지 자가용으로 매일 놀러 다니곤 했으니까요. 나는 이래 보여도 Y대를 나왔어요. 대학 다닐 때는 정말 인기도 많았고 괜찮은 남자도 수두룩하게 따라다녔는데 눈에 콩깍지가 씌워도 유분수지. 왜 지금 남편과 맺어졌는지 어이가 없어요. 친정도 나만 이렇지 내 동생들은 다 잘살아요. 내 인생이 망가진 건 결혼하고부터죠. 남편 집도 부자였는데 어찌 된 게 남편이란 작자가 술만 마시지 돈을 벌어다 주지 않아요. 시집 식구들도 다 잘살면서도 보태 주지도 않죠. 나는 완전히 남편 때문에 망가진 인생이라니까요."

이렇게 종알댔다. 허풍남과 내숭녀는 서로 죽이 잘 맞았다. 둘이 벌이는 이야기는 끝없이 이어졌다. 화영은 그날 황부장과 더불어 <그거 한밤 거룩한 밤>이라는 비디오를 보며 모텔에서 함께 뜨거운 밤을 지냈다.

다음 날 출근을 했다가 늦게 집으로 돌아온 화영은 이맛살을 찌푸렸다. 공장에서 돌아온 남편이 술에 취해 곯아떨어져 있었다. 새우처럼 등을 구부리고 이불도 못 덥고 자는 걸 보니 측은한 생각이 들기보다는 부아가 치밀어 올랐다. 어휴, 저 원수 죽어 주지도 않나? 교통사고나 나서 보상이라도 받고 콱 죽어 주었으면 제발 좋겠다. 화영은 방 한가운데 누워 있는 동욱을 담요라도 덮어 줄 생각도 안 하고 발길질로 함부로 굴려 구석으로 밀어놓았다. 끄응 동욱이 돌아눕다가 화영을 보더니 반쯤 일어나 앉아 눈을 게슴츠레 떴다.

"헤… 민아 엄마 왔구나. 내가 잘못했다. 내가 잘못했어."

"듣기 싫어! 이 인간아! 맨날 술이나 처먹구. 저리 비켜!"

화영은 흡사 징그러운 벌레를 보듯 남편을 경멸스러운 표정으로 쳐다보았다. 그러고는 클렌징크림을 잔뜩 발라 놓은 얼굴을 문지르던 손가락에다 벅벅 힘을 주었다.

동욱은 아내에게 그저 죄스러운 마음뿐이었다. 술 먹은 것도 미안하고 돈 못 벌어다 주는 것도 미안하기 그지없었다. 더없이 잘난 아내인데 자신이 그 뒷바라지를 못해 줘서 기를 못 펴는 것만 같아 자신은 부끄러운 남편이었다. 그렇게 동욱은 아내에게 열등감을 가지고 연체동물처럼 흐느적거렸다.

아이들은 또 어떤가. 아내 말에 의하면 아이들이 그렇게 학교에서도 잘났다는데 그 잘난 자식들을 내가 뒷바라지가 소홀해 망쳐지고 있는 것만 같았다. 그 뒷바라지란 남처럼 비싼 학원도 보내고 딸아이가 그렇게 좋아한다는 바이올린도 가르치고 학교 선생이라도 찾아다니며 봉투라도 챙겨 주며 떵떵거려야 하는 건데 그러지 못해 날개를 펴지 못하는 자기 자식들인 것만 같았다.

화영은 이런 동욱이 더욱 못나 보였고 미웠다. 저렇게 못난 남자도 있을까. 제 털 뽑아 제자리에 박아 버리는 인간, 화영은 남편의 그런 고지식함과 답답함에 진저리를 쳤다. 행동은 또 얼마나 굼뜬가. 손발을 맞춰 무엇이라도 같이 하려면 속에서 열불이 날 지경이었다.

언제부터인가 각방을 쓰고 있는 화영은 건넌방으로 건너가 탁 소리가 나게 문을 닫고 잠을 청했다.

동욱은 속이 쓰리고 목이 말라 일찍 잠을 깨었다. 간밤에 술을 과음한 탓에 목이 갈라지는 것처럼 갈증이 왔다. 가까스로 몸을 일으켜 물 한 대접을 벌컥벌컥 들이켜고 나니 어슴푸레한 방 안이 눈에 들어왔다. 속이 어지간히 쓰린 걸 보니 어제 무척이나 술을 많이 마신 것 같았다. 같은 회사에서 일하는 김 씨와 퇴근을 하다 그리된 것이었다. 아내의 잔소리가 싫어서 술을 웬만하면 마시지 않으려 했지만 잘되지 않았다. 우선 여럿이 퇴근하다 보면 하루 종일 쇳가루 날리는 공장 안에서 야근까지 하며 일하는 근로자들끼리 습관처럼 술집을 들르게 마련이었다. 그러나 동욱은 그들과 어울리는 것도 삼갔다. 공단 안에 근로자들을 상대로 하는 술집들은 안주도 술값도 싼 편이었다. 그렇더라도 여럿이 어울려 먹다 보면 2만 원 정도 술값이 되었고 오늘은 이 사람, 내일은 저 사람 하는 식으로 차례가 돌아오게 마련이지만 자신은 그것마저도 감당할 능력이 없었다. 월급은 아내 통장으로 꼬박꼬박 입금이 되었고 용돈을 아내에게 타서 쓰는 처지였다. 용돈이랄 것도 없었다. 아내가 차비와 싸구려 담배를 겨우 피울 만큼 이외에는 여유분의 돈을 주지 않았기 때문에 가끔 내게 되는 술값을 감당하기도 어려웠던 것이다.

그나마 어제 술을 마시던 김 씨는 가장 저렴하게 같이 술을 마실 수 있는 상대였다. 간판만 슈퍼마켓인 구멍가게에서 길가에 놓인 파라솔 의자에 앉아 땅콩 두어 줌을 놓고 김 씨와 강소주를 마셨다. 김 씨는 아내가 가출하고 세 아이와 어렵게 사는 남자였다. 그는 회사에서 힘들게 일을 마치고 돌아가면 집 안 꼴이 말이 아니라고 했다. 아들은 초등학교 4학년인데 컴퓨터 게임 속에 파묻혀 살고 딸아이는 2학년, 아직 어려서 밥이나 겨우 해 놓는 정도라는 것이다. 지난번에는 남매가 라면을 끓여 먹다 딸아이가 발을 데었다는 것이다. 공장에서 일하는 아버지가 걱정할까 봐 어린것이 혼자 고통을 견디며 자신에게 연락도 안 했다는 것이다. 그것이 안쓰럽다며 김 씨는 술을 마시다 꺼이꺼이 울었다. 김 씨의 신세한탄을 들으며 그래도 마누라 있는 자신의 처지가 나은 것 같아 위안을 삼았다. 두 사람은 빈속에 마시다 보니 한 병인데도 흐물흐물하게 취하게 됐고 두 병 정도 마셨는데 몸을 가누기 어려울 정도가 되고 말았다.

아내가 주는 쥐꼬리만 한 용돈이 아니더라도 그는 돈을 허술하게 쓰는 일은 절대 없었다. 남편이 벌어다 주는 돈으로는 입에 풀칠밖에 못한다고 아내가 노래를 부르다시피 했기 때문에 어떻게 하든 살림에 보탬이 되려고 애를 썼다. 그래서 야근도 싫어하지 않았고 휴일근무도 마다하지 않았다. 최근에는 일요일만 되면 인력시장에 나가 하루 일당벌이라도 하려고 애를 썼다. 일요일에 하는 일도 마다하지 않을 만큼 그는 책임감 있는 가장이기도 했다. 이런 노력을 화영은 알고 있어도 짐짓 모르는 척했다. 화영이 타는 월급은 실적을 채우기도 급급해서 살림에는 별 보탬이 되지 않았으나 화영은 그런 점에서 시치미를 뗐다.

살림에 둔감한 것이 일반적인 남자들이었다. 동욱의 경우는 더욱 그랬다. 하지만 돈이란 쓰기 나름이고 살림도 하기 나름이었다. 알뜰한 여자들의 규모 있는 살림이란 의외로 생활비가 많이 들어가지 않았다. 화영은 허영심이 많기는 해도 씀씀이가 헤픈 여자는 아니었다. 남편이 벌어다 주는 돈으로 살림을 하고 있어도 제가 벌어서 살림하는 것이라고 남들에게 공공연히 떠벌였다. 그래야 남들로부터 더 능력 있는 여자로 보이고 남편이 돈을 안 벌어다 준다고 떠벌이는 것이 맞는 말이 되기 때문이다.

정민의 정체

　허정민은 문주라는 여자와 사귀고 있었다. 문주는 학원 강사였다. 38세가 되도록 결혼 못 한 노처녀였다. 정민은 학원 강사를 다니다가 문주를 만나게 되었고 그녀를 유혹했다. 그러고는 문주에게 총각이라고 속이고 있었다. 문주는 정민의 얘기를 들으며 적이 만족했다. 웬 땡 잡았나 싶었다. 나이는 좀 많긴 해도 정민은 엄연한 총각이라지 않은가. 게다가 미국 유학까지 갔다 온 인텔리라니. 혼기도 놓치고 인물도 처지는 자신에게는 그저 과분하기만 했다. 그리고 밤마다 속삭이는 뜨거운 말들도 놓치고 싶지 않은 유혹이었다.

　세상에 외로운 여자는 많고 많았다. 정민은 그런 여자들의 기미를 잘 포착했다. 어떤 때 어떤 낚싯밥을 걸어야 고기들이 무는지 잘 아는 낚시꾼처럼 외로운 상대에게 어떻게 다가가야 하는지 그는 잘 알았다. 다만 그가 원하는 대로 돈 많은 여자가 걸려 주지 않는다는 게 문제였다.

정민은 문주를 데리고 번화가에 얻어 놓은 사무실로 데리고 갔다.

"그러니까 문주… 내 말을 좀 들어 봐. 이것 보라구. 이 사무실에다 학원을 차리는 거야. 그래서 옛날처럼 그렇게 한바탕 돈을 버는 거야. 참 옛날엔 좋았지. 이 허정민이 아니, 크리스 허가 하던 학원이 얼마나 서울바닥에서 인기가 있었는 줄 알아. 내 강의 듣느라구 정말 꾸역꾸역 모여들었지."

정민은 정말 그랬었던 것처럼 문주에게 허세를 부렸다. 그의 허풍과 거짓말은 어릴 때 습관처럼 상황에 처해지면 조건반사처럼 튀어나와 작동하는 것이다. 그의 일평생 걸림돌은 아마도 알게 모르게 내면화된 조건반사적인 거짓말일 것이다.

"그러니까 말이야. 이곳에다 시설을 아주 멋들어지게 하는 거야."

정민은 안경 너머로 문주의 눈치를 살피며 그의 비위를 맞추려고 애를 썼다. 저 여자가 끝까지 내 말을 잘 들어야 할 텐데. 정말로 이번엔 성공하고 싶었다. 왜 세상이 자신의 뜻대로 되지 않는 건지 참 모를 일이었다. 그 이유가 우선 자신에게는 돈이 없는 게 문제라는 생각이 들었다. 세상은 돈 놓고 돈 먹기 아닌가. 그놈의 돈만 있다면… 돈만 있어 준다면 시설을 잘해 놓고 학원도 승승장구하게 경영할 수 있을 것 같았다.

사실 정민의 실패는 이번 한 번만이 아니었다. 희연의 집에서 어렵게 돈을 가져다 학원을 차려서 실패한 적도 있었다. 학원 경영이 안 되는 데는 여러 가지 원인이 있을 수 있지만 그게 꼭 시설만은 아니었다. 그래도 그 원인을 정민은 꼭 돈이 부족했었다는 것으로만 돌렸다.

문주는 그간의 모아 놓았던 돈을 몽땅 정민에게 주었다. 정민은 그것
으로 학원 시설투자를 서둘렀다. 우선 허름한 사무실을 싹 뜯어고쳐 인
테리어를 근사하게 하고 바닥은 고급 카펫을 깔았다. 그리고 의자니 책
상이니 최신식 집기들을 들여놓았다. 중고품으로 적당하게 들여놓아 비
용을 줄일 수 있었을 텐데도 그는 그렇게 했다. 그의 수중에 돈은 얼마
남지 않게 되었다. 정민은 늘 그런 식이었다. 주머니에 돈이 있기라도
하면 큰일 날 것처럼 돈을 없애는 데만 선수였지 돈을 여투어 다음을 대
비하지 않았다. 수중에 돈이 생기자 갑자기 세상은 그의 것이었다. 뭐든
잘될 것 같았고 문주보다도 더 나은 여자도 얼마든지 있을 것 같았다.
까짓 여자야 또 있었다. 남자를 갈망하는 여자는 얼마든지 있었다. 따지
고 보면 문주는 그리 매력적인 여자도 아니었다. 정민이 생각하는 매력
적인 여자란 인물도 좀 되고 무엇보다 돈이 많은 여자여야 했다.
　학생모집이 시작되었다. 그는 이번만큼은 성공하리라 생각하고 있었
다. 시설도 갖추었고 광고만 잘 때리면 학생모집은 시간 문제였다. 그는
포스터를 제작해서 시내 전 지역에 부착했고 전단지를 제작하고 사람을
사서 아침 출근길에 혹은 대학가에 배포하기도 했다. 생활정보지에도
내고 신문에 광고를 했다. 그리고 무료공개강좌를 열었다. 무료공개강
좌란 미끼였다. 강좌에 온 사람들을 잘 구슬려서 등록을 하게 하려는 방
법 중의 하나였다.
　그즈음 문주는 정민을 거들기 위해 학원 강사를 그만두었다. 공개강
좌는 정민이 강의하고 사람을 등록시킬 때를 대비하여 아르바이트 학생
을 고용했다. 문주는 아르바이트 대학생과 나란히 서서 수강생 안내를
위해 바쁘게 돌아갔다.

"네, 어서 오세요. 반갑습니다. 환영합니다."

두 손을 모아 쥐고 고개를 15도 각도로 숙이며 문주가 상냥하게 인사했다. 그러고는 방명록을 얼른 내밀었다. 남자가 심드렁해하자 문주는 재빠르게 볼펜을 들어 손에 쥐어 주며 활기차게 말한다.

"여기 전화번호와 주소를 적어 주시죠. 그래야 저희가 토익이나 토픽에 관련된 좋은 정보를 알려드릴 수도 있으니까요."

사나이는 문주를 힐끗 보다가 마지못해 전화번호를 휘갈겨 쓴다. 문주는 다시 주소도 쓰도록 종용한다. 사나이는 기분 나쁘다는 듯 볼펜을 탁 소리가 나게 내려놓고 강의실로 들어간다. 문주는 그만 머쓱해한다.

사람들은 각양각색이다. 무뚝뚝하게 인사를 받는 둥 마는 둥 하는 사람도 있는가 하면 "수고하십니다" 하면서 말도 꺼내기 전에 자신이 먼저 볼펜을 들고 전화번호나 주소를 적어 주고도 "더 적을 거 없습니까?" 하고 친절하게 묻기도 한다. 하지만 그런 사람은 드문 편이다. 그런가 하면 방명록을 보고도 말 한마디 없이 본체만체 그냥 지나치기도 한다.

곧 강의가 시작되자 문주는 조마조마하다. 저 사람들이 전부 등록만 한다면 얼마나 좋은가. 제일 큰 강의실에 의자란 의자는 전부 동원해 놓았다. 지금 강의를 듣고 있는 인원이 30여 명, 80명분의 의자를 준비한 것에 비하면 터무니없이 적은 숫자이다. 그나마 반만 등록한다면 얼마나 좋을까. 문주는 그런 생각을 했다.

안에서는 정민이 열강을 하고 있었다. "영어를 잘하려면 뭐니 뭐니 해도 자꾸 말해 봐야 합니다. 앞에 누군가 있다고 상상하고 그에 맞는 장면을 떠올리면서 말하는 연습을 해야 실제로 말할 수 있게 되는 것입니다. 우리 학원에서는 원어민 강사와 함께 동시 수업을 실시합니다." 그렇게 강의에 열을 올리고 있었다.

문주는 시계를 들여야 보았다. 곧 끝날 시간인데 초조하기만 하다. 사람들이 한둘 나오기 시작했다. 문주는 그만 바짝 입에 침이 말랐다.

"선생님 강의가 어땠습니까? 저엉말 좋죠?"

상대방의 동의를 이끌어 내고야 말겠다는 결의에 찬 행동과는 달리 사람들의 반응은 차갑기만 하다. 그에 아랑곳없이 문주가 활기차게 사람들을 둘러보며 쫓기듯 말을 이어 나간다. 마음은 급해지고 이 사람들이 그냥 가 버리면 어떻게 하나. 그런 생각뿐이다. 사람들은 가려다 말고 몇 사람인가가 쭈뼛거렸다. 정민이 나와서 초조한 표정으로 지켜보고 있었다.

"자자 이제 등록들을 하셔야죠?"

문주는 얼굴에 환한 웃음을 지으려고 애쓰며 입구를 가로막았다. 그러자 누군가가 문주를 밀치듯 하고 나가 버리자 뒤이은 사람들이 우르르 빠져나가기 시작했다. 대중이란 늘 그런 식이었다. 한두 사람이라도 등록을 했다면 아마도 쭈뼛거리며 자신들도 관심을 가질 수도 있었다. 하지만 허물어지는 봇물처럼 사람들은 삽시간에 사라졌다. 문주는 울상이 되려는 표정을 참으려고 입술을 지그시 깨물었다. 정민은 문주 보기가 영 면목 없고 열없어서 쩟 하고 입맛만 다시고 있었다. 결국 등록한 건 5명에 불과했다. 이런 광고가 세 번쯤 나가도록 계약이 되어 있으니 이런 식으로 해 봐야 15명이 등록할 뿐이다. 이 정도 인원의 등록금 가지고는 홍보비에도 못 미친다. 문주는 갑자기 아르바이트 학생을 돌아보며 쏘아붙였다.

"아니 세상에, 사람들이 나왔으면 신청서도 좀 주고 해야 등록들을 하지. 멀뚱하게 장승처럼 서 있기만 하면 어떻게 해?"

그 말을 들은 아르바이트 학생은 뾰로통해져서 아무 소리도 안 하고 웃옷을 입고 있었다. 시간이 끝나서 가려는 것이다. '왜 나한테 신경질이야. 별꼴이야.' 하는 표정이 역력했다. 하긴 종로에서 뺨맞고 한강에서 눈 흘긴다고 학생에게 뭐라 할 건 없었다.

문주는 맥이 탁 풀렸다. 문주 못지않게 당황한 건 정민이었다. 이래선 안 되는데. 학원경영이 초장부터 파리를 날리다니 이정도 시설이면 될 줄 알았던 것이다.

참 신기한 건 광고에 돈을 쏟아부은 만큼만 사람이 모집되는 것이었다. 광고에 들인 돈만큼만 사람이 모집된다는 건 적자경영을 의미했다. 광고비만큼 사람이 모집되면 인건비며 임대료며 그런 건 어떻게 해야 한단 말인가. 정민은 참담한 심정을 억누를 길이 없었다. 무엇보다 문주 보기가 미안했다. 성공을 약속했고 또 성공할 줄 알았다.

누가 뭐라 할 것도 없이 둘의 사이는 그 후부터 금이 가기 시작했다. 그 후 학원은 시난고난 이어 가고 있었다. 학생 받아서 월세와 관리비를 근근이 내고 나면 남는 돈도 별로 없었다. 광고도 점차 내기 힘들어지고 있었다. 정민은 문주 보기도 미안하고 절로 한숨이 나왔다.

그리고 보면 지금 사귀고 있는 문주는 적당한 상대가 아닐지도 모른다. 인물도 별로인데 돈도 그리 많지 않았다. 지금 문주의 돈으로 학원을 차리고 있지만 충분하지도 못하고 돈도 거의 바닥이 나고 있었다. 다행히 학원이 잘되면 문주에게 충분한 보상을 할 생각이었지만 그럴 가망은 없어 보였다. 이렇게 적자경영이 오래가다가는 어찌 될지 앞날을 장담할 수 없었다. 아마도 문주는 제풀에 지쳐 떨어지리라. 정민은 여자와의 오랜 경험으로 이렇게 판단했다. 그렇다고 문주를 버리겠다는 건 아니었다. 그냥 되는대로 지낼 생각이었다.

한편 문주는 정민의 정체가 무엇인지 모르겠다는 생각을 했다. 도대체 어떻게 된 남자인지 정체를 모르겠는 거였다. 자기 말로는 사고무친이라 다름없다는데 그런 것 같지가 않았다.

학원이 문을 닫은 후 정민은 하는 일 없이 방 안에서만 소일했다. 정민으로서는 달리 할 일도 없었고 나가 봐야 주머니에 돈이 있어야 할 것 아닌가. 하다못해 친구도 만나고 하려면 찻값이라도 있어야 했다.

문주는 남자가 집 안에 들어앉아 있는 게 갑갑하기만 했다. 자신은 오후부터 학원 수업이 시작되기 때문에 낮 동안은 정민과 같이 지냈다. 전에는 그런 걸 느끼지 못했지만 날이 갈수록 놀고 지내는 그가 답답하기 짝이 없었다. 그와 동거한 지 삼 년 여가 되어 가지만 그간 자신이 모아 놓은 돈만 축냈지 그가 벌어다 주는 거라고는 막말로 동전 한 닢 구경해 본 일이 없었다. 이제 자신의 돈도 바닥을 치고 있었다.

결혼식은 학원이 잘되면 하자고 했다. 자신도 그러는 편이 고향집에 이야기하기 좋았다. 학원 운영이 잘되면 집에도 알려 혼기가 늦은 딸일지라도 좋은 신랑과 번듯하게 결혼한다는 걸 자랑처럼 보이고 싶었던 것이다. 그런데 꿈은 사라지고 이 남자와 살다가는 형편이 좋아지기는커녕 쪽박 차야 할 판이었다. 요즘 들어 정민은 문주의 눈치가 보이는지 부쩍 외출이 잦았고 안 들어오는 날도 많아졌다. 저녁에 그의 의중을 떠보았다.

"내일 어디 갈 거예요?"

"응, 내일 아는 친구 만나서 뭘 좀 의논해 보기로 했어."

그가 아무렇지도 않게 대꾸했다.

'의논은 무슨 놈의 의논, 무엇하러 싸돌아다니는지 허구한 날 돌아다니는 게 일이지.' 문주는 속으로 툴툴대며 내쏘았다.

어느 날 그의 뒤를 밟기로 작정을 했다. 마침 학원 강사 자리를 다른 데로 옮기느라 며칠간 여유가 있었다. 아침에 정민이 집을 나서자 뒤를 밟았다. 그는 문주가 뒤를 밟는 것도 모르고 어디론가 가고 있었다. 뒤를 쫓아가니 도서관으로 가고 있었다. 그는 도서관에 있는 신문 가판대에서 두어 시간을 보냈다. 그리고 유명 일간지를 골고루 섭렵한 다음 도서관에서 점심을 먹었다. 그렇게 한나절을 보내고 도서관을 나왔다. 문주는 들키지 않도록 조심하면서 그의 뒤를 밟았다. 그는 다방에서 한동안 신문을 보며 죽치고 앉아 있다가 싸구려 영화관에 가서 영화를 한 편 보는 것이었다. 그러자 저녁이 다 되었다.

저 인간 순전히 시간 보내기 위해 하루를 보내는구먼. 참 한심하기 짝이 없었다. 다음 날도 그의 뒤를 밟아 보았다. 어제처럼 어영부영 한나절을 보내더니 어디론가 가고 있었다. 쫓아가 보니 어느 집으로 쑥 들어가는 게 보였다. 문주는 그 집을 둘러보았다. 좀 낡은 단독주택이었다. 이게 누구네 집일까? 오랫동안 기다려도 정민은 나오지 않았다. 문주가 한참을 기다리고 있자니 문에서 웬 꼬마가 나왔다. 두 볼이 볼록하고 뺨이 복숭아처럼 발그레한 남자아이였다. 아이를 불러 세웠다.

"애, 너 이름이 뭐니?"

"지수에요."

"아이구, 착하게도 생겼지. 너 이 집에 사니?"

문주는 꼬마의 비위를 맞추려고 머리를 쓰다듬으며 상냥하게 물었다.

"아까 들어간 아저씨 너희 아빠 맞지?"

설마 하면서 문주는 그렇게 물어보았다.

"네, 맞아요. 왜 그러는데요? 아줌만 누구에요?"

사내아이는 또랑또랑한 눈으로 문주를 올려다보았다. 문주는 기가 막혀 가슴이 벌렁벌렁 뛰었다. "응, 아니야." 그냥 물어봤어. 문주는 이상하다는 표정으로 쳐다보는 아이에게서 도망치듯 그 자리를 떠나고 말았다.

그걸로 문주와의 동거는 막을 내렸다. 문주는 희연의 집에 와서 사기죄로 고발한다고 난리를 쳤다. 두고 보자며 이를 바득바득 갈았고 사기죄로 고발했다. 그러나 손해 배상은 민사소송이었다. 알고 보니 보증금도 까먹은 사글세방에 허접한 세간이 재산의 전부여서 가져갈 건더기도 없었다. 사기죄로 고발했지만 정상을 참작하여 어쩌고 하면서 몇 달간의 형사 처분이 다였다. 약이 오를 대로 오른 문주는 툭하면 찾아와 내 돈 내놓으라며 소리를 질렀고 정민은 그 포악을 다 견딜 수밖에 없었다. 입이 열 개라도 할 말이 없었고 문주에게는 미안하기만 했다. 희연은 어이가 없었지만 제대로 대거리도 하지 못했다. 우서 문주의 포악에 견디는 정민이 측은했다. 문주의 난리가 있은 후 희연은 말도 하지 않았다. 이혼하자고 했지만 실천할 생각은 없었다. 어차피 돈도 못 벌어다 주고 들락날락하는 남자 쫓아낸들 어디로 갈 것인가.

한편으로는 저이는 본심이 아닐 거야. 돈 때문에 저 여자와 살게 되었겠지 하면서 정민을 믿었다. 불쌍한 사람, 돈이 원수지. 돈이 죄이지. 이렇게 생각했다. 아내가 뭐라 해도 할 말이 없는 정민은 그저 미안하다고 자신이 잘못했다고 빌었다. 그리고 며칠을 아내에게 말도 못 하고 침울하게 지냈다. 희연도 그에게 말을 걸지 않았다. 한편으로는 이해를 하면서도 용서가 되지는 않았다.

어느 날 정민은 말없이 집을 나가더니 저녁에는 뭐가 피곤한지 누워만 지냈다. 다음 날에는 끙끙 앓아누웠다. 감기몸살인가 보다 생각했는데 다음 날 아침 또 일찍 집을 나가는 것이었다. 저녁에 정민에게 어디 갔었냐고 넌지시 물으니 "아니야, 아무것도…" 하고 말을 흐린다. 다음 날 내어놓은 빨래를 보니 평소에는 잘 안 입는 옷이었는데 온통 먼지구덩이에 있다 온 사람 같았다. 이상한 생각이 들어 자꾸 캐물으니 막노동판을 갔다 왔다는 것이다. 엿새째는 꼼짝도 못 하고 누워만 있었다. 몸이 말이 아니었던 것이다. 자신도 꾹 참고 해 보려고 했는데 도저히 못 하겠더라는 것이다. 생전 힘든 일이라고는 해 본 적이 없는 정민에게 종일 건설현장에서 뒷일을 하는 것은 무리였다. 그래도 닷새나마 버틴 게 용했다.

그나마도 막일이란 건 꾸준하지도 않았다. 노동판도 팀워크라는 게 있어서 끼리끼리 팀을 짜서 다녔다. 자신처럼 뜨내기거나 시원치 않은 일꾼은 발도 붙이지 못했다. 요즘은 성수기철이라 새벽시장에 나가면 그런대로 팔려 갈 수 있었지만 이것도 한철이었다.

막노동마저도 할 수 없음을 깨달은 그는 할 일 없이 얼마간을 지내다가 아는 사람의 소개로 빌딩의 경비로 들어갔다. 희연은 비로소 월급쟁이의 아내가 된 것에 만족했다. 정민은 꼬박꼬박 월급을 받아 왔고 희연은 돈 걱정에서 다소나마 놓여 난 것에 대해 안도의 한숨을 내쉬었다. 그간에는 쌀통에 바닥이 보이면 불안하기 짝이 없었고 아이가 학교에서 준비물이나 필요한 것을 사 달라고 해도 얼마나 가슴이 철렁했던가.

보험회사에 다니는 월급은 손에 쥘 수 있는 돈이 별로 없었다. 실적이 부진하면 매달 가족이나 자신의 이름으로 신계약을 넣어야 했으므로 월 200만 원이라는 돈은 허울에 지나지 않았다.

매달 고정적인 월급은 받아 쥔 희연은 비로소 살림에 재미가 붙는 것 같았다. 그처럼 즐거운 나날이 없었다. 무엇보다 아이들의 주전부리나마 쉽게 사 줄 수 있다는 것이 얼마나 행복한 줄 몰랐다. 지은이와 지수가 그리도 먹고 싶어 하는 통닭이며 피자를 가끔은 사 줄 수도 있다는 생각에 기쁨이 차올랐다.

당장 월세를 내거나 돈을 써야 하는데 수중에 돈이 한 푼도 없다는 것은 사람을 미치게 만들었다. 어디 가서 돈을 구하나. 무엇해서 돈을 만들어야 하나. 그런 생각을 하면 애간장이 다 탔다. 돈만 얻을 수 있다면 무엇이라도 못할 것이 없었다. 그래서 손이 닳도록 부업거리를 하고 도매시장이라도 어슬렁거려 장사치가 버린 푸성귀라도 주우려고 안달을 했고 무엇이든 쓰지 않으려고 아득바득 발버둥 칠 수밖에 없었던 것이다. 그런데 정민이 다달이 주는 목돈은 거의 황홀할 지경이었다. 150만 원 남짓한 목돈을 받아 쥐고 궁리하니 요리조리 쓸 것을 떼고도 남는 돈이었다. 35만원은 월세, 남편의 용돈은 10만 원 정도, 식비와 이것저것 잡비를 제하고도 50만 원 저축은 충분히 가능할 것 같았다. 게다가 자신이 받는 월급이 있지 아니한가. 잘만 하면 한 달에 백만 원 정도의 저축도 문제없을 것 같았다. 이렇게 하다가 목돈을 만들어서 작은 아파트라도 하나 장만하고…. 희연의 꿈은 자꾸만 부풀고 행복한 상상의 나래를 폈다.

참 지루하고 따분한 나날이었다. 특별히 할 일이 많은 것은 아니었으나 경비라는 직업은 자존심 상하는 일이 한두 번이 아니었다. 지난번엔 공교롭게도 고등학교 다닐 때에 친했던 용호라는 동창생 녀석을 만났다. 지레 이쪽에서 일부러 모른 척하려고 딴청을 하고 있는데 녀석이 무얼 물어보려고 했는지 기어이 불러 세우는 게 아닌가. 하는 수 없이 아는 척을 해야 했고 그의 얼굴은 마치 불에 덴 것처럼 화끈거렸다. 녀석은 이쪽 기분은 아랑곳하지 않고 꽤나 반가워했다. 저도 별 볼일 없이 뻔한 놈이 상대가 형편없는 처지에 놓여 있는 걸 그렇게도 몰라 주는지 껄껄대며 반가운 척 손을 마주잡고 흔들었다. 정민은 하는 수 없이 그에게 습기 먹은 비스킷 같은 퍼석한 웃음을 지었다.

이렇게 때때로 아는 사람을 만날라 치면 참으로 난감했다. 예전에 자신이 가르치던 학생을 만난 적도 있었다. 인사를 하기에 창피해서 우물쭈물하고 있는데 상대 녀석이 깜짝 놀라면서 '어쩌다가 선생님이 이렇게 몰락했나!' 하는 표정으로 쳐다봤다. 그냥 평범하게 바라보아도 좋을 텐데. 정민은 난감해서 헛기침만 해댔다.

상대가 반색을 해도 반갑지 않았고 동정의 눈초리는 더욱 질색이었다. 이러다가 자신이 어엿하게 출세했을 때 건물 경비를 했었던 적이 널리 알려지면 그처럼 창피하고 곤란한 일이 없을 것 같았다.

"어이 허 씨, 저기 현관 앞이 지저분하던데 못 보았나?"
출근을 하던 강 부장이 경비실에 앉아 있는 정민을 보자 인상을 찌푸리며 말을 건넸다. 정민의 기분이 확 구겨졌다. 저 무식한 놈이 아침부터 시비를 건다고 생각했다. 아침 일찍 정문을 말끔히 쓸어 놓았건만 바람이 좀 불더니 어디선가 종이쪼가리가 굴러온 모양이었다. 그렇더라도 정문 앞은 말끔했다. 굳이 종이부스러기라도 지적을 하겠다는 심사는 무엇이란 말인가. 정민이 고개를 숙이고 대꾸가 없자 강 부장은 그의 자존심을 여지없이 긁어 놓는다. 부장이라 해 봐야 건물 관리인에 불과했다. 그는 정민이 유학까지 갔다 왔다고 떠벌이는 폼이 아니꼬워서 자신의 아래라는 것을 기회 있을 때마다 보복이라도 하듯 드러내고 싶어 했다.

　"현관 앞에 종이가 떨어져 있어서야 되겠어! 응? 좀 줍지."

　뚫어져라 정민을 응시하는 폼이 기어이 쓰레기를 줍는 걸 보아야 자리를 뜨겠다는 투였다. 정민은 느리게 걸어가 종이를 주어 쓰레기통에 넣는다. 차오르는 굴욕감에 얼굴이 홧홧하다. '그래 참자 참아. 암 참아야 하구 말구. 지은엄마를 생각해서라도 참아야지.' 정민은 차오르는 분노와 굴욕감을 지그시 눌렀다. 정민은 강 부장이 가고 나서 반 평 남짓한 경비실에 앉아 멀거니 밖을 응시했다.

　그의 나이는 40대 중반이 되었지만 자신보다도 훨씬 손아래인 사람들도 때로 그에게 반말지거리하기가 예사였다. 별것도 아닌 것들에게 굽실거려야 하고 온갖 시중을 다 들어주어야 하는 경비라는 직업이 정민은 창피하기 그지없었다. 자신이 큰소리라도 칠 수 있는 상대는 드나드는 잡상인 정도였다.

　어디가 고장 나도 경비를 불러들였고 하다못해 못 하나를 박는 일도 자신을 불러들였다. 여태까지 망치 한번 제대로 들어 본 적이 없는 그는 그런 일들을 번번이 제대로 해내지 못했다. 못을 박다가 자신의 손등을 때리기 일쑤였고 간단한 기계고장 같은 것은 아예 숙맥이었다. 그래서 번번이 핀잔을 듣고는 했다. 당연히 그는 이것이 평생직장이라는 생각을 안 했고 자신처럼 많이 배운 자가 할 일이 아니라고 생각했다.

그날 저녁 정민은 술을 마셨다. 원래 술을 약간 마시기는 하지만 즐기는 편은 아니었다. 그러나 술을 먹지 않고는 견딜 수 없었다. 그는 자신의 이야기를 들어줄 사람이 필요했다. 이웃 건물의 경비였던 ㅈ 씨와 함께 술을 마셨다. 점점 술에 취하자 그는 점차 말이 많아졌다. 일그러진 자신의 처지에 대해 이야기했고 세상을 통찰한 듯한 자기의 능력에 대해 이야기했고 그러다가 그는 자기 자랑을 했다.

그의 이야기는 상대가 넌더리가 나도록 횡설수설, 미주알고주알 끝간 데 없이 이어졌다. 성격이 온순한 ㅈ 씨가 그의 이야기를 듣다가 지쳐서 어물쩍 핑계를 대며 그 자리를 떠났다. 그 후에도 그는 계속 술을 마셨다. 그렇게 술에 대취했을 때 그는 칼이 있다면 누구든 찌르고 싶었다. 아스라이 멀어지는 자신의 꿈을 생각하며 그리고 자꾸만 전락해 가는 자신의 처지를 비관하며 그는 밤이 늦도록 거리를 헤매었다. 고성방가를 했다가, 혼자서 개새끼 씹새끼 하면서 주먹을 휘둘렀다가 길거리에 쓰러졌다. "여보, 여보!" 누군가 그를 잡아 흔들었다. 그러면서 그의 뒷주머니의 지갑을 슬쩍 가로챘다. 목적을 이룬 좀도둑은 그의 곁을 떠났고, 그는 한참을 업드린 채로 잠들었다. 차가운 밤기운에 잠시 정신이 들어 다시 일어섰다. 그리고 자신이 죽여야 할 그 누구를 찾아 정신없이 헤매 다녔다.

그는 밤 3시에 집으로 기어들어갔다. 아내 희연이 문을 열었다. 자다가 부스스 일어난 몰골이 눈에 거슬렸다. 정민은 다짜고짜 문을 늦게 열었다고 소리부터 질렀다. 희연은 기가 막히고 화가 났지만 안집에서 알까 봐 쉬쉬하면서 그를 얼른 끌어들였다.

"하아! 요놈들 좀 봐라. 요것들 자는 것 봐라."

방으로 들어온 정민은 자는 아이들이 예쁘다며 툭툭 건드려 깨워 놓았다. 놀란 아이들은 아빠의 눈치를 보았다. 정민의 눈이 이글이글 타오르는 것을 보며 아이들과 희연은 오들오들 떨었다. 그는 비로소 아내와 아이들 앞에 제왕이 되었다. 그는 세상 사람들에게 분풀이하듯 술기운을 빌려 아내와 아이들을 마음껏 유린했다. 아이들에게 시비를 걸며 쿡쿡 쥐어박았고 물 늦게 가져온다고 아내를 떠다밀었다. 그러다가 그는 이불을 박박 잡아 뜯었다.

그 두려운 밤에 희연은 아이들을 꼭 끌어안고 숨죽여 울었다. 희연은 입술을 꼭 다물었다. 지옥 같은 이 순간이여 지나가거라. 고통이란 아무 것도 아닌 것이다. … 지나가면 다 그뿐인 것을 …. 그렇게 자신을 달래며 그 밤이 지나가기만을 바랐다.

모든 사람은 제왕을 꿈꾼다. 제왕을 꿈꾸지 않는 자 누가 있으랴. 여자들이 자신을 구원해 줄 왕자를 만나는 신데렐라를 꿈꾸는 것도 결국 제왕의 꿈인 것이다. 니체는 "모든 인간 욕망의 밑바닥엔 권력에의 의지가 있다"고 하였다. 사내란 아니 인간이란 언젠가는 무엇이 이루어지기를 바라며 제왕을 꿈꾼다. 정민도 제왕을 꿈꾸었다. 비루한 현실을 떨어버릴 제왕의 꿈, 그러나 현실은 언제나 비참했다. 그런 욕망은 잠재되어 있다가 일탈을 꿈꾼다.

현실이 비록 누추해도 자신은 언젠가 남과 달라지리라고 생각한다. 그러나 세월이 흐를수록 이상은 사라지고 꿈은 퇴색한다. 현실과 이상과의 괴리, 이것을 조화롭게 극복하지 못하면 자신과 주변이 불행해진다. 때로는 자포자기 상태로 폭력을 휘두르거나 이상 징후를 보이기도 하는 것이다. 때때로 정민이 자신도 모르는 사이 차츰 술주정이 심해지고 포악해지는 것도 이런 잠재의식의 발로였다.

　그리고 얼마 후 정민은 경비 일을 그만두었다.

　월급쟁이 아내가 되어 잠시 찾아왔던 희연의 행복은 물거품이 되고 말았다. 이해는 하면서도 정민이 대책 없이 경비나마 그만둔 것이 미웠다. 그 이후로 정민은 간간이 술주정을 했고 그들의 부부 사이는 차츰 소원해지고 있었다.

유혹

    희연은 집으로 가기 전에 은행부터 들려야 했다. 수금한 돈을 입금시켜야 한다. 은행을 향해 가는데 무쏘 한대가 희연을 앞질러 은행 앞에 세워졌다. 짙은 눈썹에 시커먼 얼굴, 넓은 어깨를 가진 투박해 보이는 사나이 하나가 승용차에서 내려섰다. 사나이는 희연보다 약간 앞서서 성큼성큼 은행으로 들어서고 있었다. 은행에 들어간 희연이 창구 앞에 있는 번호표를 뽑고 나서 소파로 가기 위해 돌아섰다. 남자 하나가 이쪽을 물끄러미 쳐다보고 있다. 희연은 무심히 낯이 익었다. 저 남자가 누구인가 하고 생각해 보니 아하, 조금 아까 무쏘를 타고 내린 남자임을 기억해 냈다. 이제 보니 바로 내 옆자리에 앉아 있었네 하고 생각했다. 옆에 있던 월간지를 펼치려는데 갑자기 안내방송이 들려왔다.

    "은행 안에 계신 여러분께 죄송한 말씀을 전합니다. 지금 갑작스러운 사고로 온라인이 중단되었으니 잠시 기다려 주시기 바랍니다."

희연은 갑자기 낭패스러웠다. 오래 기다려야 하는 건 아닌가. 집에 가야 할 텐데. 미간을 잠시 찌푸렸다. 옆에 있는 무쏘 사나이가 희연을 돌아보며 말을 건넨다.

"에이 참, 시간도 없는데…. 저번에도 이런 일이 있었는데. 오래 기다리면 어떻게 하죠."

"금방 되겠죠 뭐. 잠시 기다려 달라고 하지 않던가요."

희연은 스스로에게 말하듯 이야기하고는 생각한다. 이 사람을 혹시 보험계약자로 만들 수는 없을까. 왠지 돈이 있어 보인다. 하지만 어떻게 말을 이어 나가야 하나 망설여진다. 언제부터인지 사람을 대하면 보험부터 떠올리는 버릇이 생겼다. 이윽고 희연은 명함을 건넨다.

"아! 보험회사를 다니시는군요."

"네, 보험은 드셨나요?"

"보험! 들었죠."

"무슨 보험을 들으셨는지…."

희연은 약간 수줍어하며 사나이의 눈치를 살핀다.

"에, 그전에 든 교육보험하고 또… 집에서 뭔가 든 것 같은데 잘 모르겠는데요."

사나이는 희연에게 멋쩍은 듯 웃어 보인다.

"그러면 선생님은 노후복지보험을 들으셔야겠네요. 노후엔 뭐니뭐니 해도 저축이 있어야 하니까요."

"하하, 그렇습니까. 하지만 다음에 들죠."

중단되었다던 온라인이 다시 재개되었다는 방송이 들려왔다. 이윽고 희연과 사나이의 차례가 되어 희연이 먼저 볼일을 보았다. 남자의 차례가 되자 남자는 갑자기 낭패스러운 표정을 짓는다. 신분증을 빠트렸다는 것이다. 남자는 입맛을 쩝쩝 다시며 밖으로 나간다. 차에 있는 신분증을 가지러 가는 것이다.

희연의 머릿속이 분주하다. 남자가 다시 들어오면 놓치지 말아야지. 이 사람을 어떻게 하던 계약자로 만들고 싶다. 이윽고 사나이가 들어온다. 희연은 사나이를 향해 머뭇거린다.

"선생님, 그러니까 미루실 때가 아니죠. 하루라도 빨리 가입을 해야 본인에게 득이 되는 일이니까요."

"정 그러시다면 밖에 나가 잠깐 이야기를 들을까요."

희연은 자신의 말이라도 성의 있게 들어주는 만만한 고객을 놓쳐서는 안 되겠다는 생각을 한다. 둘은 은행 문을 나섰다.

"자 타시죠."

은행 앞에 세워놓은 승용차를 가리켰다.

"저, 저는…."

희연이 차에 오르길 머뭇거리자 사나이가 갑자기 호탕하게 웃는다.

"하하하, 왜요. 납치라도 당할까 봐요."

"아 아뇨, 그게 아니라."

희연이 애써 변명이라도 하듯 한 손을 약간 들어 휘젓는다.

"저 그렇게 나쁜 사람 아닙니다. 어디 가서 차라도 한잔 하려고 그러는 거니까요. 여기 이렇게 도로에 차를 세워 놓고 차를 마시러 갈 수는 없지 않습니까? 괜히 주차 위반 딱지라도 떼이면 어쩝니까."

비로소 희연이 차에 오르자 사나이는 시동을 걸었다. 희연은 사나이의 옆자리에 앉아서 무슨 말을 해야 하나 난감하다.

"미인을 옆에 태우고 달리는 기분도 꽤 괜찮은데요. 집이 어디십니까?"

"S동이요."

"그래요. 저는 집과 회사가 오류동에 있어요. 이곳에는 중요한 거래처가 있어 자주 오죠."

"네, 그러세요. 무슨 일을 하시는데요?"

"공장을 하나 가지고 있죠."

"그러니까 사장님이시군요."

"하하, 사장이요. 돈은 좀 모았지만 이제는 인력난 때문에 못 해 먹겠습니다. 사람을 구할 수가 있어야죠."

"그래도 돈을 많이 버셨다니 다행이네요."

"그래서 말이죠. 지금 중국엘 가 보려고 합니다. 그곳에다 현지 공장을 하나 차리려고요. 예전만은 못하지만 그곳에서 현지 공장을 차린 친구가 하나 있는데 재미가 좋다고 하더라고요."

"네…."

"참, 제 연락처를 적어 놓으십시오. 휴대폰, ○○○−○○○−○○○○, 다 적으셨습니까?"

희연은 수첩을 꺼내어 사나이가 부르는 대로 따라 적는다.

"그런데 어디로 가시는 거죠?"

"우리 송도에 가서 바람이라도 쏘일까요?"

"갑자기 송도는 왜…."

"제가 그곳에 분위기 있고 맛있게 끓이는 찻집을 알고 있습니다. 그리로 가서 차 한잔 하시죠."

118

사나이는 그리 위험한 인물 같지는 않아 보인다. 하지만 송도까지 가는 건 그리 마음에 내키는 일은 아니지 않은가.

"보험은 잘되십니까?"

문득 사나이가 희연을 돌아보며 묻는다. 이럴 땐 잘된다고 해야 한다지. 먼저 입사한 선배들은 그렇게 충고하고는 했다. 보험계약자나 아는 사람이 물으면 잘된다고 대답하라고 그들은 가르쳤다. 하지만 꾸미거나 거짓말을 천성적으로 못하는 희연이다.

"그저 그래요."

희연은 살며시 웃어 보인다.

"아니 왜요? 잘하실 것 같은데."

"그렇게 보이세요? 하지만 그렇지 않은 걸 어쩌죠."

"이를테면 말입니다. 보험을 하려고 나선 이상 돈을 벌어야 하지 않습니까?"

"물론 그렇죠."

"제가 친구도 소개해 드리고 할까요? 물론 저도 들고 말입니다. 저 이래 봬도 능력 있는 놈입니다."

"아, 네 고맙습니다."

이 사람은 무슨 말을 하려는 것일까. 자기 과시가 좀 심한데 하고 생각한다. 차는 송도를 향해 해안도로를 따라 달리고 있었다. 시원한 바닷바람이 차창 안으로 들어왔다. 사나이는 계속해서 말을 늘어놓는다. 희연은 주로 듣는 편이다.

"그리고 서희연 씨라고 하셨죠. 지적인 분위기에 참 아름다우십니다."

"호호, 그렇게 보셨어요? 감사합니다."

희연이 수줍은 듯 살짝 웃는다. 차는 송도로 들어섰다. 유원지를 지나 으슥한 산길로 차가 들어섰다. 지붕이 뾰족한 동화 속에 나오는 것과 같은 집이 나타났다. '예그린'이라는 목재 간판이 눈에 들어왔다. 레스토랑을 겸한 고급 찻집이다. 웨이터가 안내하는 대로 그들은 이층으로 올라갔다.

굵은 부직포로 된 흰 식탁보가 깔려 있고 목이 기다란 화병에는 막 피어나고 있는 장미 한 송이가 꽂혀 있다. 벽면 한쪽이 전부 창으로 되어 있는데 카키색과 미색이 조화를 이룬 커튼이 드리워져 있다. 커튼 사이로 멀리 푸른 바다가 보인다. 실내는 잔잔한 음악이 흐르고 그들 앞에 놓인 카푸치노 거품처럼 부드러운 분위기다. 사나이는 의자를 내밀어 희연에게 자리를 권한다.

"이곳, 어떻습니까?"

사나이는 목소리를 은근히 깔아 가며 속삭인다.

"아, 네 참 좋은데요."

"우리 이런 곳에 가끔 옵시다. 나는 인천에도 자주 내려오니까요."

희연이 어색하게 웃어 보인다. 나는 이 사람을 계약자로 만들어야 할 텐데. 자꾸 초조하다.

"참, 고객카드를 작성해 주세요."

희연은 엽서 크기의 고객카드를 내밀었다.

"이런 게 꼭 필요한 것입니까?"

"네, 해 주시면 좋지요. 본인의 신상 명세를 가지고 본인에게 도움이 되는 다양한 자료를 뽑아 드릴 수 있으니까요. 또 계약을 하는 데 참고도 되고요."

"뭐, 써 달라니까 써 드리는데 사주팔자니 그런 것은 안 해 주셔도 됩니다."

"호호, 언제 받아 보셨군요."

"그럼요. 우리 사무실에도 보험아줌마들이 가끔씩 오는데요."

"그래요? 참 그리고 계약은 한 달에 얼마짜리로 할까요. 뭐 보아하니 돈도 많으신 것 같은데 월 200만 원 정도가 어떠시겠어요?"

희연은 자연스럽게 보험이야기를 끄집어내었다. 이제는 그럴 만큼 능숙해진 것이다. (가능해 보이는 금액보다 2배쯤 불려서 이야기해야 해. 그래서 깎아 주는 척하고 반 정도의 계약을 하게 되더라도⋯)

희연은 친구의 말을 떠올렸다.

"200만 원이요? 아이고, 200만 원이 누구 이름입니까. 그리고 성질도 급하시긴. 지금은 돈이 없으니 다음에 하도록 합시다."

사나이는 놀라는 표정을 지으며 희연에게 익살스럽게 웃어 보인다.

"하지만 지금 청약서를 써 주시고 돈은 나중에라도⋯"

"돈 낼 때 쓸게요. 자자, 그만 일어나십시다."

사나이가 먼저 일어서며 희연을 내려다본다. 희연은 펼쳐 놓았던 팸플릿을 주섬주섬 챙겨 넣으며 사나이를 따라 일어선다. 다음으로 미루는 계약치고 성사되는 법이 없던데. 희연은 불안한 마음으로 사나이를 따라 차에 올라탄다.

차는 산길을 내려오다가 골목 같은 곳으로 꼬부라진다. 희연은 이 길로 들어서는 것이 아닌데 잠시 의아하다. 눈앞에 모텔이라는 간판이 눈에 들어온다. 차는 모텔로 불쑥 들어서서 멈추었다. 희연은 놀라 사나이를 쳐다본다. 사나이는 희연을 의미심장하게 내려다보며 히죽 웃는다.

순간 희연의 표정이 굳어진다.

"저를 잘못 보셨군요."

희연은 짤막하게 한마디를 하고 차문을 열고 내려선다. 사나이는 의외라는 듯 쫓아 내리며 손을 꽉 붙든다.

"그렇게 화를 내실 것까지야. 좋은 게 좋은 거 아닙니까?"

"그걸 말이라고 하세요?"

희연이 기가 막힌다는 표정으로 되묻는다.

"좋습니다. 나는 싫다는 사람은 억지로 그러지 않으니까요. 타시죠. 집에까지 데려다 드릴 테니까요."

"아니요. 필요 없어요. 그냥 걸어가겠어요."

희연은 표정 없이 대꾸하고는 뒤돌아서 나가려고 한다. 사나이가 갑자기 앞을 가로 막는다.

"그러면 내가 미안하지 않소. 이곳에는 차도 없고 버스 정류장도 한참이나 걸어야한단 말이오. 그러지 말고 타시오."

하기는 그렇다. 이곳에서 버스 정류장까지 가려면 얼마나 오래 걸어야 할지 모른다. 희연이 잠시 망설인다. 사나이가 자꾸 재촉한다. 희연은 문을 열어 주는 대로 차에 올라탄다. 차는 오던 길을 되돌아 나간다. 희연은 녹음이 지쳐 가는 차창 밖의 풍경을 말없이 주시하고 있다.

"정말 미안하오. 그만 내 감정에 사로 잡혀서…."

"…."

"꼭 연락을 주시오. 내가 도와 드리리다."

희연은 계속해서 말이 없다. 아니 불쾌해서 말도 하기 싫다.

차는 시내로 들어섰다. 용현동 물텀벙이 거리를 지나 신흥동 로터리로 들어섰다.

"저 이곳에서 그만 내릴래요. 버스를 한 번 갈아타면 되니까요."

희연은 앞을 주시하며 무표정하게 말을 건넨다.

"그러시겠습니까? 꼭 연락 주십시오. 기다리겠습니다."

희연은 잘 가라는 인사도 없이 차문을 꽝 닫는다.

남자는 창밖의 희연을 바라보며 씩 웃다가 속으로 혀를 날름한다.

'흐흐 보험만 들어 주고 말라고? 내가 미쳤냐? 손해나는 보험을 그냥 들어 주게… 네까짓 게 그래 봐야 보험아줌마지. 저런 거 은근히 구미 당기는 여자인데 걍 버리기는 아깝지만 할 수 없지 뭐.'

희연을 내려놓은 차는 점차 시야에서 사라져 간다.

희연은 희연대로 흥! 기다리겠다구? 맘대로 해라. 미친 자식아. 아니 도대체 남자들은 처음 본 여자와 어떻게 함께 여관에 갈 생각을 한단 말인가. 정말 대단한 신경이다. 희연은 기가 막히다. 그리고 자신을 뭐로 보았기에 저 남자가 저런 행동을 한단 말인가. 그렇게도 만만해 보였나. 아니 그보다는 보험 하는 여자들을 보는 일반적인 인식이 저 사람이 저런 행동을 하도록 한 건지도 몰랐다. 보험 하는 여자들은 보험만 들어 준다면 어디든 따라간다는 말이 얼마나 넓게 퍼져 있던가. 자신만이라도 행동을 바르고 단단하게 가져야 한다고 다짐을 했건만 이렇게 창피한 일을 누구에게 말할 것인가. 아무도 자신을 이해하려 하지 않을 것이다. 아니 오히려 그 남자와 무슨 일이 있었는지도 모른다고 짐작할 것이다. 희연은 집으로 돌아가는 내내 불끈불끈 화가 나 있었다.

희연은 오늘도 아침조회를 끝내고 여느 때처럼 서둘러 사무실을 나왔다. 오늘은 다른 일을 하지 말고 집에 가서 김치도 담가야 하며 살림이라도 돌보고 지수를 좀 다독여 주어야겠다고 생각한다. 집으로 가기 위해 버스를 기다렸다. 찬바람이 몰아치자 사람들은 옷깃을 여미며 버스를 향해 달음질친다. 낙엽들이 웅크리고 있다가 성급하게 달려든 바람에 화르르 화르르 비명을 지르며 몰려다녔다.

비가 오려는지 바람이 불었다. 날이 굿으려나? 희연은 한쪽 어깨를 툭툭 두드려 보았다. 꾸물거리는 날씨와 더불어 몸도 같이 기별을 보내 왔다. 아마도 지수를 낳은 후 제대로 몸조리를 하지 않은 탓인가 보다고 짐작을 해 본다. 엄마만 계셨더라도…. 희연은 눈시울을 붉혔다. 엄마가 돌아가신 생각을 하면 가슴속에 멍울이 진 듯 억장이 막혔다. 어느 날 어이없이 가 버린 어머니. 그때도 이렇게 날씨가 추워지고 황량해질 무렵이었다. 나 때문에 늘 노심초사하시던 어머니. 날씨가 쌀쌀해져도 두꺼운 옷을 입으라고 챙겨 주는 어머니가 계시지 않는다는 사실은 희연의 마음을 더욱 스산하게 했다. 이 세상 누구보다도 정겨운 눈을 가졌던 나의 어머니, 들국화같이 가냘프게 보이면서도 결코 약하지 않던 어머니. 바람소리가 들창을 흔들어대는 밤이면 나는 어머니 생각에 얼마나 많은 눈물을 흘렸던가.

희연이 첫딸을 낳고 병원에서 퇴원한 날은 초겨울의 추위가 시작되는 11월 하순 무렵이었다. 그날 밤에 연탄가스가 새어 들어온 것이다. 이튿날 새벽에 눈을 뜬 희연은 의식이 몽롱해져 왔다. 잠이 덜 깨어 그런가 보다 하고 있는데 아침밥을 지으러 나가던 엄마가 부엌에서 쿵 하고 쓰러지는 소리가 들렸다. 희연이 깜짝 놀라 벌떡 일어섰는데 앞이 어질어질했다. 직감적으로 연탄가스가 새어 들어온 것을 알 수 있었다. 남편을 소리쳐 불렀다. 정민도 깜짝 놀라 일어나 "장모님! 장모님!" 하고 다급하게 소리치며 부엌으로 뛰어나갔다.

곧 쓰러진 엄마를 업고 방으로 들어왔다. 요 위에 눕힌 엄마는 의식불명이었다. 희연 부부는 덜컥 겁이 났다. "엄마! 엄마!" 희연이 울부짖으며 흔들어 깨우자 꿍 하고 외마디 신음을 한숨처럼 토해내더니 뒤돌아 눕는데 요 위가 흥건하면서 구린 냄새가 진동을 한다. 자신도 모르는 새 대소변을 봐 버린 것이다.

남자여서 연탄가스에 강했던지 그중 형편이 나은 정민이 의사를 부르러 뛰어나갔고 시간은 새벽 4시를 가리키고 있었다. 방문은 앞뒤로 횅하니 열려 있었다. 산후 몸조리에 바람을 쏘이면 안 된다는데 희연은 퉁퉁 부은 얼굴로 혼잣말처럼 중얼거렸지만 그런 걸 돌아볼 여지가 없었다. 아기를 들여다보았다. 새근새근 잠들어 있지만 왠지 불안했다. 연탄가스에 어찌 된 건 아닐까. 싸늘한 공기가 감도는 방 안에서 희연은 속이 메스껍고 눈앞이 뱅글뱅글 도는 어지러움을 참아 가며 눕지도 못하고 안절부절했다.

엄마가 돌아가시기라도 하면 어쩐단 말인가. 그리고 우리 아기와 나는…. 끌탕만 하다가 정신을 놓고 말았다. 한밤의 소란에 이웃들이 모두 깨었고 온 가족이 병원으로 실려 가는 사태가 벌어졌다. 희연의 우려대로 엄마는 그 길로 비몽사몽 혼수상태가 되더니 중환자실에서 사흘 후 유명을 달리하고 말았다. 다행히 희연은 삼일 후 안정을 되찾았고 아기도 별 이상이 없었다.

희연이 산부인과 병원에서 퇴원하던 날 엄마는 유난히 답답하다며 부얼 쪽으로 얼굴을 들이대고 주무시더니 그야말로 정통으로 연탄가스를 마시고 만 거였다. 하필 그날은 희연이 병원에 입원해 있느라 며칠 동안 아궁이를 놀리다가 연탄을 피운 게 화근이었고 안개가 끼고 바람도 불지 않는 음습한 날이었다. 연탄을 갈고 잠든 사이 전혀 바람이 불지 않아 가스가 온 부엌을 맴돌았고 남의 부엌에 서투른 어머니는 바깥쪽으로 난 부엌문을 반쯤 열어 놓아야 하는 것을 모르고 꼭 닫아 놓아 방 안으로 죄다 스며들었던 것이다.

늘 걱정만 끼쳐드렸던 어머니, 어머니를 잃고 만 것은 자신이 가난했기 때문이었다. 지은이를 낳던 당시에 연탄보일러나 기름보일러가 보급되고 있었는데도 가난한 달동네만은 여전히 연탄아궁이를 때는 집이 많았고 자신이 살던 단칸 셋방도 구들로 된 연탄아궁이였다.

둘째 지수를 낳았을 때는 남편이 부엌에 나가 밥을 지었다. 본래 부엌일을 할 줄 모르는 다른 남자들처럼 정민도 아무것도 할 줄 몰랐다. 아침에 밥상을 받아 보니 밥에서 탄내가 물씬 풍겼다. 위에는 설고 밑은 타 버린 삼층밥이었다. 미역국을 먹으려고 보니 좀 이상했다. 숟갈로 휘저으니 감자도 나오고 김치도 나왔다. "어찌 된 거예요?" 하고 정민을 쳐다보자 "무얼?" 하고 반문한다. "아니 무슨 미역국이 이래요" 하고 물어보자 으응 그건 당신이 먹는 미역국이 더 맛있으라고 내가 솜씨를 부렸지 하고 자랑스럽게 어깨를 편다.

맙소사! 잘해 준다는 것이 이 꼴이라니, 몰라도 저렇게 모를 수가 있나. 남자도 어지간히 부엌일을 할 수 있어야 하는 법인데. 아유, 희연은 한숨이 저절로 나왔다. 내 아들은 저 정도까지는 안 키우리라. 밥을 먹는데 도저히 밥이 목구멍까지 넘어가지 않았다. 자꾸만 눈물이 쏟아졌다. "아니 여보, 왜 자꾸 우는 거요" 하고 정민이 물어본다. "아니요 그냥…" 하고 울음을 참으려고 해도 계속해서 눈물이 쏟아졌다. '어머니만 살아 계셨어도 이렇지는 않을 텐데' 하고 생각하니 더욱 슬퍼졌다. 눈물인지 콧물인지도 모르는 밥을 훌쩍이며 넘겼다. 정민은 그런 아내가 측은하다.

"도대체 왜 자꾸 울어. 무엇이 어떻게 못마땅한지 얘기를 해야지."

정민은 뚜렷한 이유도 없이 자꾸만 우는 측은한 아내를 어떻게든 달래 주고 싶지만 다른 도리가 없다. 이럭저럭 아기를 낳은 지 일주일째가 되던 날부터 희연이 밥을 해 먹었다. 그렇게 몸조리를 제대로 못한 것이 지금까지 몸이 골골하는 원인이 된 것은 아닐까 생각한다.

희연은 집으로 들어가기 전에 배추를 사기 위해 시장 앞에서 내렸다. 시장으로 향하는 발걸음이 무겁기만 하다. 돈은 이미 바닥이 났다. 주머니에 있는 만 원을 만지작거렸다. 김치가 다 떨어져 가고 있었던 것이다. 다른 반찬은 몰라도 김치라도 있어야 했다. 지은이는 김치만 가지고도 아무 소리 안 하고 밥을 먹었다. 남들은 장조림이다 햄이다 싸 온다는데 기껏해야 감자조림이나 콩나물 따위를 싸 주는 자신은 참 부모노릇도 제대로 못 해 준다 싶었다. 희연은 머릿속으로 생각을 굴렸다. 포기배추는 비싸니 얼갈이배추를 사자. 오천 원 정도로 석 단 정도는 살수 있을 것이었다. 조금이라도 실팍한 얼갈이배추 단을 고르려고 이리저리 뒤적이다가 문득 돌아가신 어머니 생각이 또 났다.

어린 시절 희연을 야채시장에 데리고 갔었던 적이 있었다. 그때 그런 말을 하셨다. "얘야, 저길 보아라. 저 버려지는 것들을… 이다음에 살기가 어렵거들랑 야채시장으로 오면 가져다 먹을 게 얼마든지 있단다. 저 배추 겉잎을 떼어낸 푸성귀나 시들어 버리는 야채들을 주우면 얼마든지 먹을 게 되지. 저런 걸 주워다 먹는 건 부끄러운 게 아니란다. 남에게 아쉬운 소리로 손을 벌리는 게 절대로 부끄러운 것이다. 남의 신세 지는 사람이 되어서는 안 된다. 더구나 가난하다고 한탄해서 자살을 생각하는 사람들이 있는데 아무리 살기가 어렵더라도 그런 생각을 하면 절대 안 된다. 저걸 봐라. 이곳에 오면 조금 상한 과일이라도 얼마든지 가져다 먹을 게 많지? 사람의 미래란 어찌 될지 모르니 이말 명심해라." 이런 말을 하셨다. 어릴 때여서 건성으로 듣곤 했지만 자신이 이렇게 가난한 살림을 하게 될 줄은 몰랐다. 어머니는 이런 걸 예견하셨던 것은 아닐까.

희연은 어머니의 말을 생각한다. 세상 누구라도 자기가 지고 가야 할 짐이 있다고. 무거운 짐을 버리지 말고 묵묵히 지고 가야만 온전한 사람이 되는 것이라고 그리하다 보면 새로운 세상을 만날 수 있는 거라고 말하셨다. 그렇다. 고달픈 생활, 이것이 나의 짐이다. 무거운 짐을 지고 가는 황소처럼 묵묵히 가야 하는 길, 나는 어느 별로부터 떨어져 나와 언제까지 이 짐을 지고 가야 하는 것일까.

배추장사를 바라다보니 배추를 다듬고 있다. 가만히 보니 깨끗한 잎을 꽤 많이 떼어내고 있었다. 저걸 가지고 갔으면. 희연은 가져가고 싶지만 부끄러워 말을 할 용기가 나지 않는다.

"아줌마, 저어…."

한참을 서 있기만 하던 희연이 어렵게 입을 뗀다.

"왜요, 사려고요? 몇 단이나요?"

배추장사는 얼른 비닐봉투를 꺼내며 금방이라도 싸 줄 듯 서둘렀다.

"아니, 그게 아니라… 우거지 좀 가져가려고요."

배추장사는 그제야 귀찮다는 듯 희연을 올려다보며 얼굴을 조금 찡그린다. 희연은 창피함을 무릅쓰고 다시 말을 건넨다.

"저어 괜찮겠죠? 배추도 한 단 살 건데."

"아! 그래요. 가져가세요. 어차피 우리는 버리는데."

배추장사는 비로소 웃음까지 띄우며 친절하다. 희연은 겉잎 중에서도 깨끗한 것만 골라 비닐봉지에 열심히 주워 담는다. 그런 희연을 물끄러미 바라보던 배추장사는 안되었는지

"요즘은 배추가 비싸서 우거지만 가져다 김치 해 먹는 사람도 있어요"

하며 희연을 건너다본다.

"아줌마, 오늘 아줌마 덕분에 수지맞네요. 이 우거지를 사려고 해도 꽤 비싼데."

희연은 우거지를 가져가게 된 게 기뻐서 배추장사의 비위를 맞추며 고마움을 표시한다.

"원, 애기 엄마도. 다음에 또 와요."

배추장사는 배추 다듬던 손을 잠시 멈추고 희연에게 배추를 담아 주고 셈을 끝낸다. 희연은 배추 한 단, 배추 다발보다도 몇 배나 더 많은 우거지, 커다란 무 두 개, 시금치와 얼마간의 반찬거리를 사 들고 나니 팔이 아프다. 잠시 주저앉아 올망졸망한 보따리를 한데 묶은 후 머리에 인다. 가냘파 보이는 긴 목이 흔들흔들한 게 여간 불안하지가 않다. 희연의 콧잔등에 어느새 땀이 송골송골 맺혀 있다. 그래도 기분이 좋다. 적은 돈에도 푸짐하게 김치를 담글 수 있다는 기쁨에 신이 난다. 배추의 겉잎이 좀

질긴 듯하나 그래도 김치를 담글 수 있다. 또 얼마간은 삶아서 저녁엔 멸치를 넣고 된장찌개를 구수하게 끓이리라. 아이들도 된장찌개를 좋아하지 않던가. 된장찌개에다 감자를 숭숭 썰어 넣으면 지은과 지수 또한 감자를 골라 먹으며 즐거워하리라. 요즘같이 배추가 비싸서는 이만한 우거지도 얼마인가. 희연은 횡재라도 한 것처럼 절로 기분이 좋아졌다.

희연이 주방에서 김칫거리를 다듬고 있는데 밖에 인기척이 들렸다.
"나야, 나."
금자의 인기척에 화들짝 놀라 희연은 늘어놓았던 우거지를 얼른 신문지로 덮어 놓는다.
"어머, 웬일이야."
"웬일이긴. 자기가 조회 끝나자마자 부리나케 가 버리니까 궁금해서 지나는 길에 들렀지."
"어머, 그래요. 난 보다시피 오늘 김치를 담그려고."
"그랬구나. 요즘 김칫거리 비싸지?"
"응. 비싸더라구. 참, 방으로 들어와. 누추하지만 들어가."
"됐어. 곧 가야지."
말은 그렇게 하면서도 금자는 방으로 들어선다. 단독주택 마당에 세를 주기 위해서 일부러 본채에 달아 지은 살림집은 바깥이나 안이나 마찬가지로 초라하다. 금자는 혼자 앉아 방 안을 휘 둘러본다. 번쩍이는 오래된 호마이카 장롱과 화장대, 아이들 책을 들쭉날쭉 꽂아 놓은 칠이 벗겨진 책장, 서랍이 채 닫히지 않는 허름한 이층 문갑 위에 놓인 소형 텔레비전, 무엇 하나 반반한 세간이라고는 없다. 그나마 바닥에 깔려 있는 대나무 돗자리는 끄트머리가 마치 불에 구워 놓은 오징어처럼 돌돌 말려 있다. 금자는 손톱으로 깔쭉깔쭉 방바닥을 습관처럼 긁으며 빤히 바라보이는 주방에 서 있는 희연의 옆모습을 찬찬히 바라보았다.

'사람 팔자는 관상대로 된다는데 저 여자를 보면 다 헛소리지 싶다. 저 여자의 어디에 궁상기가 있어서 이렇게 지지리도 못사는 걸까. 저 여자의 웃는 모습이라니. 마치 꽃잎이 열리는 순간을 슬로우비디오로 보는 것같이 하얀 이를 드러내고 활짝 웃는다. 보는 사람이 덩달아 기분이 좋아질 지경이다. 이렇게 지지리 궁상으로 살면서도 저렇게 반듯하게 우러나오는 기품은 도대체 어디서부터 오는 것일까. 그런 것도 불가사의한 점 중에 하나다.'

희연은 과일을 쟁반에 받쳐 들고 와서 깎기 시작한다. 꽃무늬가 요란한 플라스틱 쟁반 위에는 모양이 고르지 못한 어린애 주먹만 한 싸구려 사과가 올망졸망 놓여 있다.

금자는 희연을 찬찬이 뜯어보다가 사과를 깎고 있는 손에 시선이 멈춘다. 저 여자의 손을 보라지. 저 손은 분명 자랄 때 고생이라고는 모르고 자란 손이다. 어릴 때 고생을 한 손은 나이가 먹어 아무리 잘 가꾸었더라도 자신처럼 굵은 매듭을 남기게 마련이지만 저 여자는 손등이 좀 거칠 뿐 섬섬옥수 같은 손이다. 그에 비해 자신은 손톱까지 기르고 온갖 정성을 다했어도 투박한 느낌을 지울 수 없었다. 자신은 부엌일을 할 때면 꼭 고무장갑을 챙겨 끼고 손을 애지중지했건만 굵은 매듭만은 어쩔 수 없는데 저 여자는 다르다. 게다가 자신은 성형미인지만 저 여자는 그야말로 자연미인이다. 남에게 숨기고 있지만 자신은 코도 성형수술하지 않았던가. 뭔 놈의 코가 트럭이 밀고 지나간 것처럼 콧대가 없는데다가

콧망울도 낮았다.

　참 돈이 좋긴 좋지. 금자는 그렇게 생각했다. 그 못생긴 코를 요즘 유행하는 버선발 코로 바꾸어놓은 것이다. 압구정동에서 잘나간다는 성형외과 의사는 역시 그 이름값을 했다. 콧대를 세워 코를 오똑하게 만들고 콧날도 연골을 넣어 동그스름하게 다듬어 일명 버선발코로 바꾸어 놓은 것이다. 그것도 감쪽같이.

　여자가 예쁘다는 것, 그건 더할 수 없는 장점이었다. 얼굴 하나 예쁘다는 이유로 보이지 않는 차별은 얼마인가. 세상은 예쁜 여자만을 위해 존재했다. 영화 속 주인공도, 소설 속 주인공도 예쁜 여자여야 했다. 그리고 요즘은 어찌 된 게 예쁜 여자가 재주도 많고 실력까지 갖춘 짜증나는 세상이 아닌가.

　자신의 외모는 시쳇말로 조연도 안 되는 인물이라고 생각했다. 아무리 멋진 옷을 입어 보아도 남들은 알아주지도 않았다. 그에 반해 예쁜 것들은 남들이 가지지 못한 걸 참 쉽게도 가졌다. 예쁘다는 것 하나로 친절함도 얻고, 남자들의 시선을 쉽게 끌고 주변의 부러움을 샀다. 그나마 자신이 위안을 삼는 건 키가 좀 큰 편이라는 것, 그 이외에는 외모에서 가치 있는 건 하나도 없었다. 이런 조건들은 자존심 강하고 욕심 많은 금자에게 끊이지 않은 열등감이었고 괴로움이었다.

못생긴 여자 잘나 봐야 아무도 알아주지 않는 놈의 세상, 나도 예뻐지고 말리라. 금자는 재산이 늘어나고부터 그 생각을 했다. 그래서 제일 먼저 코 수술을 했던 것이다. 실리콘으로 콧대를 세우니 두루뭉술했던 코가 한결 살아 보였다. 그것을 거의 아무도 눈치채지 못했다. 만나는 사람마다 "예전보다 예뻐졌네" 그 소리만 했다.

남편 인국은 어지간한 남자였다. 아내가 코 수술을 해도 전혀 눈치채지 못했다. 코 수술에 성공한 금자는 눈에도 욕심이 생겼다. 예전에 사촌오빠는 금자더러 "웃지 마라. 넌 웃으면 눈이 행방불명된다" 하면서 놀리지 않았던가. 그녀는 망설이지 않고 쌍꺼풀 수술도 했다. 그런데 쌍꺼풀은 눈두덩이 두터워 지방을 제거했건만 수술한 티가 났다. 수술 후 눈자위가 밤탱이처럼 부어서 한동안 검은 안경을 쓰고 다녀야 했다. 그러나 차츰 눈의 부기가 가라앉아 그런대로 만족했다. 그 후 쌍꺼풀 수술한 티를 내지 않으려고 아이라인을 짙게 그리는 눈 화장을 해야 한다는 것을 빼고는 흡족한 수술이었다. 게다가 그녀의 화장술은 날로 달로 늘어서 화장만 하면 누가 봐도 미인이라 할 만했다. 드디어 성형미인일망정 미인이 된 것이다.

코 수술할 때는 남편을 속였지만 쌍꺼풀은 그럴 수 없었다. 수술했다는 걸 알고는 오만상을 찌푸리며 야단을 쳤지만 시간이 지날수록 남들이 자신의 아내 보고 "사모님 예쁘시네요" 하는 소리를 자꾸만 듣자 은근히 좋아하는 눈치였다.

(그러게 무슨 수를 쓰던 예쁘고 봐야 한다니까.)

금자는 그렇게 생각했다. 금자의 어린 시절에 알던 사람은 친한 친구까지도 전혀 알아보지 못하게 되었다. 그도 그럴 것이 얼굴만 달라진 것이 아니라 외모까지도 내로라하는 멋쟁이여서 초라한 어린 시절의 금자라고는 아무도 생각지 못했다. 금자는 이런 것에 만족했다. 과거에 알던 사람을 알아서 무엇하랴. 그 알량한 과거를 무에 자랑할 게 있다고. 오히려 몰라보는 게 다행이었다.

금자는 어린 시절을 가난하게 자랐다. 아버지는 일찍 돌아가시고 청상과부가 된 어머니가 오남매를 키웠다. 금자의 어머니는 온갖 궂은일을 다 해 가며 자식을 뒷바라지했다. 남의 집 빨래나 바느질을 하기도 하고 금자가 공장에 취직한 후 도시에 올라와서는 언덕바지 달동네에 살며 미제 물건 장사를 하기도 했다. 그런 가난 때문에 금자는 중학교도 진학하지 못했다.

70년대 중반 수출 백억 달러를 외치는 조국근대화는 가난한 시골처녀들을 무작정 도시로 빨아들였다. 일 잘하고 건강한 시골처녀들을 좋은 조건으로 유혹하는 방법은 일하면서 중고등학교를 보내 준다는 거였다. 그것이 바로 산업체 특별학급이었다. 없는 집 가정의 딸들이 그렇듯 금자도 서울로 올라와 방직공장에 다녔다. 공장을 다니면서 그 산업체학교를 나왔다. 그리고 졸업 후 규모가 작은 개인 사업체에 취직을 했고 관공서에 일을 보러 다니다가 사회에 막 발을 들여놓은 어리바리한 총각 김인국을 만났다. 대학을 막 졸업한 김인국은 자신과 상반된 활달한 성격의 금자를 좋아했고 그녀와 연애 끝에 결혼을 하게 된 것이다. 금자의 발전과 더불어 그 형제들도 근면하게 노력한 결과 이제는 그만저만하게 유복한 처지가 되었다.

"참 그러니 자기도 대단하다. 그렇게 돈도 못 벌고 바람까지 피우는 남편을 차 버리지도 않고 여태 산단 말이야? 나 같으면 냉큼 차 버리고도 남았다."

금자는 신기하다는 듯 혀를 날름하며 장난스레 히히 웃는다.

"낸들 속상하지 않겠어? 하지만 난 이상하게 지은 아빠가 싫지 않아. 누가 뭐래도 지은 아빠를 믿어."

"참, 희한하다. 희한해. 이 시대에 무슨 열녀도 아니고…. 아마 지은아빠가 밤일을 잘해 주나 부다 그치? 응?"

금자는 장난기를 가득 담은 표정으로 자꾸 추궁을 해댄다.

"갑자기 웬 뚱딴지같이…."

희연은 이맛살을 찌푸리고 킥킥 웃으며 말을 흐린다. 그런 희연의 얼굴이 살짝 붉어진다. 사실 그 말이 틀린 것도 아니다. 야속했던 남편이라도 한 이불 속에서 밤을 지내고 나면 마음이 스스로 풀어지곤 했던 것이다. 하룻밤에 만리장성을 쌓는다고 하던가. 한 이불 속에서 밤을 지내고 나면 남편에게 원망스러웠던 마음은 어디로 가고 애틋한 마음이 살아났다. 어쨌든 삶이 고통스러워도 남편이 싫지 않았다. 아니 그보다도 삶은 견디어 내는 것이라고 희연은 생각하고 싶었다. 가난도 고통도 견디다 보면 좋은 날이 있으리라고 믿고 싶어지는 것이 희연의 마음이었다.

그때 문밖이 소란스러워지더니 지은이가 들어선다.

"지은아, 엄마 친구란다. 인사 드리렴."

방 안으로 들어선 지은이가 제 엄마와 금자를 번갈아 가며 말똥말똥 쳐다보더니 고개를 숙인다.

"아줌마, 안녕하세요."

"오냐, 아이구, 이쁘기도 하지. 제 엄마랑 꼭 닮았네. 호호호, 아니 어쩌면 찍어낸 것처럼 똑같애. 아주 붕어빵이잖아. 나도 이렇게 이쁜 딸을 낳아 봤으면…."

금자는 지은의 머리를 쓰다듬으며 귀엽다는 듯 가까이 들여다본다.

"아이, 승윤 씨도 웬 수다야. 그 집 아들도 잘 생겼더구먼."

"우리 태수가 잘생겼다구? 그럼 우리 아주 사돈을 맺을까. 지은이가

135

한참 연상이지만 뭐 상관있어?"

둘은 한참을 깔깔댄다.

"웬 뚱딴지같이. 아무튼 승윤 씨는 장난치는 데 뭐 있어."

"그나저나 희연 씨 보험계약 나올 데 있어?"

"있긴 어디가 있어. 나도 매일 막막한데."

희연은 정말 막막한 기분이 되어 한숨을 포옥 내쉰다. 그리고 아까 낮에 있었던 일을 떠올린다. 금자에게 그 얘기를 할까 잠시 망설인다. 하지만 그만두기로 한다.

"자기는 그래도 개척 영업 열심히 나가잖아."

"나가면 뭘 해. 누가 들어 줘야지."

"왜? 희연 씨, 그래도 지난번 계약은 개척영업에서 나왔다며?"

"아이구, 그게 얼마나 정성을 들인 건데. 한 달 내 출근하다시피 하고 판촉물이란 판촉물은 다 갖다 줬네. 아마 그 정도 정성을 들였으면 귀신이라도 보험 들어 줬을라."

"그래. 역시 개척영업이 어렵긴 어렵지?"

금자는 심란한 표정으로 희연을 바라본다.

"뭐, 승윤 씨는 개척 안 나가도 보험을 잘만 해 오던데?"

"에이그, 그게 해 올 걸 해 온 줄 알아. 사업하는 내 동생을 협박해서 들게 하고 친정 식구들을 죄다 들볶아서 하나씩 들어 주고 그런 거네."

"그렇게 연고라도 해 올 수만 있다면 얼마나 좋아. 나는 그나마 해 줄 사람이 없어요. 그러니까 내가 개척에 매달릴 수밖에."

"희연 씨, 그 연고도 곧 바닥이 날 텐데. 그땐 난 어쩌지. 지금도 나보고 보험 들어 준 사람 때문에 그만두고 싶어도 못 그만두겠어. 오래

다닐 것처럼 해 놓고 어떻게 금방 그만둔다고 해."

"승윤 씨는 그래도 능력 있으니까 어찌 되겠지."

"능력, 무슨 능력?"

"아이, 그래도 자기는 뭔가 남다르잖아. 또 그만둔들 아쉬울 일이 뭐야. 생활이 어려워서 다니는 것도 아닌데."

"으이구, 아무래도 내가 사서 고생이야. 그만두어야지."

금자는 입맛을 다시며 얼굴을 찌푸린다.

"제발 승윤 씨 그러지 마. 자기가 그만두면 내가 얼마나 실망이 되겠어."

"그나저나 희연 씨, 회사에서는 왜 그리 볶아댄다니."

"누가 아니래."

"맨날 열흘이 멀다 하고 마감이래지 않나. 영업은 꼭 그렇게 달달 볶아야 하는 거야. 아주 살을 말려요. 살을."

"호호호, 승윤 씨 날씬해지고 좋지 뭘 그래."

희연이 까르르 웃으며 금자를 놀린다.

저 여자는 저렇게 까르르 웃을 때가 정말 귀엽더라. 금자는 웃는 희연을 바라보며 생각한다.

"날씬해져? 어이구 스트레스 받아서 더 살찐다. 내가 요새 얼마나 허리가 늘어난 줄 알아."

"뭐, 아직 날씬한데."

"쉴 새 없이 수영이다 뭐다 하고 다녔으니까 이 정도지. 그냥 있었으면 아마도 지금쯤 볼만할 걸. 그나저나 요새는 자가용만 타고 다녀서 그런지 배가 점점 더 나오는 것 같애."

둘이 이야기꽃을 피우는 사이 저녁이 저물고 있었다.

노숙자

　희연은 공원을 지나다가 자신의 눈을 의심했다. 노숙자가 벤치에 누워 있었다. 희끗희끗한데다 먼지가 한층 보태져 희뿌연 빛을 띠고 있는 더풀더풀한 머리, 때에 절고 흙먼지로 뒤덮인 작업복, 반쯤 구겨 신은 낡은 운동화, 남자는 허리를 새우처럼 웅크리고 누워 있었다. 힐끗 지나치려다가 이상한 생각이 들어 남자를 자세히 다시 보았다. 아니, 이럴 수가! 그건 오빠 허동욱이었다. 오빠가 틀림없었다. 믿을 수 없을 만치 남루한 차림이었지만 안타깝게도 오빠였다. 희연은 왈칵 눈물이 쏟아졌다.

　"오빠! 오빠, 이게 웬일이에요? 이게 무슨 꼴이에요!"

　희연이 동욱을 붙들고 소리치자 동욱은 비로소 눈을 게슴츠레 떴다. 그런 동욱에게서 술 냄새가 확 끼쳐 왔다. 미안하다. 미안하다. 동욱은 술에 절어 연신 그 말만을 되풀이했다. 그러더니 끅끅끅 흐느껴 울기 시작했다.

"아니, 오빠! 집은 어떡하고 이렇게 나와 앉아 있어요? 언니와 애들은 어떡하고요!"

희연은 놀라고 기가 막혀 발을 동동 굴렀다. 동욱은 그저 "내가 잘못했다, 내가 잘못했어." 그 말만을 되풀이하며 흐느꼈다. 희연은 동욱을 추슬러 집으로 데려왔다. 이야기를 들어 보니 올케는 오빠가 매일 술 먹는다고 주머니에 있는 열쇠를 빼앗았다고 했다. 그리고 문을 열어 주지 않았다는 것이다. 다음 날도 그다음 날도 문을 열어 주지 않더라는 것이다. 그래서 할 수 없이 공원을 배회하며 산다는 것이다. 오빠는 제 아내를 역성하느라 자세한 말을 하지 않았으나 쫓겨난 것이나 다름이 없었다. 최근에 직장을 그만둔 뒤로부터는 더욱 사람대접을 못 받은 것 같았다.

"오빠, 그러게 술 좀 작작 마셔야지요. 그러니 올케 언니인들 좋겠어요. 아무리 그래도 그렇지 사람을 쫓아내다니. 그럴 수가 있어요? 그리구 아이들도 그렇지. 지 아빠가 집에 못 들어오는데 가만히 있었단 말이에요?"

"암 말 하지 마라. 네 언니도 속상해서 그런 거지. 아이들이야 제 엄마 말이면 꼼짝 못 하는 거고…. 탓하면 뭐하나. 내가 잘못한 거지."

동욱은 고개를 외로 꼬며 입맛을 쩝 하고 다셨다. 그게 아니었다. 올케는 남편이 너무너무 보기 싫었던 것이다. 최근에 오빠는 다니던 직장에서 밀려나서 일당 받는 노무자로 나가고 있었다. 월급으로 목돈을 가져다 줄 때야 보기 싫어도 쫓아낼 수 없었지만 이젠 정기적으로 갖다 주는 월급이 없어지자 더는 그 꼴을 안 보려 했을 것이다. 참으로 모질고 야박한 사람이었다. 오빠는 집에서 왕따였다. 아내와 아이들에게 소외됐고 가족끼리 어디를 가더라도 오빠는 쏙 빼고 자기들끼리만 다녔다.

그러니 직장을 그만둔 후 식구들의 미움이 점차 커지고 사이가 멀어지자 오빠의 음주는 더 심해졌을 것이다. 그에 따라 올케의 미움은 더욱 짙어지고…. 결국은 쫓겨나고 말았던 것이다.

그즈음 최화영은 책 세일즈를 그만두었다. 책이건 무엇이건 간에 세일즈의 세계란 그 사람이 실적을 올릴 때만이 소중한 존재이지 그 가치를 상실하면 가차 없이 도태시키게 마련이다. 얼마간의 실적을 올리면 관리자로 승진시킨다는 건 허울이나 다름없었다. 설령 회사에서 제시한 실적을 올려 관리자로 승진하게 되더라도 그에 따르는 판매 책임량은 엄청나게 늘어나게 마련이었다. 그 책임량을 자기 팀의 판매사원이 채우지 못하면 자신이라도 채워 놓아야 했다. 만일 그렇지 않으면 관리직마저도 유지되기 힘든 게 세일즈의 생리였다.

화영은 처음에는 가난하다는 것을 구실로 친척들에게 동정심을 불러일으켜 가며 승승장구 실적을 올렸고 남편의 친구들도 찾아다니며 실적을 올렸다. 드디어 영업소를 책임지는 팀장이 되었다. 황 부장은 화영이 팀장으로 승진하는 데 자신이 힘썼다고 있는 대로 생색을 냈지만 그건 화영이 올린 실적 때문이었다. 오히려 황 부장은 나중에 돌려준다는 조건으로 화영의 승진에 필요한 로비에 쓴다면서 돈을 오백만 원이나 갈취했다. 그러고는 시치미를 뚝 떼었다. 이제나저제나 돈 주기만을 기다리던 화영이 돈을 요구하자 너한테 들어간 돈이 얼마인데 그 돈을 달래냐고 으름장을 놓았다.

참으로 벼룩의 간을 내먹을 남자였다. 화영이 가난한 줄 뻔히 알면서도 그런 것이었다. 사기꾼이나 다름없는 황 부장은 여자를 농락하면서

도 늘 꿩 먹고 알 먹으려 들었다. 그러면서 그는 속으로, (저것이 돈 있
는 계집 같았으면 간통했다는 걸 미끼로 협박까지 해서 한 밑천 잡았을
텐데…) 하고 생각했다. 저건 협박하려고 해도 협박할 건더기가 없었다.
보아하니 돈 못 번다고 남편 알기를 호로^{뼁뼁}이로 아는 눈치였다. 그러
니 남편에게 알린다고 협박할 수도 없었다. 그리고 협박해 봐야 돈도 안
나오는 가난뱅이 계집인 것이다.

　팀장은 실적도 중요하지만 영업소 판매사원들로부터 얻는 신의와 덕
망도 중요했다. 관리자가 신망을 얻지 못하면 영업소의 화합이 잘 이루
어지기 어려웠고 그렇지 못하면 영업소 전체의 실적도 부진해지는 것이
일반적인 현상이었다. 성깔 있고 이기적인 화영이 사원들의 신망을 얻
기는 어려웠다. 사원들은 겉으로는 드러내지 않았지만 화영을 뒤에서
삐죽거리며 은근히 깔보았다. 삼척동자라는 것이다. 잘난 척, 예쁜 척,
있는 척한다고 자기들끼리 쑥덕거렸다. 그러다 보니 사원도 줄고 판매
실적도 형편없어지고 어영부영하다 보니 그만두지 않을 수 없었다. 아
니 밀려날 수밖에 없었다.

　화영은 책 세일즈를 그만둔 후 이런저런 영업사원으로 전전했다. 보
험회사, 건강식품, 외제 화장품, 건강보조기구 등 판매직종을 이리저리
바꾸었다. 본래 세일즈란 어떤 상품이고 간에 실적이 최상이었다. 실적
만이 인품이고 능력이었다. 화영이 찾아다닐 마땅한 연고는 이미 고갈
된 것이나 마찬가지이니 영업실적이 부진했다. 그래서 딴 곳으로 옮기
길 거듭하다가 한계에 다다른 그녀는 영업직을 그만두고 카페를 차렸
다. 술도 팔고 식사를 겸한 안주도 팔고 노래방 시설까지 갖추어 놓은
간이 술집이었다. 그즈음 남편은 회사를 그만두고 얼마간의 퇴직금을

받았다. 화영은 카페를 운영하기 위해 남편의 퇴직금으로 카페 차리는 데 보태고 차도 할부로 들여놓았다. 그런데도 동욱이 퇴직한 뒤로 정기적인 수입이 없어지자 남편을 내쫓았던 것이다. 남편이란 존재는 돈이 들어올 때만 아쉬워지는 돈 버는 기계나 다름없었기 때문에 그 필요가 없어진 것을 시점으로 용도 폐기된 것이었다.

동욱은 희연의 집에 오고 나서도 술버릇을 고치지 못했다. 날마다 술이었다. 희연이 저녁에 들어가면 으레 술이 취해 있곤 했다. 알코올중독자였다. 또 술 먹었다고 잔소리를 하면 "미안하다. 끊으마. 먹지 말아야지" 하고 다짐하고는 했지만 번번이 그 약속은 지켜지지 않았다. 하루도 거르지 않고 소주 한 병이라도 마시려고 했고 술이 좀 과하면 꺼이꺼이 울었다. "내가 어쩌다가 이 꼴이 되었누" 하면서 울었다. 그러다가는 갑자기 기분이 좋아져서 "희연아, 우리 옛날에 너랑 나랑 사촌들이랑 대천 해수욕장 같이 놀러갔던 것 말이다" 하면서 옛일을 시시콜콜 꺼내며 주절댔다.

사람이란 묘한 존재다. 사회적인 동물이라고 했던가. 인간이란 어딘가에 마음 둘 곳이 있어야 그는 비로소 삶의 가치를 찾는다. 그리고 누구에게 필요한 존재가 될 때, 굳센 의지와 힘을 얻는다. 사람은 자신이 소중히 생각해야 할 것이 없으면 의욕이 사라지고 의욕이 없으면 귀찮아지고 생의 의미를 잃는다.

사실 가족은 그 자체로만 보면 큰 책임이 따르는 부담스러운 존재다. 하지만 책임져야 할 존재가 나를 믿어 줄 때, 에너지가 나오게 마련인 것이다. 정민은 사랑하는 가족으로부터 인정받지 못하고 따돌려졌기 때문에 더욱 자포자기 상태에 빠져 버린 것이다. 아무리 동생이 마음을 준다 한들 가족으로부터 소외된 상실감을 극복하기는 어려웠다. 그는 가족에게 버림받았음에도 끊임없이 가족을 향해 해바라기하는 존재였다.

어쨌든 희연으로서는 오빠가 정신을 차리고 새 출발하도록 도와야 했다. 자주 옷을 빨아 주고 뒷바라지를 해 주자 차츰 시간이 지나면서 구질구질했던 처음과는 달리 멀끔해졌다. 원래가 정갈했던 오빠였다. 희연의 집에 올 당시 어디서 어떻게 다쳤는지 다리를 절었다. 희연이 병원으로 데리고 가서 엑스레이를 찍자 발등에 금이 가 있었다. 깁스를 하고 절뚝거리다가 시일이 지나자 상처도 좋아졌다. 얼굴도 처음보다 눈에 뜨이게 혈색이 좋아졌다. 술도 많이 줄어들었다. 동생 보기도 미안한 터라 새벽에 인력시장을 기웃거렸다. 겨울이라 일거리가 많지 않았지만 그런대로 일에 재미를 붙이고 있었다.

어느 날 희연이 집에 들어오니 웬 커다랗게 포장된 짐 보따리가 2개나 있었다. 풀어 보니 '중년의 활기, 자연건강식품 보원 황실대보탕'이라는 거창한 문구가 새겨진 건강식품이었다. "아니 오빠, 이게 뭐에요?" 희연이 물어보자 동욱은 씩 웃으며 "응, 이거 아주 몸에 좋은 약인데 너 하나 먹어라" 한다. "내가 무슨 이런 걸 먹어요? 오빠나 드세요" 하고 말하자 두 세트나 샀다는 것이다. "무슨 돈이 있어서 이걸 두 개나 사요?" 하고 물으니 "네 올케 하나 주고 하나는 너 주려고…." 하면서 뒷말을 흐렸다. "아니 오빠 정신 있어요? 집에서 쫓아낸 올케에게 무슨 이런 걸 사 주어요?" 하고 대들자 "그래도… 그 사람이 몸이 약해서…." 하고는 머쓱해했다. 참으로 버림받은 처지에 그런 순정이 없었다.

어느 비 오고 바람 부는 날, 동욱은 한숨을 푹 내쉬며 아내 걱정을 했다. 이런 날은 가게 문을 닫고 퇴근하려면 얼마나 을씨년스러울까 하고 걱정을 했다. 그러면서 술도 잘 못 먹는데 손님 대거리하느라 먹어야겠지

하면서 또 걱정이었다. 그는 술집에서 시달릴 올케 걱정을 하는 것이다. 허영심 많고 잘난 척하기 좋아하는 올케는 남자들과 시시덕거리며 노는 직업을 즐기는지도 모를 일이었다. 오빠는 몸만 희연의 집에 있지 마음은 온통 자기 집에 가 있었다. 생각다 못해 희연은 올케에게 연락을 했다.

"아유, 고모 말 말아요. 다시는 그 인간 생각하고 싶지도 않아."

올케는 언성을 높이며 대뜸 진저리를 쳤다.

"그래도 언니가 이해를 해야죠. 오빠가 저러구 있는데, 오빠는 온통 집 생각뿐이라고요."

"그런 인간이 그렇게 술을 퍼마시고 행동을 그 따위로 한단 말이야. 내가 동네 망신을 해도 한두 번 했어야 말이지. 술에 취해서 고래고래 소리를 지르질 않나. 길바닥에 엎어져 있는 걸 우리 민아가 겨우겨우 부축해서 오질 않나. 내가 아주 창피해서 미치겠어. 그 인간하구 어울려 다니는 친구들이 죄다 술고래에다가 인간 말종이야. 막노동판에서 굴러먹는 인간들이 모 오죽하겠어? 그것들 끼리끼리 어울려 다니면서 다 그 꼴이야. 아가씨도 잘 들어요. 오빠가 지금은 좀 술을 덜 먹는 것 같아도 그것들하고 또 어울리면 도루묵이야. 명심하라구. 그 인간들하고 어울리지 못하도록 단속 잘해."

화영은 시누이를 톡톡히 가르치겠다는 듯 언성을 높여 가며 강조했다.

"언니가 오빠를 다독이면 그렇지 않을 거라고요. 오빠가 얼마나 성실한 사람인지 언니도 잘 알잖아요."

"하이구. 퍽이나! 성실하긴 뭐가 성실해. 술만 처먹으면 개가 되고 월급이고 뭐고 다 술 퍼질러서 탕진하는 걸!"

더는 말이 통하지 않았다. 그저 오빠는 죽일 놈이었다. 올케는 자신을 변명하기 위해서도 남편에 대해 필요 이상으로 깎아 내리고 험담을 하기에 바빴다. 희연은 암담해지는 기분을 느꼈다. 오빠와 올케가 재결합하기는 이미 틀린 일이다. 오빠가 옷가지라도 가지고 나와서 혼자 자립할 수 있도록 돕는 길밖에 없다는 생각이 들었다.

희연은 날을 잡아 동욱과 같이 집을 나섰다. 동욱이 나와 있으려니 옷이며 다른 물건이 필요했고 더 이상 부부 사이가 유지되기도 힘들어 오빠가 집으로 들어가긴 애당초 틀린 일이었다. 일요일을 택해 집으로 갔다. 초인종을 누르니 아이의 목소리가 들렸다. "나야 고모다" 희연이 말하자 "네" 하는 아이의 목소리가 들리고 대문이 열렸다. 아이가, "고모 오셨어요?" 하고 반기는 것 같더니 희연의 뒤에 서 있는 동욱을 보고는 "어, 아빠" 하면서 멀뚱해한다. 그러더니 아이는 새침해지면서 곧 방으로 들어간다. 곧 이어 올케가 나오며 남편을 보더니 흥 하고 콧방귀를 뀌었다. 그리고 눈을 부라리며 아래위로 훑어보았다. 마치 왜 집에 왔느냐는 투였다. 동욱이 "저어 민아 엄마, 내 짐을 가지러 왔어" 하면서 말 끝을 흐렸다. 화영은 대꾸도 안 하고 방으로 들어가더니 잠자코 남편 옷들을 내던진다. 아마도 미리 준비해 놓았던 것 같았다. 참 허름한 옷이었다. 반반한 옷이라고는 없고 맨 어디서 얻어온 옷인지 후줄근했다. 동욱이 어디선가 보따리를 꺼내 오더니 주섬주섬 챙겨 넣는다. 희연은 눈물이 쏟아질 것 같다. 오빠는 마치 거지 취급을 당하고 있었다.

희연과 동욱은 거실에서 주섬주섬 짐을 꾸리고 아이들과 올케는 방으로 들어갔다. 조금 있다가 방에서 아이들과 올케가 까르륵까르륵 웃고 떠드는 소리가 들린다. 화투놀이를 하는 모양이었다. 마치 '흥 너희들 꼴좋다. 어디 나가 봐라. 술 처먹는 버릇 개 주겠냐. 얼마나 가나 두고 보자' 하고 시위라도 하는 것 같았다. 희연은 기가 막혔다.

오빠가 무슨 죄가 커서 이런 꼴을 아내와 자식으로부터 당해야 하나 하는 생각이 들어 눈물이 앞을 가렸다. 생각 같아서는 문이라도 벌컥 열고 들어가 소리를 지르고 싶었지만 남하고 싸우라면 누구한테도 지지 않을 드센 올케와 대거리할 생각을 하니 그것도 감당하기 싫었고 오빠의 비참한 기분을 생각해서라도 더는 시끄럽게 하고 싶지 않았다.

아이들이라도 제 아빠를 측은하게 여길 줄 모르다니. 그건 올케의 탓이 컸다. 아이들이 어려서부터 '네 아빠가 못나서 돈도 제대로 못 벌기 때문에 우리가 이 꼴이다'라는 식으로 허구한 날 가르쳤으니 애들이 제 아버지 편을 들지 않은 건 어쩌면 당연했다. 그뿐이 아니라 애들 보는 앞에서 남편을 늘 푸대접했으니 아이들이 생각하는 아빠란 참으로 못나고 몹쓸 인간이었을 것이다.

"오빠 어서 가요."

희연은 별다른 내색을 하지 않으려 애쓰면서 오빠를 재촉했다. 동욱은 비참하고 일그러진 기분으로 희연을 따라 문밖을 나왔다. 무심한 가을하늘은 구름 한 점 없이 맑았다. 어디선가 바람이 불어왔다. 스산한 가을바람은 동욱이 입은 허름한 잠바 속을 헤집고 등 뒤를 공처럼 허망하게 부풀려 놓았다.

시름에 겨운 낙엽이 한 잎 두 잎 흩날리고 있는 거리를 남매는 말없이 걸었다. 어머니마저 돌아가신 게 원망스러웠다. 어머니라도 계셨다면 아마 올케는 저 정도는 안 되었을지도 몰랐다. 아니다. 어머니한테도 포악스럽게 대들던 올케가 어머니의 눈치를 보았을 리 만무였겠지. 희연은 참담한 기분을 떨치려고 이 생각 저 생각을 하느라 분주했다.

147

그늘 꽃

　희연은 '동성건설' 간판이 붙은 건물의 엘리베이터를 오르고 있었다. 엘리베이터에서 내려 잠시 화장실에 들러 옷매무새를 가다듬었다. 이곳 회장님이라는 사람이 엄격한 듯해서 조심을 하고 있었다.

　"어머! 아줌마 오셨네. 수금 오셨죠? 앉으세요."

　사무실 안 여직원들은 희연에게 반갑게 인사를 한다. 역시 여자들만 있는 사무실이 편해. 희연은 그런 생각을 하며 소파에 앉았다.

　"아줌마, 날씨가 많이 추워졌죠? 차 좀 드세요."

　은영이라는 눈이 동그란 아가씨가 희연에게 찻잔을 건네며 웃는다. 희연은 미소를 지으며 두 손으로 받아 들고 따뜻한 감촉을 즐기듯 감싸 쥐고 커피향을 맡았다. 얼마 전부터 이곳에 처음 방문하여 아가씨들과 사귀었다. 작은 책자나 컴퓨터 자료도 갖다 주고 판촉물도 열심히 날라다 준 덕분에 아가씨들은 희연에게 미안하다며 암보험 같은 작은 계약을 체결해 주었다. 보험이라는 상품이 그 가치를 상품으로서 인정받지 못하고 미안해서 아니면 친분에 의해 마지못해 들어 주는 것이라니… 희연은 때때로 그런 점이 허탈했지만 신계약에 급급한지라 그저 작은 것이라도 들어 주는 아가씨들이 고마웠다. 갑자기 문이 열리자 사무실 안에 있는 아가씨들의 시선이 그리로 쏠리더니 목례를 한다.

"회장님이세요."

아가씨 하나가 귀엣말로 속삭였다. 희연은 회장이라는 남자를 살며시 건너다보았다. 그가 희연을 지그시 바라보더니

"한성생명 아줌마, 잠시 들어와 보세요."

하고는 회장실 안으로 사라졌다. 희연은 조심스럽게 회장실로 들어갔다.

"거기 앉아요. 하는 일은 잘되오?"

회장이라는 남자는 희연을 넌지시 건너다보며 물었다.

"네, 그냥요. 잘되고 있습니다."

모기 소리처럼 희연의 목소리가 작다.

"내가 부른 건 다른 게 아니라 직원들의 단체보험을 계약하려고요. 내가 아줌마를 늘 유심히 보아 왔지만 참 성실하오. 난 아줌마 같은 사람이 있으면 도와주고 싶소. 마침 만약에 대비해서 직원들 단체보험이 필요하니 서류가 무엇인지 알아봐서 내일 다시 방문해 주시오."

"회장님, 정말 감사합니다. 저는 뜻밖이라 어떻게 감사해야 할지…."

"뭐 나도 우리 직원들을 생각해서 하는 것이니까 그렇게까지 고마워할 건 없고 아무튼 내일 봅시다."

표정 없이 담담한 민 회장의 말이었다. 희연은 감격했다.

"아줌마, 우리 회장님이요. 굉장히 돈이 많은 분이예요. 이곳에는 가끔 오시는데요. 서울에 모텔도 하나 가지고 있고 주유소, 건물, 부동산, 아무튼 자기 재산이 얼마나 되는지도 잘 모를 거예요. 기왕이면 큰 계약을 해 달라고 하세요."

은영이라는 아가씨의 귀띔이 희연의 귓가를 간질였다. 희연은 정말 기분이 좋다. 그렇지 않아도 마감이 내일모래인데 어디 가서 계약을 해 오나 고민이 이만저만이 아니었던 것이다. 궁리 끝에 언젠가 은행에서 만나서 송도까지 따라갔던 사나이를 떠올렸다. 그 남자한테 전화를 해 봐? 희연은 몇 번이고 다이얼을 돌리려다가 그만두었다. 그 남자의 의도야 뻔하지 않은가. 계약을 미끼로 어떤 요구를 하게 될지 당연한 거였다. 희연은 고개를 절레절레 흔들었다. 그렇게 얼마 전까지도 신계약에 고민하던 차에 호박이 굴러도 넝쿨째 굴러 내린 격이지 이게 웬 횡재인가 싶었던 것이다.

다음 날에는 회장에게 주려고 라이터를 예쁘게 꾸린 작은 선물도 준비하고 단체계약에 필요한 서류를 가지고 회사를 방문했다. 회장은 말쑥한 차림으로 희연을 맞았다. 턱 밑에 면도 자국이 파르스름했다. 민 회장이 내놓은 신분증을 들여다보며 계약서에 적기 시작했다. (나보다 18살 위네) 희연은 속으로 그렇게 생각했다. 자신과 직원들의 신상명세를 꼼꼼히 적고 있는 희연의 흰 손을 물끄러미 내려다보고 있던 민 회장이 문득 생각이 났다는 듯 희연에게 말했다.

"서 여사, 곧 점심시간인데 그 서류 끝내 놓고 점심이라도 들고 가도록 해요."

"어머, 아네요. 저는 그냥 사무실로 들어가겠어요."

151

"나도 마침 점심을 먹으러 나가야 하니까."

"정말 괜찮습니다."

"호의를 무시하는 거요?"

"무시하다니요. 제가 감히…."

"그러니까 부담 갖지 말고 따라오도록 해요."

민 회장은 성큼성큼 엘리베이터를 향해 앞서서 걸어갔다. 희연은 민 회장의 큰 키를 올려다보며 뒤따라 걸었다.

'페테스부르크'라는 간판이 보였다. 건물 안 레스토랑은 약간 어두우면서 아늑했다.

"여기 스테이크는 정말 연하고 부드러운 게 먹을 만하지."

웨이터가 티본스테이크를 가져오자 민 회장이 나이프를 손에 쥐며 희연을 힐끗 건너다보았다. 토끼처럼 옹크린 희연은 민 회장과의 자리가 도무지 불편하다. 집에서 밥을 물에 말아 김치 얹어 먹는 게 편하겠다는 생각을 하고 있는데 민 회장이 여유만만한 웃음을 짓는다.

"서 여사, 말일마다 우리 사무실에 수금이야 오겠지만 지나는 길이 있으면 들르도록 해요. 내가 점심은 살 테니…."

"네, 감사합니다."

희연이 모기만 하게 간신히 대답한다.

희연은 집으로 가는 길이 가볍다. 민 회장의 단체보험 건으로 이달의 신계약 걱정은 던 편이다. 버스를 타고 집으로 향했다. 버스 안에서 바라보니 거리의 가로수들이 어느덧 퇴색해 가고 있는 중이었다. 희연은 고향의 가을을 떠올렸다. 어릴 적 고향은 얼마나 아름답던가. 고향하늘은 풍덩 뛰어들고 싶도록 맑고 푸르렀다. 요즈음에는 하늘이 늘 뿌옇게 흐려져 있다. 도시의 공해 때문에 하늘마저 맑게 갠 적이 별로 없는 것 같다. 푸른 하늘이 보고 싶다. 희연은 문득 고향하늘이 보고 싶은 건지 푸른 하늘을 그리워하고 있는 건지 자신도 잘 알 수 없었다. 고향에선 가을이면 낙엽들이 곱게 물들어 가곤 했다. 희연은 그것들을 책갈피마다 꾹 눌러 놓길 좋아했다. 나중에는 바스러질 듯 말라 버린 나뭇잎일지라도 비릿한 갈잎 특유의 냄새가 좋아 코를 들이대고 맡아 보고는 했던 것이다. 하지만 도시의 가로수들은 곱게 단풍 들어 떨어지는 일이 있던가. 제철을 만나 단풍이 되기도 전에 공해에 찌들어 다투어 잎을 떨어트린다. 그것이 어찌 나무에게만 속하는 일이랴. 사람도 이렇게 공해에 찌들고 심성이 흐려지면 저렇게 나무처럼 조로 현상이 올 것만 같다.

음지가 양지 된다던데. 이런 날들을 추억하며 잘사는 날이 올까. 오래 지나면 현재의 생활도 옛말이 될 수 있을까? 정말 오기는 오는 걸까. 좋은 시절은 사라졌다. 아버지와 어머니 슬하에 있었을 때 자신은 얼마나 행복한 시절을 보냈던가. 돈 걱정을 해 본 일도 없었고 남의 멸시를 받아 본 적도 없었다. 자신의 어린 시절이 양지라면 지금의 생활은 음지라 할 것이다. 다시 햇빛을 볼 수 있는 찬란한 시절도 올 수 있을까. 아니면 언제까지고 제대로 피어 보지 못하는 그늘 속의 꽃이어야 하는가. 희연은 그런 생각을 했다.

그녀의 어린 시절은 부자는 아니었지만 단란했고 어머니의 따뜻한 손길과 아버지의 배려로 행복한 시절이었다. 우리 딸이 세상에서 제일이라며 등을 토닥토닥 두드려 주던 아버지, 추운 겨울 등굣길이면 발 시리지 않도록 부뚜막에 신발을 올려놓았다가 주거나 도시락을 잊어버리고

153

안 가지고 간 날이면 발을 동동 구르며 학교로 달려오던 어머니, 희연은 아득한 세월의 저편을 그리워했다.

집에 돌아가기 전에 시장에 들렀다. 지은이의 도시락 반찬거리를 좀 사고 그릇가게에서 보온 도시락을 샀다. 집으로 들어가는 골목 안으로 접어드니 지은이가 제 또래의 친구들과 다람쥐처럼 팔딱팔딱 고무줄을 뛰고 있었다. 희연이 미소로 바라보니 친구들이 "애 지은아, 니네 엄마야" 하는 소리가 들렸다. 그제야 지은이는 고무줄을 뛰다가 힐끗 바라다보고는 "엄마" 하고 활짝 웃으며 희연에게로 쪼르르 달려왔다.

"어! 엄마가 내 보온 도시락을 사 왔네. 아이 좋아!"

"숙제는 다 했니?"

지은을 보면 으레 물어보는 인사말이다.

"네, 아까 다 했어요. 와! 내 보온 도시락! 우리 엄마 최고! 그 짐을 이리 주세요."

지은이는 좋아서 팔짝팔짝 뛰며 보온 도시락을 받아 목에다 건다. 두어 평 남짓한 주방을 겸한 현관에 들어서자 문이 활짝 열려 있었다.

"지은아, 엄마가 문 열어 놓지 말랬지?"

희연은 지은을 꾸짖듯 돌아보았다.

"어! 내가 아까 닫아 놓았는데 지수가 아까 또 열어 놓았나 봐요."

"이그, 내가 요 녀석을… 들어오기만 해 봐라."

희연이 방으로 들어가자 지은은 다시 놀러 나갔다.

세간이 복닥복닥 들어서 있는 방 안에는 지은이의 펼쳐 놓은 일기장이 눈에 들어왔다. 아마 제 친구들이 부르니까 쓰다 말고 나간 모양이었다. 희연은 옷을 갈아입다 말고 일기장을 들여다보았다.

○○월 ○일

날이 추운 것 같다. 점심 도시락을 펼치니 남들은 모두 보온 도시락을
꺼내서 따뜻한 밥을 먹고 있었다. 나만 그냥 도시락을 꺼내니까 너무나
창피했다. 저번에 엄마한테 보온 도시락을 사 달라고 하자 엄마는 돈이
없다며 나중에 사 줄게 하고 말하셨다.

엄마가 보온 도시락을 사 주시면 정말 좋겠다. 그러면 나도 아침에 보
온 도시락을 목에 걸고 학교에 갈 텐데. 다른 아이들처럼 보온 도시락을
목에 걸고 학교에 가고 싶다. 엄마가 돈을 많이 버셨으면 참 좋겠다.

지은이는 저만 보온 도시락을 싸 오지 않아서 다른 아이들에게도 창
피했던 모양이다. 내가 이렇게 무능한 엄마라니. 애도 그렇지 보온 도시
락이 없어서 창피했다면 딱 부러지게 조르기라도 해야지. 어쩌다가 내
눈치를 보면서 한마디하고 말았으니 여태 안 사 줬지. 아무리 돈이 없다
지만 땡빚을 내는 한이 있더라도 사주었을 텐데. 착한 아이의 마음씨가
애처로워 마음이 짠해진다.

교통사고

　박금자는 조회가 끝난 후 회사 지하 주차장 입구에서 망설이고 있었다. 이번엔 어디 가서 계약을 해야 하나 궁리를 해도 좋은 방법이 떠오르지 않는다. 만만한 친구들은 전부 계약을 했다. 동창들에게도 친목회 친구들에게도 기회만 있으면 보험 얘기를 꺼냈다. 또 친정으로 갈까 생각해 보았으나 친정도 다시 졸라댈 형편이 못 되었다. 생각다 못해 저번에 거절을 당했던 친구인 영희네 집으로 가기로 했다.

　영희의 집으로 들어서니 그녀의 깔끔한 성격을 말해 주듯 집 안은 먼지 한 톨도 허용하지 않을 듯 깨끗하다. 32평 거실엔 미색 가죽 소파가 놓여 있고 정갈하게 다듬고 손질해 놓은 화분과 빨간 장미를 수북하게 꽂아 놓은 화병이 역시 미색의 문갑 위에서 잘 어울렸다.

　"웬일이니. 금자야, 저번에도 우리 집을 오더니."

금자의 뜻하지 않는 방문을 받고 또 보험을 들라고 할까 봐 경계라도 하듯 영희는 억지로 웃어 보이느라 어색하다.

"왜 내가 다시 와서 반갑지 않니?"

"기지배, 무슨 소릴 그렇게 하니!"

"헤헤헤, 사실 말야. 너한테 다시 보험 들라고 그럴려구."

"아유, 나는 보험 얘기라면 지겹다. 애는 지가 언제부터 보험쟁이라고 나만 보면 보험을 들래!"

"야, 좀 들어라. 들어서 너 좋고 니네 식구 안전보장되고 나도 좋고 하는데 왜 안 든다는 거야."

"보험은 싫어. 우선 애 아빠가 싫어한단 말이야. 그리고 손해를 보잖아."

"보장성이 있으니까 당연히 손해를 보는 거지. 니 신랑 싫어한다고 보험 안 드냐. 그까짓 몇 만원 들어가는 건데 니 맘대로 못 하냐."

"너 언제부터 이렇게 끈질겼냐. 보험쟁이하곤 상대를 말라는데. 쟤 때문에 내가 못살겠네."

"야, 친구를 보험쟁이로 두었으면 당연히 보험을 들어야지. 이게 어디서 이렇게 싸가지가 없어!"

금자의 호통을 치는 듯한 농담에 영희는 기가 막힌다는 듯 허허 웃고 만다.

"그래, 그래, 아주 쪼그만 걸로 하나 들자. 어디 지난번에 가져왔던 팸플릿 좀 다시보자."

(그럼 그렇지) 금자는 내심 쾌재를 부르며 영희에게 팸플릿을 펼쳐 보인다. 마지못해 들어 주는 영희가 상품 설명을 제대로 들을 리가 없다. 무조건 돈만 적게 들어가는 걸로 하자고 한다.

"영희야, 너는 손해 보는 거 싫다니까 적금으로 해라. 월 50만 원 정도가 어때?"

"얘는 50만 원씩이나 어떻게 하니? 한 5만 원 정도가 어떨까?"

"5만 원짜리 적금이 어디 있어! 최소한 20만 원은 돼야지."

"20만 원을!… 아유 너는 왜 그렇게 나를 못살게 하니."

얼굴에 짜증을 가득 담고 찜찜해하는 영희의 얼굴을 바라보며 겨우겨우 반강제로 10만 원짜리 저축보험 청약서 작성을 끝낸다. 금자는 영희네 집을 나오며 치사한 생각이 들면서도 기분이 착잡하다. 내가 이러는 게 아닌데 싶은 것이다.

오래전 기억을 떠올렸다. 금자가 아들 태수를 막 낳았을 때였다. 팔촌 동서 간이라는 아주머니가 금자의 집을 찾아왔었다. 보험회사를 다닌다며 금자에게 교육보험을 권유했다. 거절했으나 끈질기게 졸랐다. 이런저런 이유를 달아 보험을 안 하겠다고 했으나 아기용품 선물을 사다 주고 막무가내로 졸라대는 것이었다. 할 수 없이 억지 계약을 하고 말았다. 그 후 10년쯤 보험료를 붓고 중도 해약을 하게 됐다. 10년간이나 부었는데도 원금보다 훨씬 못 미치는 금액이 해약 환급금이었다.

그 후 금자는 다시는 보험을 들지 않으리라 생각했었다. 그러나 지금 자기는 보험모집을 하러 다니는 사람이 되었고 그 팔촌 동서가 하던 대로 억지계약을 하러 다니고 있는 것이다. 보험 상품이 필요성에 의하여 가입하는 것이 아니라 졸라서 억지로 들어 주는 상품이었다. 아무려나 계약자는 늘리고 봐야지. 그래야 회사를 오래 다닐 수 있다. 아니 그보다는 당장 살벌한 보험모집 경쟁에서 뒤처지는 건 인생의 낙오자가 되는 것만 같았다.

다음 방문지는 큰 동서에게로 가볼까 생각 중이다. 다른 데는 다 가더라도 시집 식구에게는 보험 얘기를 꺼내지 않으려 했는데 이제는 갈 데도 없고 할 수 없지 않은가. 가난한 큰 동서에게 보험 들라고 할 처지는 아니었지만 조그만 계약이라도 들어 줄 만했다. 아무렴 그동안 내가 큰집에 해 준 게 얼만데.

어느덧 금자의 차는 큰 동서네 집 앞에서 멈추었다. 차의 시동을 끄고도 금자는 들어가야 하나 말아야 하나 잠시 망설인다. 내가 보험회사 다닌다고 얘기했을 때 큰 동서는 그렇게 말했었다. "뭐 하러 동서가 보험회사를 다녀. 삼촌이 다니라고 해? 괜히 여자가 돌아다녀 봐야 좋은 일 없다구. 돈 번다고 다니려면 옷 사 입어야지 화장품 사야지. 멋 부리고 치장하고 나면 남는 돈도 없다더라. 집안은 집안대로 엉망 되는 거야. 태수나 잘 보고 살림이나 잘하지 동서가 뭐가 아쉬워서 그런 데는 다니겠다는 거야?" "형님, 태수가 학교 가고 나서 집에만 있으니까 무료하기도 하고요. 또 살림해 가면서 다니는 건데요 뭐." 열심히 변명하는 금자의 말에도 큰 동서는 별로 귀담아 들으려 하지 않고 못마땅하다는 표정을 지었다. 이윽고 차 안에서 나온 금자는 인근 슈퍼에 들어가 음료수를 사 들었다. 가을을 알리는 전령처럼 대추나무가 발긋발긋한 열매를 달고 담 밖으로 늘어져 있었다. 그녀는 잠시 머뭇거리다가 벨을 눌렀다.

"누구세요?"

형님의 목소리가 문 안쪽에서 들려왔다. 저예요. 형님, 태수 엄마에요. 어머, 동서가 웬일이야. 지나가다 들렀어요. 별일 없으셨어요? 그녀들은 의례적인 말을 주고 받았다. 금자는 집안으로 들어서며 주스를 마루 한 귀퉁이에 내려놓는다. 시 어머니는 마루에서 고추를 다듬다가 금자를

160

바라본다.

"어머니, 고추 다듬으세요?"

금자는 무릎으로 다가가 다듬던 고추를 하나 집어 든다.

시어머니는 금자를 힐끗 바라보더니 혼잣말처럼 중얼거린다.

"딸이 많으면 금매달, 아들이 많으면 목매달이라더니 내가 딱 그짝일세."

"네? 어머니 그게 무슨 말이에요?"

"아님 뭐냐? 아들이란 것들은 하나같이 소용이 없어요. 태수아범도 가끔 들르면 얼마나 좋겠냐? 애미가 무얼하고 사는지 통 궁금하지도 않다냐? 코빼기 조차 볼 수가 없으니…"

이 노인은 아들만 다섯을 둔 것이 늘 불만이었다. 딸과 달리 아들이란 부모에게는 무심하기 마련이다. 무료한 노인은 바빠서 오지 않는 아들들을 늘 기다리며 불평이 많았다. 속상해 하는 시어머니와는 달리 금자는 시어머니가 한 말이 우스워 웃음이 나오는 걸 참느라 얼굴이 잠시 일그러졌다.

"그래 보험회산지 뭔지 다니는 건 잘 되냐?"

"네, 잘되고 있어요."

"니 재주가 용하구나."

시어머니는 금자를 안경 너머로 건너다보며 한마디 한다. 그러더니 잠시 금자의 눈치를 보며 머뭇거리다가

"너도 알지? 니 시아버지 오촌 누님네 며느리 말이다."

하고 말을 건넨다. 금자는 시어머니가 무슨 말을 하려는 걸까 하고 바라다본다.

"그 며늘애가 요새 신랑하고 이혼을 했다지 않냐. 살고 있는 집도 그

며늘애가 저당인지 뭔지 잡혀서 곧 남의 손으로 넘어간다지 않냐."

"아니, 왜요? 무슨 일이 있었나요?"

"걔가 보험회사를 다녔대요. 그래서 바람이 나 가지구 어떻게 했는지 빚만 잔뜩 졌다지 뭐니."

시어머니는 금자를 뚫어져라 쳐다보며 말을 이어 나간다.

"그뿐인 줄 아냐. 이놈 저놈하고 붙어 지내더니 이혼 청구 소송을 했다지 않냐. 그래서 지 신랑이 이혼만은 못 해 주겠다고 했더니 아이들을 증인으로 내세워 남편이 저를 때리고 학대해서 못 살겠다고 법정에서 그렇게 말하도록 시켰다지 않니. 아이가 무슨 말인가 하다가 법정에서 법관이 호통 치는 소리를 듣고 그만 벌벌 떨더니 울더라지 뭐냐. 그래서 지 애비가 아이구 내가 자식한테 무슨 못할 짓인가 하고 하도 기가 막혀서 그년이 위자료 달라는 대로 집까지 다 내주고 합의 이혼을 했다지 않니. 그년한테 집까지 날리고 막판에 참… 그러니 그게 무슨 망신이니. 나이가 50줄에 들어선 사람들이 그 꼴이 뭐니."

"세상에! 그런 일이 있었군요."

금자는 왠지 얼굴이 화끈 달아올랐다.

"걔가 전엔 안 그랬는데. 보험회사 다니고부터 그렇게 사람이 달라졌다지 않니. 맨날 늦게 들어오고 쌍꺼풀 수술이다 보조개 수술이다 하면서 돌아다녔다지 않니. 그러니 그놈의 보험회사가 사단인거야. 그년 친구들이라는 것들도 죄 보험회사 댕기는 것들이라 그 꼴이라지 뭐냐."

시어머니는 이야기하는 도중에 흘깃흘깃 쳐다보는 폼이 너도 그런 것 아니냐 하고 묻고 싶은 투다. 금자는 차츰 몸 둘 바를 모르고 있었다.

"어머니, 저 태수 왔을 시간이라 그만 가 볼래요."

162

"그래? 아니 근데 애야, 너 그 치마가 왜 그리 짧으냐?"

시어머니의 눈초리가 일어서는 금자의 다리에 화살처럼 와서 꽂힌다.

"저 어머니, 이 치마는 순모인데 저번에 집에서 물빨래하는 바람에 너무 많이 줄어서 그래요 이것 보세요 어머니, 이 안감을 줄여서 입은 걸요."

금자는 변명을 하기 위해 이말 저말 둘러댄다. 미니스커트도 평소 차림인데 왜 시어머니는 까탈을 잡는 걸까. 시어머니는 금자를 유심히 들여다보다가 갑자기 생각났다는 듯 말한다.

"참, 그리고 애야. 지난번 시아버지 생신 때에 네가 입었던 옷 말이다. 그게 뭐냐고 아버지가 나한테 넌지시 이르시더라."

금자는 잠시 기억을 더듬다가 지난 8월 몹시 무더웠던 때를 기억해냈다.

"네에! 아이참 어머니두. 그때는 더울 때라 제가 부엌에서 일하다가 너무 더워서 겉옷을 벗고 나시 차림으로 일한 걸 어머니도 아시잖아요."

"그렇긴 하다만…."

시어머니는 오촌 누님네 일이 남의 일 같지 않아 '너도 그렇지? 너도 그년과 한패지?' 하고 다그치고 싶은 걸 참고 있다.

"어머니, 보험회사 다닌다고 다 그렇게 바람이 나요? 그런 사람은 집에 있어도 그럴 거예요. 저희 회사에 있는 여자들은 살림도 잘하고 일도 열심히 해요. 어머니는 보험회사 다니면 다 그런 줄 아시면 안 돼요. 아셨죠?"

금자는 가는 귀가 먹은 시어머니에게 말하느라 있는 대로 소리를 질러 가며 다짐을 주듯 마지막 말에 힘을 주었다.

"아무튼 너야 안 그러리라 믿지만 그 누님이 우리 집에 오셔서 하두

163

분해 가지고 벌벌 떠시는 걸 보니 남의 일 같지 않더라."

시어머니는 힘주어 말하면서 금자의 표정을 다시 살핀다. 금자는 쫓기듯 시댁을 나왔다. 차에 시동을 걸고 동네를 빠져나왔다. 우선 집에 가기 전에 백화점엘 들러야겠다고 생각한다. 태수 티셔츠도 하나 사고 반찬거리도 좀 사야 한다. 속상한데 한바탕 쇼핑이라도 하고 나면 기분이 좀 달라질 것 같았다. 그러자면 돈이 있어야지. 금자는 은행에 들러야겠다고 생각한다. 지나는 길에 은행 간판이 보였다. 골목 안으로 차를 주차시키기 위해 삼거리에서 차를 멈추었다. 그때였다.

"꽝!"

금자의 눈앞이 갑자기 아득해져 왔다. 내가 왜 이러지. 아득해 오는 정신을 추스르려고 애를 썼지만 눈앞이 가물가물해져 왔다. 누군가 부르는 소리를 들으며 정신을 잃고 말았다. 좌회전을 하려고 서 있던 금자의 차를 급히 오던 택시가 미처 피하지 못하고 들이받고 오른쪽 길가로 튕겨져 나갔던 것이다. 금자의 차는 뒤에서 갑자기 들이받는 바람에 앞으로 쭉 밀려났고 불행하게도 마주오던 차와 충돌하고 만다.

얼마나 지났을까.

금자는 희미하게나마 눈을 떴다. 여기가 어디인가.

달리는 차 안에 누워 있는 것 같았다.

"여기가 어디예요?"

금자가 더듬거리며 물어보자 누군가가 뭐라고 하는 소리가 들린다. 다시 정신이 아뜩해져 온다.

얼마나 시간이 지났을까. 의식이 가물가물 돌아온다. 눈을 떠 보니 둥그렇고 커다란 등이 달려 있는 게 보였다. 소독 냄새가 나는 걸 보니 병원인 모양이다. 삼거리에 정차하고 있었는데…. 그래 맞아. 뒤차가 갑자기 들이받았어. 이럴 수가 있단 말인가. 교통사고 같은 것은 나와는 상관이 없는 줄 알았는데. 내가 그 불운의 주인공이 되다니. 주위를 살피려 하니 고개를 돌릴 수가 없다. 머리가 깨질듯이 아프다. 속은 왜 이렇게 메슥거리는가. 금자의 신음소리를 듣고 간호사가 다가왔다.

"깨어나셨어요?"

"여기가 어디에요?"

천장을 바라보니 빙글빙글 돌 것만 같다. 금자는 눈을 감는다.

"간석동 S병원 응급실이에요."

"저… 토, 토할 것 같아요! 우웩!"

금자가 고개를 옆으로 뉘인 채 신음을 토해 내자 간호사가 놀라며 작은 용기를 받혀 준다. 한참을 토하고 나자 정신마저 혼미하다. 머리에서는 피가 흘렀는가 보다. 간호사가 피를 닦아내고 있었다.

엄마! 금자는 소리 내어 울고 싶었다. 눈물이 주르르 볼을 타고 흘러내려 귓가로 떨어진다. 금자는 눈을 감았다. 이제 보니 다리 한쪽도 몹시 아픈 게 다친 모양이다. 옆자리에서 신음하던 사람이 잠잠하다. 죽었다며 의사와 간호사가 하얀 시트를 올린다. 사람이 죽는다는 것이 저렇게 간단한 일일까. 나도 그렇게 소리 없이 죽는 것은 아닐까. 다시 의식이 흐려져 온다.

"부장님, 전화예요."

점심을 먹은 후 눈을 가늘게 뜨고 의자에 깊숙이 기댄 채 앉아 있는 인국은 잠이 솔솔 쏟아진다. 그때 전화를 받으라는 소리가 들린다.

"으응, 알았어."

인국은 몸을 일으켜 귀찮은 듯 수화기를 든다.

"여보세요. 예! 뭐! 뭐라고요? 교통사고라고요! 예! 알았습니다. 그리로 가겠습니다."

아내 금자가 교통사고라니. 인국은 몸이 부들부들 떨린다. 이럴 수가… 와 보면 알 거라니. 날벼락도 유분수지. 얼마나 많이 다쳤나.

"부장님, 무슨 일이예요? 누가 교통사고래요?"

전화를 바꿔 준 이 양이 인국의 표정을 살피며 걱정스레 묻는다. 인국은 묻는 말에 대답도 못 하고 양복을 손에 걸쳐 든 채 사무실을 나온다.

'태수 엄마, 대체 이게 어찌 된 일이오. 제발 살아만 주오.' 인국의 눈자위가 붉어진다. 누가 뭐래도 자신은 금자보다 사랑하는 여자는 없었다. '아, 태수 엄마, 나와 태수는 어쩌라는 말이오.'

인국이 서둘러 응급실 안에 들어서자 금자는 보이지 않고 낯익은 옷이 눈에 들어왔다. 브래지어 같은 속옷도 마구 흩어져 있었다. 갑자기 가슴이 미어졌다. 소중한 나의 아내가 돌보아 주는 이도 없이 이렇게 아무렇게나 널브러져 있다니. 인국은 갑자기 금자가 불쌍하고 가엾어서 견딜 수가 없다.

"저, 박금자라는 여자 어디 있습니까?"

"네, 박금자 씨요? 보호자세요? 지금 컴퓨터 단층 촬영 중인데요."

"언제 그렇게 된 겁니까? 많이 다쳤나요?"

"외관상 많이 다친 것 같지는 않은데 모르겠어요. 뇌를 다친 거라서. 검사 결과가 나와 봐야 알죠. 그런데 그 환자 기억을 잘 못하는 것 같더라고요. 집이 어디냐고 물으니까 잘 모르던데요. 그래서 박금자 씨 가방을 뒤져 아저씨의 연락처를 알아내었어요."

"네에! 그럼 아내가 기, 기억 사, 상실증이라도 걸렸다는 말입니까?"
인국은 놀라서 말까지 더듬었다.

"아직은 잘 모르겠어요."

간호사는 놀라는 인국에게 눈길조차 주지 않은 채 사무적인 표정이다.
검사를 끝낸 금자가 희미하게 눈을 뜬다.

"여보, 태수 엄마 정신이 드오? 나 알아보겠소?"

금자는 눈을 뜨고 남편을 쳐다보았다. 다시 눈물이 왈칵 쏟아졌다.

"당신이에요. 미안해요."

"미안하다니 무슨 쓸데없는 소리를… 괜찮을 거야. 걱정하지 마. 내
가 오면서 처가에 연락을 해 놓았으니까 아마 장모님이 오실 거야."

인국은 얇은 담요를 끌어다가 금자의 어깨까지 덮어 주며 아기에게
하듯이 잠시 토닥인다.

"다행히 엑스레이나 컴퓨터 촬영상에는 아무 이상이 없군요. 처음에
이 환자가 들어와서 어찌나 토하던지 뇌출혈이 아닌가 의심했습니다.
이만하기를 정말 다행입니다. 외관상 다리 한쪽에 금이 간 것을 빼고는
별일 없는 것 같은데. 어쨌든 좀 시일이 지나야 할 겁니다."

이런저런 검사가 끝나고 일반 병실로 옮겨진다. 인국은 속옷 따위를
주섬주섬 챙겨 든 채 침대에 실려 가는 금자를 쫓아간다. 6인용 병실에
누인 금자는 가만히 누워 병실의 천정을 올려다본다. 한순간에 없어졌
을지도 모르는 목숨, 그래도 이만하길 다행이다. 금자는 눈을 감았다. 평
소에는 무심하게 보았던 남편이 지금처럼 고맙고 절실할 수가 없다.

백내장으로 곧 눈수술을 받게 될 거라는 옆자리의 할머니는 금자를
측은한 눈으로 바라보며 병실 안 모두가 들으라는 듯이,

"이봐, 색시 무척 괴롭겠어. 나도 오래전에 교통사고로 다리가 부러져 이 병원에 입원했더랬소. 그때에는 한 석 달쯤 입원을 했더랬지 아마. 그때가 여름철인데 다리엔 깁스를 하고 얼마나 고생스러웠는지. 땀은 비 오듯 하는데 냉방시설도 안 된 병실에서 어찌나 덥던지 혼났어. 그때 난 저 아래층 응급실 옆 병동에 입원했더랬지. 밤 1시쯤인데 덥기는 하고 영 잠이 안 오는 거야. 그래서 목발을 집고 뜰에 나가 거닐었지. 근데 웬 하얗게 소복을 한 여자가 뜰 가운데 서 있는 거야. 갑자기 머리끝이 쭈뼛해지지 않았겠어. 그래서 내가 도로 들어가려고 돌아서는데 그 여자가 갑자기 미끄러지듯 내게 다가오는 거야. 걷는 게 아니고 그냥 스르르 소리도 안 나게 미끄러져 왔어. 내가 무서워서 소리를 지르려니까 말이 영 목구멍에서 나가질 않더라구. 그래서 무작정 뒤돌아서 그냥 목발 짚은 채로 뚝딱거리고 정신없이 간신히 실내로 들어왔어. 그때 어찌나 놀랬는지 간호사보고 말했더니 할머니도 보셨군요. 그 여자, 귀신인지도 몰라요. 다른 사람들도 가끔 그 여자를 봤다니까요 하고 말하겠지. 그래서 난생 처음 내가 귀신이라는 걸 봤다는 걸 알았어."

할머니의 체험담에 귀를 기울이고 있던 병실 안 사람 중에 하나가 피식 웃는다.

"원, 할머니도. 그건 할머니가 착각을 하신 거예요. 응급실 뒤쪽이 영안실인데 영안실에 있던 초상난 가족 중에 한 사람이 할머니처럼 바람 쐬러 나왔던 걸 그렇게 보신 거겠죠."

"아니오! 아니오! 내가 몇 살이라고 그런 착각을 한단 말이오. 그건 분명 사람이 아니었소."

할머니는 두 손을 휘휘 저으며 남자의 말을 강하게 부정했다. 병실 안 사람들이 할머니의 말에 반신반의하며 넋을 놓고 들었다.

금자는 사후세계가 있는 것일까 하고 잠시 생각해 본다. 사람이 억울하게 죽거나 갑자기 죽으면 저승에 이르지 못하고 구천을 맴돈다고 했다. 그 여인이 혼령이라면 무엇이 억울해서 저승으로 들지 못하고 이승을 맴도는 것일까. 자신이 죽었다면 얼마나 억울했을 것인가. 가족들에게 작별인사도 못 하고 사랑하는 아들과 남편 곁을 갑작스레 떠났다면 구천을 맴도는 혼령이 되었을 것만 같다. 구천을 맴도는 혼령…왠지 서러울 것만 같다. 아무도 알아보지 못하고 사랑하는 사람들을 만져 보지도 못하고 빈 공간을 떠도는 혼령, 자신이 그럴 뻔하지 않았는가.

병실 문이 열리며 갑자기 엄마 하는 소리가 들렸다. 눈앞에 태수와 친정어머니인 주 여사가 들어섰다.

"아이구 이것아, 그러게 내가 너 차 가지고 다닌다고 했을 때 불안하더라니 그래 얼마나 아프냐."

주 여사의 큰 소리에 병실 안 사람들이 일제히 금자네를 쳐다본다.

"아닙니다. 장모님, 이 사람은 죄가 없어요. 뒤에서 갑자기 들이받는 바람에 사고를 당한 거지요."

"뭐! 아니 어떤 놈이 우리 딸을 치어 놓고 도망갔단 말야!"

주 여사는 딸이 안타까운 나머지 분별없이 말을 서둘렀다.

"도망가긴요. 그 사람이 그래도 병원에다 실어다 놓고 보험회사에다 신고까지 해 놓고 간 걸요."

인국은 당황하는 장모를 달래기 위해 차분하게 말을 이었다.

"엄마, 나 얼마나 놀랬는 줄 알아? 힝. 이제 엄마 말 잘 들을게. 할머니가 우리 집에 오셔서 나랑 같이 온 거야. 엄마, 빨리 나아."

태수는 제법 걱정스러운 표정을 지으며 장미꽃다발을 내민다.

"응, 태수야 엄마 금방 나아서 나갈게. 할머니 말씀 잘 듣고 학원 빠지면 안 돼. 알았지?"

금자는 태수의 손을 꼭 잡고 다짐을 준다.

"애 태수 에미야, 집 걱정일랑 말고 푸근히 쉬어 가며 치료받어라. 그리고 이 녀석 좀 봐라. 지 엄마 교통사고 났다는 소리 듣고 엉엉 울더니 가자고 펄펄 뛰겠지. 그래서 병원 앞까지 같이 왔는데 엄마한테 꼭 꽃을 사다 드려야 한다는 거야. 내가 괜찮다고 했더니 안 된다고 난리를 치지 뭐냐. 어디서 꽃 사 가지고 간다는 건 알아서 조그만 게 고집을 부리지 뭐겠니."

주 여사의 말에 녀석은 헤벌쭉 웃어대고 있었다. 그래도 자식이라고 제 엄마를 위한다는 양이 기특하다. 금자는 미소를 지으며 한 손으로 아들의 머리를 쓰다듬는다. 아내와 아들이 정답게 손을 잡고 있는 것을 인국은 웃음 띤 얼굴로 바라본다.

김인국은 퇴근 후에 어김없이 병원엘 왔다. 불편해도 밤마다 잠자리를 지켜 주는 인국을 보고 이웃 환자들의 가족이 입을 모아 칭찬을 했다. 금자는 입원한 지 오래 되어 퇴원해야 한다고 졸랐다. 평소에 가만히 있지 못하는 그녀의 성격이 병원생활을 못 견뎌 했다.

병상생활을 끝내고 집으로 돌아가게 되니 무엇보다 기쁘다. 퇴원하려고 옷을 갈아입으려는데 진땀이 흐른다. 오랫동안 누워 지내서 그러리라 생각하고 금자는 서둘러 옷을 갈아입었다. 깁스를 한 다리에 목발을 짚고 쩔뚝거렸다.

"박금자 씨 후유증이 있을지도 모르니 조심하십시오. 조기 퇴원이니까 몸에 이상이 있으면 병원에 연락하시고요."

의사의 당부를 뒤로하고 집으로 돌아왔다.

'아! 내 집보다 좋은 곳은 없어. 이제 안정만 찾으면 나는 아무 일도 없을 거야. 금자는 집으로 돌아왔다는 사실이 날아갈 듯 기뻤다.'

그러나 가족들과 함께 지내면 곧 좋아지리라 믿었던 몸이 그게 아니었다. 아니 오히려 병원에서 퇴원할 당시보다 더 고통스러웠다. 부딪쳐서 부어오른 뒤통수가 많이 가라앉았다고는 하나 여전히 부어올라 있었고 통증도 간간히 있는데다가 계속 어지러웠다. 밤에는 때때로 악몽에 시달렸다. 체중도 많이 줄어 있었다. 머리의 통증도 가라앉지 않았다. 시장엘 잠깐 나가더라도 무엇인가에 덮칠 것 같은 예감에 몸을 떨어야 했다. 깁스를 한 다리 한쪽도 여전히 아팠다. 간간히 통원 치료를 받았으나 별로 도움이 되지 못했다. 누워서 고개를 뒤척여도 속이 울렁거리거나 어지럽고 때때로 찾아오는 통증은 무엇을 해도 불안했다.

이 고통은 나를 평생 끌고 갈 것은 아닌지. 석 달이 지나도 차도를 보이지 않자 금자는 때때로 불안했다. 가끔씩 친정어머니인 주 여사가 다녀갔다. 금자는 무료한 나날을 보내고 있었다. 그러던 어느 날 희연의 방문을 받았다.

"승윤 씨, 얼른 몸이 좋아져야 할 텐데."

희연은 큰 눈을 깜박이며 진심 어린 표정으로 금자를 바라다보았다. 가슴에 안고 있는 노란 장미가 희연의 까만 스웨터와 잘 어울렸다.

"희연 씨, 영업소는 별일 없죠? 다들 열심히 하지?"

"응, 다들 열심이지. 모두 승윤 씨를 걱정했어. 몸이 아직도 안 좋다며? 얼른 좋아져야 할 텐데. 난 승윤 씨가 우리 사무실에 없으니까 마음이 다 심란해."

"별소리를… 그런데 희연 씨, 새로 온 팀장 어때?"

"말도 마. 우리는 지금 죽을 맛이야."

"왜?"

"실적 못 채운다고 어찌나 쪼여 대는지 죽겠다니까 할 수 없이 요새는 그리기가 바빠."

"그리다니?"

"몰라서 물어. 말일만 되면 자기 계약을 넣는 거지. 거기다가 수금 90% 이상 달성하라고 난리지. 그래서 수금 다 못 하면 대신 대납하다 보면 월급 타 봐야 남는 돈이 없다니까."

"그래! 힘들겠네."

"지금 와서 그만두지도 못하고 진퇴양난이야. 계약을 유지할 수가 없으니까 해약해서 손해 보기가 바쁘지 뭐."

"민 주임님은 어떠셔?"

"그분이라고 별수 있어. 월급 500만 원 탄다고 해 봐야 집에 몇 푼이나 가지고 들어가겠어? 참 그리고 승윤 씨, 지난번에 꾼 돈 가지고 왔어. 정말 매번 고마워."

"고맙긴. 또 아쉬우면 빌려 줄게. 보험 힘들어도 열심히 하고 나 심심하니까 자주 놀러 와."

금자의 말에 희연은 씁쓸한 미소를 지었다. 자신이 과연 보험회사를 계속해서 다녀야 하는가에 대한 회의가 들었다. 지금 자신이 보험회사를 그만둔다면 자기를 보고 계약한 친구들이나 친척들에게 미안한 마음은 어쩔 것인가. 아니 그것보다 새로운 일을 구해야 그만두지 않겠는가. 멍하니 바깥으로 시선을 두고 있는데 키우는 강아지가 금자의 무릎에 올라와 손을 핥는다.

"다람아, 아유 간지러워. 그만두지 못해!"

금자는 강아지의 재롱에 잠시 시름을 잊는다. 금자는 얼마 전부터 강아지를 데려다 키우고 있었다. 통통하고 복슬복슬한 것이 다람쥐 같아 이름을 다람이라고 지었다. 금자는 강아지를 별로 귀여워하지 않았다. 남들이 실내에서 강아지를 키운다고 하면 얼굴부터 찡그렸다. 뭐 하러 지저분하게 강아지를 실내에서 키워? 게다가 옷이다 간식이다 하면서 정성 들이는 걸 보면 괜히 할 일 없는 사람들의 호사스러운 장난 같았다.

그런데 금자가 강아지를 키우고 보니 그게 아니었다. 개란 동물은 정이 많은데다가 영리했다. 주인이라고 저를 본체만체해도 반갑다고 꼬리를 흔들었다. 앉아도 꼭 살을 맞대고 찰싹 붙어 앉는다. 그러니 예뻐하지 않을 수가 없었다. 아들인 태수 녀석은 한술 더 떴다. 먹을 게 있으면 꼭 강아지부터 끼고 앉았다. 강아지도 웃기는 게 별 걸 다 먹었다. 사탕이나 과자를 즐겨 먹고 아이스크림 같은 것도 같이 먹으려 들었다.

태수는 학교 갔다 집에 오면 제 엄마보다도 강아지에게 먼저 아는 체를 했다.

"어이구 우리 다람이 낮에 오빠 없어서 심심했지? 오빠도 공부할 때 네가 얼마나 보고 싶었는 줄 아니?"

하면서 꼭 제 동생에게 말하듯 했다. 저 녀석이 동생이 하나만 있었더라도 저러지는 않을 텐데…. 금자가 고집을 부려 자식을 하나만 낳아야 한다고 우겼던 게 새삼 가슴이 아려 왔다.

그때 밖에서 인기척이 들렸다.

"나야, 초롱이."

"웬일이야. 우리 집엘 다 오고. 어서 들어와."

여자는 한 손에 강아지를 안고 들어선다. 그러더니 거실에 있는 희연을 보고 "어머! 손님이 계시네" 하면서 머뭇거린다. 금자가, "아냐 괜찮아 내 친구야" 하면서 등을 살짝 떠민다. 갑자기 다람이가 나와 짖어댄다.

"다람아, 너 그만두지 못할래. 쓸데없이 왜 사납을 떨어대!"

여자의 개 슬기도 같이 짖어댄다. 사람에게 이르듯 여자는 개를 나무란다. 슬기라는 개는 말티즈 순종의 개로서 동그란 눈에 하얀 털이 복슬복슬한 모양 좋은 개다.

원, 세상에… 개 이름이나 사람 이름이나 차이가 없네. 초롱이네 개가 슬기라니. 어떤 게 개다운 이름이고 어떤 게 사람다운 이름인가. 희연은 그런 생각을 했다. 다람이니 아람이니 요새 한글이름과 같았다. 그전에는 메리니 해피니 하면서 서양이름을 갖다 붙이기 좋아하지 않았던가. 모르는 사람이 들었다면 이들의 대화 내용이 강아지가 아닌 사람으로 착각할 것이었다. 이런 생각을 하며 희연은 소파 한 귀퉁이에 앉아 그들이 대화하는 것을 지켜봤다.

"어머, 요거 이쁜 것 좀 봐. 아유, 짖을 땐 언제고 금방 꼬리를 흔드네."

"우리 슬기는 잘 짖지도 않고 순해. 그리구 우리 슬기, 요게 얼마나 돼지인지 사료도 잘 먹고 애들 간식 먹을 때에도 빠지지 않고 먹어대니까 저렇게 컷지 뭐야."

여자는 얘기를 하면서 눈살을 찌푸렸다.

"잘 먹으면 건강하고 좋지 뭘 그래."

"건강도 좋지만 집 안에서 크는 개가 저렇게 커서 어떻게 해. 개는 어쨌든 작아야 하는데. 줄여 놓을 수도 없고. 애초에 많이 먹이지 말았어야 하는 거였어."

"그렇다고 억지로 적게 먹일 수 있나?"

"억지로 적게 먹여야지. 저렇게 크도록 놔둘 순 없잖아. 참 태수네도 내 말대로 강아지 키우니 좋지?"

여자는 태수 엄마를 돌아보며 그것 보라는 듯 의기양양해했다.

"응, 태수가 하도 졸라서….."

"태수가 그렇게 좋아해?"

"응, 어찌나 좋아하는지 말도 마. 맨날 끼구 살아. 형제 없이 저 혼자라 그런지 강아지한테 더 정을 주는 것 같아. 요즘엔 내가 왜 하나만 낳았을까 하고 후회가 돼. 아이가 혼자라서 너무 외로워하는 것도 같고 나 역시 이게 뭐야."

금자는 갑자기 한숨을 푹 내쉬며 자포자기한 표정으로 말한다.

"왜 그래. 갑자기?"

"첫아이를 잘 키우기가 어디 그리 쉬워? 사사건건 간섭하고 과잉보호하게 마련이라는 걸 요즘에서 깨닫고 있어. 한마디로 첫아이는 시행착오하게 마련인 거지. 그러니 어쩌겠어. 이제 와서… 둘을 낳았으면 하나라도 잘 키웠을 거 아냐. 이것도 아니고 저것도 아니고 괜히 후회가 돼."

"왜 그래? 태수 엄마, 태수가 공부 잘하고 똑똑한데."

"아냐, 우리 아들은 내가 더 잘 알지. 참견 안 하면 공부고 뭐고 하는 줄 알아. 그렇다고 뭐든 잘 먹어서 몸이 튼튼하길 하나."

"참견 안 해도 잘하는 애가 어디 있어. 아이들은 다 마찬가지야."

여자는 시무룩해 있는 금자를 달래듯 말했다. 갑자기 차임벨 소리가 났다.

"누구세요? 어머 은아 엄마구나! 어서와 마침 초롱이 엄마도 와 있어."

앞머리에 스프레이를 뿌려 머리를 빳빳이 세운 여자가 화사하게 웃으며 들어섰다. 다람이가 희번덕 눈이 돌아가도록 짖어대고 슬기라는 강아지가 다시 깽깽하고 짖었다.

"아우! 요 슬기 좀 봐. 통통한 것 하고… 초롱아, 니네 슬기 사료 잘 먹지? 좋겠다. 우리 까미는 원체 안 먹어서 말야."

"그래! 뭘 먹는데 사료를 안 먹어? 군것질만 하나."

"아냐, 군것질이라도 했으면 좋게. 쇠고기 스테이크를 먹길 하나. 통조림을 처먹나. 도대체 먹는 게 없어요. 할 수 없이 가끔 한 봉지에 삼천 원짜리 일제 간식을 먹인다니까. 그리고 요새 강아지 키우는 데 웬 돈이 그렇게 들어가냐."

"무슨 돈을 그렇게 많이 들이는데?"

"일제 간식만 먹이니까 그것만 해도 수월찮이 들어가잖아. 게다가 한 달에 한 번 정도는 미용실에 데려가야지."

"미용실에? 뭐하러 그런데는 데리고 다녀. 강아지가 뭐 사람처럼 멋 부리겠대?"

금자는 비웃듯 미간을 살짝 찌푸리고 입술을 삐죽댔다.

"아이고 태수 엄마는 강아지 키운 지가 얼마 되지 않으니까 모르지. 정기적으로 개를 다듬어 주지 않으면 어떤 줄 알아! 털이 뭉쳐서 떡이 돼. 그러면 피부와 통풍이 안 되니까 개가 피부병 생긴다고. 또 항문 근처 같은데 털을 다듬어 줘야지 안 그러면 변도 묻혀 가지고 다니잖아. 집 안에서 키우는 강아지를 그렇게 해서 되겠어?"

"그래애! 우리 다람이도 요새 보니까 털이 좀 뭉친 것 같더라."

"그뿐이야. 개 용품은 왜 그리 비싼 거야. 샴푸도 사람 꺼보다도 훨씬 비싸고 털 빗겨 주는 빗도 5천 원이나 하더라고… 개 한 마리가 사람 키우는 것 못지않더라니까. 그리고 우리 까미 또 임신하면 제왕절개해서 새끼 내야지."

"까미도 제왕절개 하려고?"

"태수 엄마, 뭘 그렇게 놀래냐. 요새 개들이 새끼 날 때 제왕절개 하는 것은 보통 있는 일이야. 요새 개들 새끼 낳다가 많이 죽어. 괜히 집에서 낳으려다가 죽이면 어떡하냐! 정들었는데 얼마나 안타까울 것이며 또 비싼 강아지 죽어 버리면 얼마나 손해야."

"그래도 그렇지. 그렇게 돈 많이 들이려면 사람을 키우지 뭐하러 강아지를 키워."

금자가 다시 삐쭉댔다.

"그래도 강아지가 사람 키우는 것보다 낫지. 안 그래?"

"하기는 사람 키우는 게 보통 복잡한 일이냐."

그들은 한결같이 고개를 끄덕였다.

세 여자들은 여전히 수다를 떠느라 여념이 없었다. 희연이 간다고 일어섰다. 화제도 끼이지도 못하고 멀거니 있자니 쑥스럽기도 하고 저녁이 다 되어 집에 가야 했다. 그들은 간략하고 의례적인 인사를 나누었고 희연은 돌아서서 금자의 아파트를 나왔다. 희연은 걸으면서 생각한다. '개새끼가 삼천 원짜리 간식도 잘 안 먹는다구? 우리 새끼들은 삼백 원짜리 간식도 없어서 못 먹는데…' 희연은 종전에 들었던 그들의 대화에서 심한 열등감을 느끼고 있었다.

인국은 퇴근을 서둘렀다. 언제나 한잔 걸쳐야 귀가하던 습관이 아내인 금자가 교통사고 후에는 걱정이 되어 집에 일찍 귀가하는 편이었다. 낮에도 때때로 전화를 걸어 확인을 해 보기도 했다.

"어이 추워!"

현관문을 들어서는 인국은 아내를 내려다보며 인사처럼 어깨를 움츠렸다.

"몸이 좀 어때? 낮에 무슨 일 없었지."

금자는 말없이 고개를 끄덕인다. 집 안에서 구수한 된장국 냄새가 코를 자극한다.

"아빠!"

태수가 여느 때와 같이 강아지를 끌어안고 있다가 제 방에서 고개를 내밀고 헤벌쭉 웃는다.

"어이구 우리 아들 숙제 다 했니. 우리 딸 다람이도 밥 잘 먹었겠지?"

태수와 강아지의 머리를 번갈아 한번 흔들어 주고는 양복을 벗는다. 인국은 언제나 싱글벙글이다.

"당신 왜 골이라도 난 사람 같애? 기분 나쁜 일이라도 있었어?"

식탁에 앉으며 인국은 조심스럽게 금자를 돌아다본다.

"여보, 어디 보험 소개할 데라도 없어요?"

"아니, 집에 누워서 그래 고작 보험 계약할 일을 걱정했단 말이오. 나 원 참."

인국은 아내가 딱하다는 듯 혀를 끌끌 찼다.

"회사 안 나가도 내 몫의 실적은 넣어야 한단 말이에요. 이제 다시 회사를 나가려고요. 집에만 있으니까 답답하기도 하고."

금자는 식탁을 내려다보며 시무룩하게 말한다.

"나 그렇지 않아도 당신에게 그 문제에 대해 말을 하려고 했어. 어때? 이쯤에서 그만두는 게."

"왜요? 난 계속 다니고 싶은데."

"도대체 그 일이 그렇게 좋아?"

"그럼 난 집에서 무슨 일을 하라는 말이에요?"

"취미생활이라도 하면 되잖아. 봉사 같은 것이라도 좋고…"

"취미생활요? 그 짓도 한참 하다 보면 지겨워. 봉사요? 뭐 부녀회 봉사라도 하라고? 대가도 없고 보람도 없는 봉사를? 그것도 못 할 일이에요."

"내 말을 들어 보오. 내가 왜 그렇게 보험회사를 싫어하는지. 지금 시중에서 보험회사 다니는 여자들을 뭘로 보는 줄 알아? 우리 직원들이 말하기를 놀려면 보험회사 다니는 여자들하고 노는 게 가장 쉽대나. 아니 이건 화류계도 아주 질 낮은 화류계 여자 취급을 해. 내가 그 소리 듣고 기분이 어떻겠어? 당신은 그런 여자들하고 다르다지만 이 김인국의 아내가 보험회사 다닌다는 것 누가 알까 봐 아찔해. 알겠소 내 말?"

"…"

금자는 잠자코 젓갈로 밥알을 하나하나 집어서 입으로 가져갔다.

"아무튼 지금은 당신이 우선 몸이 나아야 하니까 차차 생각을 좀 해 봅시다."

금자는 부스스한 머리를 가다듬었다. 비몽사몽 끝없이 잠이 올만큼 생활이 무기력해지고 있었다. 그 자신의 모습을 거울에 비추어 보았다. 화장기 없는 얼굴은 군데군데 주근깨가 드러나 있었다.

'나도 한창때에는 화장이 필요 없을 만큼 고운 피부를 가지고 있었는데….'

뿌옇게 흐려진 눈과 눈자위의 검은 그늘은 자신이 나이 먹었음을 숨길 수가 없다. 가만히 손으로 자신의 얼굴을 쓸어내렸다.

남자가 제왕을 꿈꾼다면 여자도 마찬가지다. 제왕의 꿈의 또 다른 언어는 욕심이다. 그 욕심은 자란다. 금자가 너무나 가난했던 어린 시절, 그녀는 부자가 아니어도 좋았다. 하루 세 끼니를 걱정하며 발을 동동 구르는 어머니를 보며 양식 걱정하지 않을 만큼의 돈만 있다면 아무 걱정도 근심도 없을 거라고 생각했다.

그러나 바라던 것보다도 더 많은 것을 얻은 지금 자신은 왜 갈등하는가. 자신이 원하는 것은 무엇인가. 명예인가. 자신의 말대로 좀 더 럭셔리한 삶인가. 그 럭셔리한 삶의 끝에는 또 무엇을 원할 것인가. 끝 모를 욕망에 시달리며 괴로워하는 인간은 대체 무엇이란 말인가.

인간의 욕심은 무한정 커진다. 욕심은 삶의 에너지, 에너지가 있는 한 아니 인간이 살아 있는 한 욕심으로 인해 끝없이 방황할 수밖에 없는 것이 숙명이다. 결국은 자신의 욕심은 자신이 통제할 수밖에 없는 것이다. 권력과 부와 세속적 욕망의 모든 것을 가졌던 진시황은 만족했던가? 그는 무엇을 원했던가. 모든 것을 누리는 제왕이어도 더 큰 욕심, 영원히 살고자 했다. 따지고 보면 인생이란 결국 끝없이 무언가를 갈망해 마지 않으며 고통의 강을 건너는 것이다.

*

그 후 금자는 보험회사 출근이 시들해지고 다른 일을 찾으려고 애를 썼다. 그녀는 날마다 바쁘게 돌아다녔다. 금자는 오늘도 저녁이 되어서야 집으로 왔다. 오전에는 동양화 공부를 갔다가 낮에는 친구들 모임을 갔다. 1시에 모인 모임은 5시나 되어서야 끝났다. 자식 자랑, 신랑 자랑, 돈 자랑, 계속되는 자랑과 화제는 끝없이 이어지다가 한낮의 뜨겁던 해가 한 풀 꺾여서야 그들의 수다도 끝났다. 입에서 단내가 나도록 떠들다 집에 오니 물먹은 솜처럼 피곤했다. 그러나 허탈한 기분은 여전했다. 왜 그녀는 늘 허탈한 기분을 느끼는지 알 수 없었다. 아무것도 부러울 것이 없다고 스스로를 다독였지만 기분은 나아지지 않았다. 밥은 밥솥에 있으니 저녁밥은 안 해도 되지만 반찬이 없어서 곤란했다. '아파트 앞에 있는 슈퍼라도 갈까?' 하고 생각했지만 사고 싶은 것도 없었고 반찬 만들기도 싫었다. 오늘 저녁 남편이 늦게 왔으면 싶었다. 그러나 남편이 늦게 온다 해도 그녀는 남편에게 바가지를 긁을 터였다. 남편이란 존재는 보기만 하면 확 짜증이 밀려왔다. 쩝쩝 소리를 내며 먹는 것도 보기 싫었고 그녀의 비위를 맞추려 애쓰는 것도 아니꼽기만 했다.

사실 남자도 더 이상 필요하지도 않을 것 같았다. 돈은 얼마든지 쓸 수 있었다. 제법 부자 소리를 듣게 된 건 인국이 벌어다 주는 돈 때문이 아니었다. 그녀는 한때 재빠른 감각으로 부동산을 적당한 때 사고 팔 줄 알았다. 그런 것을 운이라고 하던가. 아무튼 따라 주는 운과 그녀의 투기감각이 잘 맞아떨어져 제법 재산가가 되었다. 금자는 생각했다. 이혼을 해도 재산의 대부분은 자신의 몫이나 다름없었다. 저 인간과 이혼만 하면 훨씬 자유로운 생활일 수 있었다. 혼자 산다면 저녁때까지 돌아다녀도 누가 뭐랄 사람 없고 더구나 그 알량하고 고리타분한 시댁과도 결별할 수 있다는 것도 큰 매력이었다. 과감하게 이혼을 해 버리는 것이 좋다고 생각했지만 무슨 핑계를 대서 이혼을 하자고 해야 할지 그것도 난감한 문제 중에 하나였다.

　사실 따지고 보면 자신만 이혼을 꿈꾸는 게 아니다. 어느 여자치고 오랜 세월 같이 산 남편과 헤어지고 싶지 않은 여자가 있으랴. 희연도 사실은 아슬아슬한 결혼생활을 유지하고 있었고 자신이 알고 있는 여자의 대부분이 이혼하고 싶어 했다. 40대 초반, 그녀의 여성은 한창 타오르는 모닥불처럼 절정에 이르고 있었다. 그녀는 남자로 태어나지 않은 게 불만이었다. 남자로만 태어났다면 온갖 여자를 탐닉하고 농락할 수 있을 것 같았다. 남자, 얼마나 편리한 존재란 말인가. 제 마음에 드는 여자를 집적대서 딱지 맞아도 그만이고 연애를 하다가 버려도 그만이 아닌가. 여자란 존재는 남자를 유혹하도록 되어 있지 않았다. 금자 자신이 마음에 드는 남자를 보면 실실 교태를 부려 보지만 어디까지나 일방적인 거였다. 상대는 꿈쩍도 안 했다. 내가 좀 더 예뻤다면, 좀 더 섹시했다면 집적대는 남자도 많았을 것이고 한껏 놀아날 수도 있었을 텐데 그러지 못한 게 참으로 한이었다. 아니 남자라면 돈이라도 마음껏 써서 마음에 드는 여자와 실컷 놀았을 텐데. 금자는 자신이 여자인 것이 불만이었다. 그녀가 유혹하고 싶은 남자는 사회적으로도 지위가 있고 남자답고 인물도 좋아야 했다. 무엇보다 성적 매력이 있는 남자여야 했다. 그런데 그런 남자일수록 금자에게 흥미를 보이지 않았다. 이건 어떻게 된 게 남자와 개는 쫓아가면 도망간다더니 그 말이 딱 맞았다. 마음에 든다고 선심 쓰고 아양을 떨어도 남자라는 족속들은 꿈쩍도 안 했다. 오히려 그녀를 피했다.

아무리 생각해도 남편 인국은 정말 매력 없는 남자였다. 아내를 리드할 줄도 몰랐고 성적 매력도 없었다. 그녀는 인국만을 알고 있을 때는 몰랐으나 다른 남자를 겪고부터는 그가 성적으로 형편없다는 것을 깨달았다. 정기적으로 하는 섹스는 그의 배설 기능 외에 아무것도 아니었다. 더구나 중년에 들어서면서 뚱뚱해지고 배가 나오기 시작한 그는 침실에서도 땀을 뻘뻘 흘렸다. 둥싯한 배 밑에 그의 물건이 조그맣게 덜렁거렸다. 그녀는 발길로 남편을 걷어차고 싶은 걸 꾹 참았다.

"저리 비켜욧!"

"아니 왜 그래? 여보 응 여보!"

인국은 헐떡이며 그녀의 감정은 눈치도 못 채고 그저 아내의 비위를 맞추기 위해 사람 좋은 것처럼 흐흐거렸다. 할 말이 없어진 그녀는 "뭘 왜 그래! 당장 닦고 와요! 닦고 오지 않으면 안 대줘!" 하고 소리를 질렀다. 그건 표면상의 이유였을 뿐 가까이 오는 인국이 견딜 수 없이 싫었던 것이다. 그녀의 권태는 날이 갈수록 더해 갔다. 그대로 시들어 가는 꽃이 되기는 싫었다. 더 이상 결혼생활을 이어 갈 수 있을 것 같지가 않았다.

그녀는 신혼 때를 떠올리려 애를 썼다. 아이들이 어렸을 때만 해도 남편과 얼마나 의기투합했던가. 곰실거리는 아이들 재롱에 부부는 넋을 놓았었다. 다른 아기들도 다 하는 짓을 그저 예뻐서 어쩔 줄 모르고 특별한 것처럼 퇴근한 남편에게 자랑을 늘어놓기 바빴다. 남편도 역시 같이 바보가 되어 금자가 하는 별것도 아닌 얘기를 재미있게 듣시 않았던가. 그는 아내가 해 주는 같은 얘기를 듣고 또 들어도 재미지게 들었다. 그렇게 고소하기만 했던 시절이 아득하게만 느껴졌다. 그런데 그런 기분은 다 어디로 가고 뒤통수만 보아도 신물이 나는 관계로 변했던가. 금자는 아득히 멀어져 간 세월을 그리워했다.

실적을 위하여

희연은 조회를 하고 있는 팀장의 얼굴을 곤혹스럽게 바라보고 있었다.

"아니, 도대체 1차 마감인데 이게 실적이요! 그동안 집에 가서 잠만 자지 않았으면 이런 결과가 어떻게 나온단 말이오. 아직 가동도 안 한 사람이 태반이니 이래 가지고 영업팀 운영이 되겠소?"

덕일 영업팀 사원들은 잔뜩 긴장을 한 채 김 팀장의 말을 듣고 있었다. 한 팀장 후임으로 신임 팀장이 온 지가 한 달이 넘었다. 한 팀장이 인간적인 데 비해 신임 팀장은 무조건 사원들을 볶아댔다. 보험회사는 대체로 실적 경쟁이 치열했다. 영업팀 대항이라든지 반별 대항 같은 것을 만들어 끊임없이 경쟁을 시켰다. 물론 승리한 팀에게는 시상금이다 상품이다 대가가 지불되었다. 그래서 사원들은 우선 실적 맞추기에 급급하여 어디 가서든지 무리를 해서라도 계약을 해야 했다.

"그러니까 내 말은 여러분들의 활동이 부진하단 말이요. 도대체 어떻게 하기에 여태 한 건도 못 한 사람이 있소? 아무튼 돌아오는 마감엔 자신의 실적을 채우시오. 하다못해 사돈 빤쓰 끈이라도 잡고 늘어지란 말이오. 알겠소?"

사무실 안은 입을 막아 버린 것처럼 조용해졌다. 아니 어떻게 저런 말을 서슴없이 할 수 있단 말인가. 사돈 빤쓰 끈이라도 잡고 늘어지라니? 그게 도대체 어떻게 하라는 소리인가. 희연은 참담한 표정으로 앉아 있었다. 그녀야말로 15일이 지난 지금까지 한 건의 계약도 하지 못한 것이다.

아무리 궁리를 해도 계약이 나올 데라고는 없다. 개척이라고 나가 봐야 뻔했다. 사람은 많이 사귀어 놓았으나 선뜻 계약으로 이어지는 일이란 쉬운 것이 아니었다. 희연은 사무실 문을 나섰다. 스산한 바람이 불어왔다. 자신의 마음처럼 하늘이 흐려 있었다. 맑고 푸른 하늘이 보고 싶다는 갈망이 가슴 밑바닥에서부터 솟았다. 자신의 참담한 심정이 하늘 탓이라도 되는 듯 희연은 흐린 하늘을 올려다보고 미간을 찌푸렸다.

버스를 타고 민찬호 회장의 빌딩 앞에서 내렸다. 건물 앞에서 어깨에 멘 가방끈을 하릴없이 만지작거리며 잠시 망설였다.

(가끔 들르라고 했지. 민 회장에게 또 보험을 들라고 해 보면 안 될까?)

희연은 사무실 문을 열고 직원들에게 목례를 한 다음 회장실로 들어갔다.

"어이, 서 여사 오셨구먼. 어서 오시오. 그래 그간 잘 있으셨소?"

민 회장은 희연의 갑작스러운 방문이 놀랍고 좋아서 입이 메기처럼 벌어졌다.

"네, 회장님. 지나는 길에 잠깐 들렀어요."

"언제 봐도 서 여사는 참하고 아름다워."

민 회장은 짐짓 눈을 가늘게 뜨고 희연을 향해 웃어 보였다.

"아이 참, 회장님도…."

사무실 여직원이 희연에게 차를 가져다주었다.

"저어, 회장님 보험을 하나 더 드셔야죠?"

"보험? 내가 보험 들 필요가 있나."

"만일에 사고에 대비해 보상이 있어야 하지 않겠어요?"

"보상? 내가 무슨 보상이 필요해. 있는 돈 가지고 해결하면 되지. 그렇지 않소? 허허허."

민 회장은 갑자기 껄껄껄 웃어댔다.

"그러면 적금이라도 들어야 하지 않겠어요 돈을 모으시려면 말입니다."

희연은 자기가 하는 말에 힘이 빠져 있어 자신의 귀에도 공허하게 들리는 것 같았다.

"돈? 으휴, 돈도 많으면 골치 아프다오. 건물도 맨날 수리해야 하고 세 들어 있는 사람들도 관리하려면 속 깨나 썩는다오. 물론 관리인이야 있지만 속 썩는 일이 어디 한두 가지라야지."

민 회장은 혀를 끌끌 찼다.

"회장님은 행복한 고민을 하시는군요."

"행복한 고민? 행복이란 무엇이지? 나는 요즘 그런 생각을 한다오. 내가 좋아하는 사람이 있다면 무엇이든지 해 주고 싶은 게 행복이 아닐까 하고 말이오."

"회장님, 돈 많아서 고민하시지 말고 적금을 드세요."

희연은 수줍게 웃으며 민 회장을 바라다보았다.

187

"적금? 손해나는 보험 적금을 뭐하러 든단 말이오. 허허허."

민 회장은 손바닥에 올려놓고 꼬리를 잡힌 생쥐를 놀려대듯 희연을 보고 웃었다.

"아이 참 회장님도, 회장님처럼 돈 많은 사람이 보험을 안 들면 누가 든단 말이에요."

"어허허, 그런가."

회장이 다시 웃었다. 희연은 붉어진 얼굴을 감추느라 미소를 띠고 민 회장을 바라보았다.

"좋소. 희연 씨 나도 조건이 있소."

"네, 뭔데요?"

"돌아오는 토요일에 비치호텔 커피숍에서 만납시다. 어때요. 나하고 차라도 한잔 하는 것이…"

그렇게 말하는 민 회장의 눈이 이글이글 타올랐다.

"저어,"

"왜? 안되겠소?"

"그, 그게 아니라…"

"그럼 뭐요? 다른 생각은 마시오. 그냥 얘기라도 나누자는 것이니까. 오는 토요일이오. 약속을 지키시오."

민 회장은 다짐을 주었다. 희연은 민 회장의 사무실을 나오면서 한숨을 내쉬었다. 할 말이 있다고? 할 말이 있으면 사무실에서 하면 될 게 아닌가. 따로 만나서 할 말이라는 게 무엇인가. 의도가 뻔했다. 희연은 입술을 깨물었다. 수금이 아니면 민 회장에게 가지 않으리라.

없는 집 제삿날 돌아오듯 한다더니 월말 마감이 코앞에 다가와 있었다.

오늘이 25일 월급날이었다. 희연은 다시 신계약에 전전긍긍해야 했다.

아침에 출근하니 뜻밖에 금자가 출근해 있었다.

"어머, 승윤 씨 이제 출근해도 돼? 몸은 어때?"

희연은 기뻐서 어쩔 줄 모르며 금자의 두 손을 감싸 쥐었다.

"오늘이 월급날이라 나왔어. 아직 집에서 쉬어야지."

대답하는 금자의 얼굴이 초췌해 보인다.

"승윤 씨 아직 나다니는 거 무리지? 난 승윤 씨가 없어서 얼마나 심란한 줄 몰라. 없는 동안 매일 승윤 씨 책상만 쳐다봤는걸."

희연의 말에 금자는 물끄러미 희연의 얼굴을 바라본다.

"서희연 씨!"

갑자기 팀장이 부르는 소리가 들렸다. 희연은 도살장에 가는 소처럼 쭈뼛쭈뼛 김 팀장 앞으로 다가갔다.

"서희연 씨, 자신의 계약이 어떻게 되어 있다는 걸 잘 알 테죠? 도대체 그 정도의 미모 가지고 실적이 이렇게 부진하다는 게 말이 되오. 나는 희연 씨를 믿겠어요. 무엇보다 자신의 월급봉투 생각을 해야죠. 입사한 지가 몇 년인데 월급이 이게 뭐요? 내가 왜 이러겠소. 다 희연 씨의 소득을 위해서 하는 소리가 아니오?"

미모와 신계약이 무슨 상관이 있다는 말인가. 웃음을 팔아서 계약을 해 오라는 소리인가. 팀장의 말이 기가 막히다. 소득을 위해서 일을 하라니. 고양이가 쥐 생각 해 주네. 희연은 그런 생각을 했다.

희연은 월급봉투를 받아 쥐었다. 수령액이 200만 원이었다. 200만 원이면 무얼 하나. 자신이 든 보험료 130만 원을 빼고 나면 70만 원이 남는다. 이달 실적이 없으면 다시 자신이 보험을 들어야 한다. 또 일부 계약자의 보험료를 대납해야 할지도 모른다.

자신의 보험료라 할지라도 손해가 덜 나는 것으로 골라 들었기 때문에 나중에 목돈 저축이 되는 경우도 있었다. 그러나 희연처럼 매달 돈이 필요한 사람은 대개 일 년 미만에 해약을 하게 되므로 목돈이 되지 않았고 오히려 손해를 보게 된다. 희연은 한숨을 내쉬었다. 이달 카드는 무엇으로 막나. 천하없어도 카드연체는 하지 말아야 하는데… 이미 몇 개의 카드로 돌려막기 하는 바람에 막판까지 몰려 있었다.

"아이고 월급이라고 해야 손에 남는 돈이 없네."

옆자리에서 명희가 어이가 없다는 듯 허허 하고 웃었다. 희연도 명희를 건너다보며 쓸쓸하게 웃었다. 명희는 월급이 350만 원이라고 했다. 그녀도 역시 자신의 보험료를 빼고 나면 남는 돈이 없다고 하소연했다. 아니 오히려 일부 계약자의 보험료까지 대납하려면 돈을 얻어야 할 형편이란다.

"이번에는 어떠한 일이 있어도 목표를 달성해야 합니다. 이번 경진은 인천영업국 내에서 하는 게 아니라 시도별 경진이기 때문에 어느 때보다도 중요합니다. 또한 내가 이곳 덕일 영업팀에 새로 오고 나서 실적이기 때문에 어느 때보다도 이겨야 합니다. 안 되면 자기 계약이라도 넣어 실적을 채우시오."

김 팀장은 목표달성을 위해 욕망의 화신처럼 사원들을 볶아댔다.

희연은 어디 가서 계약을 해 오나 난감했다. 민 회장을 떠올렸다. 지난번 비치호텔 커피숍으로 나오라고 했을 때 약속을 지키지 않았다. 그때 약속 장소로 나갈 걸 그랬나 후회가 되었다. 민 회장이 그의 말대로 자기와 얘기나 나누고 싶어서 그랬는지도 모를 일이다. 아니 희연은 정말 그럴지도 모른다고 믿고 싶었다. 그때의 약속을 저버리고 지금 와서 무슨 낯으로 보험 얘기를 꺼낸다는 말인가. 희연은 고개를 설레설레 흔들었다. 사무실을 나가기 위해 책상을 정리했다. 그러고는 선뜻 나가지도 못하고 가방을 어깨에다 맨 채 망연히 밖을 바라다보았다. 낙엽이 떨어진 거리는 어느 때보다도 황량해 보였다. 창밖의 들국화가 찬 서리 속에서 시들어 가고 있었다.

"무슨 생각을 그리 골똘하게 하고 있어?"

금자가 뒤에서 어깨를 탁 하고 치는 바람에 정신이 든 희연은 비로소 금자에게 웃어 보이고는 나란히 사무실 문을 나섰다.

"그동안 계약은 많이 했어?"

금자가 먼저 물었다.

"뭘, 내가 재주가 있어야지. 지난달엔 단체계약이 있어서 수월했는데 이달엔 영 말이 아니네."

"새로 온 팀장 말이야. 나보고도 계약 얘기를 하잖아. 내가 몸이 아파서 못 하겠다고 했더니 자기 계약이라도 넣어야 하지 않겠냐고 하더라구."

"그래서?"

"알았다구 그랬지. 어쩌겠어. 난 이 회사 그만두어야 할까 봐."

"왜?"

"이젠 이 짓도 시들하네. 태수 아빠가 보험회사 다니지 말라고도 하고 나도 더 다닐 능력도 없고…"

"승윤 씨 차 안 가지고 왔어?"

주차장 앞을 그냥 지나치자 희연이 금자를 보고 묻는다.

"응, 아직 태수 아빠가 차를 못 가지고 다니게 해. 택시 타고 친정에 들렀다가 집에 가야지."

"그래. 이쯤에서 헤어져야겠네. 승윤 씨 다음에 보자."

희연은 버스를 타고 S동을 지나다가 자기도 모르게 민 회장의 사무실 앞에서 내린다. 건물 앞에서 희연은 잠시 망설인다. 들어가야 하나 말아야 하나. 민 회장은 회사에 있을 것인가. 나를 보고서 화를 내지 않을까. 거리에서 아낙네 하나가 큰 대야에 색색의 들국화를 가득 꽂아 놓고 팔고 있었다. 희연의 시선이 멈춘다.

"색시, 꽃 좀 사 가지고 가구려. 한 다발에 삼천 원이야 삼천 원. 정말 싸지? 싸구말구."

물끄러미 쳐다보던 희연은 국화를 한 다발 품에 안는다. 엘리베이터 안에서 희연은 국화다발 속에 코를 박고 냄새를 흠흠하고 맡는다.

"어서 와요. 오늘은 무슨 바람이 불어 나에게 왔소? 그동안 왜 꼼짝도 하지 않았어?"

민 회장은 대뜸 반갑다고 호탕한 웃음을 지으며 눈을 크게 떴다. 번들거리는 얼굴에 파리가 낙마할 만큼 번쩍이는 대머리가 불빛 아래에서 빛났다.

"저어, 죄송해요. 지난번 약속을 지키지 못해서…."

"오! 아니 상관없소. 괜찮아."

민 회장은 여유 있는 웃음을 웃으며 손을 내저었다. 희연은 달리 할 말이 없다. 나는 왜 말주변이 이렇게 없는 것일까. 남들은 얘기를 잘도 엮어 내기도 하건만 자신은 누구를 만나도 인사를 하고 나면 할 말이 없어진다.

"이거 국화에요."

희연이 쭈뼛쭈뼛 민 회장에게 다가서며 꽃을 내민다.

"이 국화를 주려고 왔소? 아름답군."

민 회장은 무엇이 좋은지 연신 싱글벙글이다. 희연은 가슴이 떨린다.

"저어…."

"왜요? 무슨 할 말이라도 있소."

"아니요. 그냥…."

"원, 싱겁긴."

민 회장에게 보험 얘기를 꺼내야 할 텐데 말이 나오지 않는다. 어떻게 해야 하나.

"사실은… 이달 실적이 없어요. 보험을…."

"핫핫핫, 그 말 하려고 그렇게 뜸을 들였소? 참, 내가 지금 나가 봐야 하는데 그 이야기는 이따가 합시다. 이따 4시쯤에 제일호텔 커피숍이 어떻겠소. 지난번처럼 바람맞히지 말고… 알았죠!"

민 회장은 희연의 손을 꼭 잡아 쥐며 다짐을 주었다. 희연은 놀라 손을 얼른 빼었다. 그리고 곧 앞서서 나가는 민 회장의 뒷모습을 물끄러미 바라보았다. 건물을 내려오던 희연은 잠시 망설인다.

하필 호텔 커피숍이라니. 그 자리에 나가면 민 회장은 나를 유혹할 것이다. 나가지 말까? 망설이던 희연은 호주머니에서 부스럭부스럭 5백 원짜리 동전 한 닢을 꺼내든다. 동전을 멀리 던졌다. 새가 전면에 나오면 새가 날아가듯 내 마음대로 집으로 돌아가리라. 만일에 숫자가 나오면 민 회장과의 약속을 지키기 위해 커피숍으로 가리라. 동전은 쨍그랑 소리를 내며 바닥에 떨어졌다. 두근거리는 마음으로 동전에 다가갔다. 어머, 새가 나왔네. 그럴 줄 알았어. 희연은 기분이 좋다. 다시 버스를 타고 집으로 향했다. 아직 아이들이 돌아오지 않은 집은 조용했다. 아침에 미처 치우지 못한 집 안을 정리하기 위해 앞치마를 둘렀다. 문득 오랫동안 기다릴 민 회장이 안되었다는 생각이 들었다. 114로 제일호텔 커피숍의 전화번호를 알아낸 다음 다이얼을 돌렸다.

"네, 제일호텔 커피숍입니다."

잔잔한 음악과 함께 여종업원의 차분하면서도 애교가 깃든 음성이 들려왔다.

"거기 손님 중에 민찬호 회장님이라고 계시면 바꿔 주세요."

"민찬호 회장님! 민찬호 회장님, 계십니까!" 하는 소리가 수화기를 통해 전해졌다. 전화기를 건네받는 소리가 들린다.

"내가 민찬호이오만…"

"저, 서희연이예요. 죄송해요. 일이 생겨서 나가지 못하겠어요. 기다리지 마시라고…"

"뭐라구! 아니 그럴 수가 있소. 일은 무슨 일야? 원 참 이렇게 두 번씩 바람을 맞혀도 되는 거요. 사람이 이렇게 싱거울 수가 있나!"

민 회장은 몹시 화를 내고 있었다.

"…"

"지금 빨리 나오시오. 사람이 싱겁기는…"

"저 못 나가요."

"왜?"

"일이 있어요."

"쓸데없는 소리 말고 지금 나오시오. 내가 지금 호텔 건물 앞에 있을 테니 택시 타고 이리로 빨리 오도록 하시오. 지금 빨리!"

말을 하던 민 회장은 일방적으로 탁 하고 소리가 나도록 수화기를 내려놓았다.

'요 다람쥐 같은 여자를 단번에 잡아야 할 텐데. 이렇게 감질나서야 원….'

그는 희연을 어떻게든 자신의 것으로 만들고 싶었다. 그런데 잡힐 듯 잡힐 듯하면서도 미꾸라지처럼 빠져 달아났다. 그렇다고 강제로 어쩌고 싶지는 않았다. 자신은 희연을 사랑했고 그녀에게 도움을 주고 싶었다. 그래서 호감을 갖도록 하면서 스스로 좋아하게 하고 싶었다. 그래서 그때가 오기를 기다렸던 것이다.

희연은 갑자기 난처해졌다. 어찌해야 하나. 입술만 깨물고 있었다.

이윽고 옷을 주섬주섬 다시 갈아입었다. 나가기로 한 것이다. 호텔 앞에 당도하니 민 회장이 선글라스를 끼고 서 있었다.

"자 타시오."

민 회장의 벤츠가 호텔 앞에 있었다. 민 회장이 차문을 열자 희연은 시무룩한 표정으로 차에 올라탔다. 거칠게 문을 닫은 민 회장은 약간 화가 난 듯 보인다.

"아니 사람이 그럴 수가 있소? 두 번씩이나 바람을 맞히려 들다니. 사람이 왜 그리 싱거워?"

민 회장은 싱겁다는 소리를 여러 번 했다.

"…."

"도대체 뭐가 걱정이요? 내가 어떻게 할까 봐서 그래? 난 단지 그대가 좋아서 그래. 편하게 얘기가 하고 싶었다구."

"어디로 가실 거죠?"

희연이 두려운 얼굴로 조심스럽게 물어보았다.

"글쎄, 조용히 얘기나 할 수 있는 곳으로 가지."

"전⋯."

희연이 무슨 말을 하기 위해 머뭇거린다.

"뭐?"

"아니에요."

"말해 봐. 뭔데?"

"전 회장님이 마치 부모 같은 생각이 들어요. 아무튼 회장님을 좋은 사람이라고 생각하고 있었어요."

"나이 같은 것이 무슨 문제가 돼. 난 당신보다 2살 위야."

"전 유부녀에요. 간통죄로 고발당하실 수도 있어요?"

(뭐? 간통죄라구? 아이구, 요 이쁜 것을 그냥⋯.)

"간통죄? 간통죄로 고발하려구? 그래 고발하라구. 그랬다고 그러지 뭐."

민 회장은 희연이 종알대는 게 귀엽다는 듯 계속해서 히죽히죽 웃어댔다.

희연은 차츰 농담으로 넙죽넙죽 받아 주는 민 회장이 왠지 싫지만은 않다. 그동안 계속 거절했던 사이인데 이상하게 민 회장에게 순순히 끌려가고 있다. 승용차가 갑자기 슈퍼 앞에서 멈춰 섰다. 민 회장이 슈퍼로 들어가더니 무엇인가 한 아름 사 가지고 나온다.

"지금 우리 집으로 가지."

"회장님, 집으로 가자고요? 집은 서울이잖아요."

희연은 의아해져서 민 회장을 쳐다보았다.

"응 집은 서울인데 Y동에 분양받아 놓은 아파트가 하나 있지. 매일 서울 집에 오르내리기도 뭣하고 해서 가끔 이곳에서 자거든."

차는 Y동으로 접어들고 있었다. 사거리에서 차가 좌회전을 했다. 골목으로 꺾어지더니 아파트 안으로 들어선다.

"다 왔어. 내리지. 경비 보기가 뭣하니까 내가 먼저 들어갈 테니 당신은 5분쯤 후에 들어오라구. 205동에 701호야 알았지?"

승용차 문을 잠그고 앞서서 가던 민 회장이 아, 참 하면서 되돌아선다.

"그 핸드백을 이리 주시오. 당신을 못 믿겠소. 그냥 가 버리면 난 어쩐단 말이오."

"…."

희연이 아무 소리 안 하고 머뭇거린다.

"빨리!"

민 회장이 재촉하듯 희연의 핸드백을 낚아채더니 슈퍼에서 산 물건들 봉투 속에 집어넣고는 성큼성큼 가 버린다. 핸드백을 뺏겨 버린 희연은 민 회장의 뒷모습을 바라보고 망연히 서 있다. 희연은 한 손으로 머리를 쓸어 올린 다음 아파트 건물을 올려다본다. 한참 후에 아파트 건물 안으로 들어섰다. 엘리베이터의 오름 버튼을 눌렀다. 7층에서 내린 희연은 잠시 망설인다. 들어가야 하나 말아야 하나. 정 안 되면 도망쳐 나오지 뭐. 차임벨을 누르려다 말고 손잡이를 돌려보았다. 손잡이가 힘 안 들이고 돌려졌다. 희연은 입구에서 쭈뼛거린다.

"오! 왔구만."

반바지로 갈아입은 민 회장이 들어오는 희연을 보더니 반갑게 소리쳤다. 28평쯤 되는 거실에는 흔들의자가 놓여 있고 2인용 식탁과 냉장고 같은 필수품 이외에는 별다른 세간 없이 휑덩그레하다. 민 회장은 희연

197

에게 다가가 외투를 벗겨서 옷걸이에 걸었다.

"당신이 몹시 밖을 꺼리는 것 같아서 말이야. 우리 여기서 밥을 해 먹자구. 아까 내가 슈퍼에서 재료를 샀어. 자 이리 와서 먹고 싶은 거 있으면 들고."

민 회장은 부스럭거리며 봉지를 펼쳤다. 아까 슈퍼에서 산 봉지에는 해물 모둠 찌개거리를 포장한 비닐 팩이 보이고 과자나 케이크 종류 같은 것이 눈에 띈다.

"자자, 이 안에도 먹을 건 많아."

민 회장이 냉장고를 열어 보였다. 초콜릿과 아이스크림 같은 간식이 냉동실 그득 쌓여 있었다.

"제가 할게요."

희연이 주방으로 다가가 팔을 걷어붙인다.

"아아! 고만두라구. 당신을 시키기 위해서 여기로 온 건 아니니까. 나는 다만 당신과 같이 조용히 같이 있기 위해 이리로 왔어."

민 회장이 희연을 떠밀어 내더니 익숙하게 쌀을 씻는다.

"잘하시네요."

희연은 살며시 웃으며 한마디 했다. 민 회장이 흐흐 하고 웃었다.

"내가 말이오. 예전에 학교 다닐 때 자취를 했거든. 그래서 부엌일을 잘하지."

희연은 집 안을 둘러보았다. 거실과 안방에 같은 색의 푸르스름하고 칙칙한 느낌을 주는 커튼이 드리워져 있다. 안방에는 문갑이 하나 놓여 있고 텔레비전과 장롱, 침대 같은 것이 들어서 있는 단출한 살림살이였다.

민 회장이 나에게 덤벼들기라도 하면 어떡하나. 아니 자신은 그걸 각

오하고 들어온 것이 아닌가. 희연은 이곳으로 쫓아 들어온 자신의 마음을 알 수 없었다. 핸드백을 빼앗겼다는 이유로 어정쩡 이곳으로 들어선 자신의 마음이 혼란스러웠다. 자신의 내면에 잠재해 있는 끈적거리는 욕망이 자신을 이리로 이끌었는지도 모를 일이었다.

"자, 들자구."

민 회장은 곧 찌개와 밥을 가져다 식탁 위에 놓았다. 그리고 냉장고에서 반찬을 꺼내 주섬주섬 상에 놓았다. 희연은 김이 올라오는 따뜻한 밥을 쳐다보며 어떻게 이곳을 나갈 수 있을까 생각하고 있었다. 밥을 두어 숟갈 뜨고 있는데 그가 말했다.

"난 말야. 정관수술도 했어."

희연은 픽 웃음이 나왔다. 정관수술을 했다고? 그러니까 임신은 걱정하지 않아도 된다는 건가. 그녀는 민 회장의 눈치를 보며 밥을 뜨는 둥마는 둥 젓가락으로 밥알을 집어 들었다.

"반찬은 없지만 많이 먹으라구. 밖에서 밥 먹는 걸 당신이 몹시 불편해하는 것 같아서 말이야."

"따님은 몇 살인가요?"

희연은 뜬금없이 딸의 나이를 물어보았다. 내가 당신의 딸자식과 나이가 비슷하니 포기하라는 말을 하는 건 너무 우스운가 이런 생각을 한다.

"우리 딸? 지금 30살이지. 유학 갔다 와서 작년에 결혼했어."

다시 할 말이 없다. 민 회장을 보험계약자로 만들고 자연스럽게 이 자리를 뜨고 싶다. 그러나 어떻게 해야 마음대로 할 수 있을 것인가.

"저… 그만 갈래요."

민 회장은 흥 하면서 코웃음을 친다.

(이 여자 오늘은 아주 요절을 내야지. 애가 타서 살 수가 있나.)

그는 성큼성큼 베란다 창문으로 다가가 어둡고 두꺼운 커튼을 내린다. 갑자기 실내가 어두컴컴해진다. 그리고 토끼처럼 웅크리고 있는 희연에게 다가간다. 희연이 갑자기 놀란다.

"내가 당신을 여기까지 데리고 와서 그렇게 쉽사리 놓칠 것 같은가."

민 회장은 갑자기 희연을 와락 끌어안았다. 희연이 놀라 몸부림치자 더욱 세차게 끌어안으며 그녀의 귀에다 대고 속삭였다.

"난 당신이 귀여워 죽겠어."

"제발 이러지 마세요. 전 가겠어요."

"가만히 있으라니까."

민 회장은 몸을 비트는 희연을 꼭 잡고 원피스의 지퍼를 내렸다. 이제 희연은 슈미즈 차림이다. 흰 피부가 눈부셨다.

"잠깐만요. 화장실에 갔다 오겠어요."

"그래? 다녀오지."

민 회장은 끌어안았던 손을 풀어 희연을 놓아 주었다. 희연은 화장실로 들어갔다. 그리고 물을 크게 틀었다. 물이 요란한 소리를 내며 쏟아졌다. 희연은 이 위기를 벗어나야 한다고 생각한다. 이윽고 세수를 하고 화장실을 나왔다.

"저어, 씻으시는 게 어때요."

민 회장은 물기가 가득한 희연의 얼굴을 바라보며 만족한 듯 회심의 미소를 지었다. 민 회장이 들어간 욕실에서는 요란한 물소리가 들려왔다.

이곳을 빠져나가리라. 희연은 옷을 찾기 위해 주위를 두리번거렸다. 아니 내 옷이 어디 갔나. 옷이 없다니. 불안해진 희연은 전전긍긍했다.

교활한 늙은이 같으니. 내 옷을 감추다니. 희연은 슈미즈 차림으로 온 집 안을 헤매기 시작했다. 안방 장롱을 열어 보았다. 없다. 어딘가에 있을 텐데. 다시 주방으로 가서 싱크대 찬장을 열어본다. 거기도 없다. 베란다에도 문갑 안에도 옷은 없었다. 희연은 발을 동동 굴렀다.

"무얼 찾아?"

자신의 옷을 찾기 위해 다용도실을 내다보는 희연의 뒤에서 민 회장이 능글맞게 웃어댔다. 희연은 뒤를 돌아다보았다. 민 회장이 벌거벗은 몸으로 서 있었다.

"전 가겠어요. 제 옷을 주세요."

희연은 애원하듯 민 회장을 쳐다보았다. 희연을 내려다보던 민 회장은 희연을 꽉 끌어안고 정신없이 애무하며 안방으로 데려갔다.

"제발 절 건드리지 마세요."

희연은 울듯이 얼굴을 감싸 쥐었다. 슈미즈 끈 하나가 어깨에서 흘러내려왔다.

"난 당신이 사랑스러워. 뭐든 원하는 걸 해 주겠어."

민 회장의 뜨거운 숨결이 희연의 얼굴 위로 겹쳐 왔다.

격렬한 행위가 끝난 후 희연은 울고 있었다. 흐트러진 침대 위의 시트가 어수선했다. 민 회장이 그녀의 어깨를 살며시 감싸 안았다.

"미안하오. 나도 어쩔 수 없었소. 왜 그렇게 당신이 좋은지 모르겠소."

희연은 베개에 얼굴을 묻고 계속 흐느껴 울었다.

"난 당신을 처음 본 순간부터 내 여자라고 생각하고 있었어. 절대 당신이 후회하지 않도록 내가 잘해 줄게. 응! 그만 울고 나를 봐."

"…."

희연은 아무 소리도 하지 않았다.

"참, 보험 들어 줘야 한다는 것 어찌 됐어? 응 어디 보자구."

민 회장이 희연의 몸을 감싸 안고 흔들었다. 희연은 그제야 눈물을 닦고 자기도 모르게 침을 꿀꺽 삼켰다. 기왕 엎질러진 물, 곧 마감이라는 사실이 생각났다. 가방을 가지고 와 말없이 청약서를 내밀었다. 민 회장은 청약서를 들여다보더니

"1억 정도 넣어 주는 게 어때. 그러면 괜찮겠어?"

"어머!"

희연은 놀라 외마디 소리를 내었다. 어둠 속에서 희연의 눈이 반짝 하고 빛났다.

"왜, 그 정도를 가지고 놀라? 더 해 버릴까?"

"아이참, 회장님도. 그렇게 해 주셔도 정말 되는 거예요?"

"암, 되고말고."

민 회장은 희연을 더욱 끌어안으며 귀에다 대고 속삭였다.

희연이 1억의 목돈을 예치했다는 사실은 덕일 영업팀은 물론 인천 영업국의 화제였다. 예치금에 대한 수당도 상당했다. 그 수당은 가뭄의 단비처럼 희연의 가정에 보탬이 되었다.

김찬규 소장은 희연을 보고 대어를 물어 왔다며 노상 싱글벙글했다. 희연은 그달의 우수 사원이 되어 시상금을 타고 '으뜸 설계사 리셉션' 오찬 뷔페에 초대되었다. 화려한 실내 장식과 바다가 내려다보이는 호텔 뷔페에서 영업국장은 희연을 침이 마르게 칭찬했다.

"서희연 씨. 우리 인천 영업국의 자랑이요. 이번에 경인 지역에서 우리 인천 영업국이 최우수를 한 데에는 서희연 씨의 공로가 참으로 큰 역할을 했소. 자 자, 축하하는 의미에서 한잔 합시다."

영업국장은 높이 건배를 들어 보였다. 희연은 맥주를 단숨에 들이켰다. 예전 같으면 반 잔도 채 못 마셨으나 어느덧 그녀는 민 회장에 의해 조금씩 주량이 늘어 갔다. 민 회장과 만나는 날이면 그는 어김없이 식사에 맥주를 곁들였고 그녀에게 억지로 권하다시피 맥주를 마시게 했다. 그에 따라 희연도 차츰 맥주를 마시는 양이 늘어 갔던 것이다.

"우리 영업소에서 희연 씨가 호프요. 다음 달에도 잘해 주시겠죠!"

김찬규 팀장은 안경 너머로 교활하게 눈을 빛냈다. 희연은 살며시 웃었다. 기분이 과히 싫지 않았다.

희연을 태운 민 회장의 벤츠는 호텔 주차장에 와서 멎었다. 실내악이 흐르는 식당으로 갔다. 나비넥타이를 맨 종업원이 와서 주문을 받았다. 먼지 한 톨도 허용치 않는 깔끔하고 아늑한 실내에 희연은 적이 만족했다. 민 회장이 희연에게 무얼 먹겠냐고 물었다. 희연은 "회장님 마음대로 하세요" 하고 말했다. 종업원이 주문한 식사를 날라 왔고 희연은 조용히 포크와 나이프를 집어 들었다.

'그래, 바로 이런 것이야. 이런 럭셔리함, 이런 풍요로움, 나는 이런 걸 얼마나 동경했던가…'

이런 걸 얼마든지 즐길 수 있는 민 회장에게 새삼 존경스러운 마음이 떠올랐다. 식사가 끝나자 민 회장은 자, 일어나지 하면서 희연에게 눈짓을 했다.

호텔의 복도는 붉은 카펫이 깔려 있고 어두침침했다. 희연은 고개를 숙이고 프런트에서 키를 받아든 민 회장의 뒤를 따라갔다. 이윽고 방에 들어서자 희연은 안도의 한숨을 내쉬었다. 민 회장은 무엇이 바쁜지 부지런히 옷을 벗었고 머뭇거리는 희연에게도 옷을 벗도록 종용했다.

"어때? 같이 욕실에 들어가지 않을래?"

민 회장은 희연을 안아 일으켰다. 희연은 벌거벗은 민 회장을 밀어내며 수줍게 웃었다.

"아이 참, 혼자 씻으세요. 전 나중에 들어갈래요."

욕실로 들어가는 민 회장의 뒷모습을 희연은 물끄러미 바라보았다.

내가 저 늙은 남자의 애인이라니. 저렇게 대머리에 배까지 나온 사람을 니는 좋아하기는 하는 걸까. 희연은 때때로 자신에게 의문을 가졌다. 물론 그는 그녀에게 없어서는 안 될 중요한 고객이기도 하지만 자신도 민 회장을 차츰 좋아하고 있는 것은 분명했다. 욕실에서 나온 민 회장은 희연을 와락 끌어안았다. 그는 희연을 끝없이 탐닉했다. 희연도 쾌감에 몸을 떨었다.

"당신이 이쁘고 귀여워 죽겠어. 자기는 누구 꺼야. 응? 내 꺼지."

민 회장은 그렇게 희연의 위에서 몸부림치고 있었다. 민 회장은 매일 희연에게 전화를 했으며 그들은 거의 사흘이 멀다 하고 만났다. 주로 민 회장의 사무실 근처 호텔방을 이용했고 때때로 민 회장의 아파트에서 만나는 일도 있었다. 희연은 바쁘다는 이유로 집에 늦게 들어가는 일이 잦았다. 정민은 아내의 변화를 눈치채지 못하고 있었다. 희연이 늦게 들어가면 가끔 이맛살을 찌푸렸다. 그러나 그는 그의 아내를 누구보다도 믿었으므로 설마하니 그런 일이 있으리라고는 짐작하지 않았다. 희연이 민 회장에게 1억을 예치하여 받은 수당은 육백만 원가량 되었다. 그 수입은 가뭄의 단비와 같았다.

옆자리에서는 민 회장이 코를 골다가 입맛을 다시며 돌아누웠다. 일을 치른 후 민 회장은 꼭 잠에 곯아떨어졌다. 희연은 자리에서 일어나 벗어 놓은 슈미즈를 걸쳐 입었다. 갑자기 갈증이 났다. 냉장고에서 생수병을 꺼내서 컵에 따르지도 않고 벌컥벌컥 들이켰다. 그리고 다시 자리에 가서 누웠다.

'여태까지 남편 아닌 딴 남자의 품을 생각해 본 일이 없었다. 그런데 불륜을 저지른 것이다. 이상하다. 내가 이런 일을 계속하고 있는데도 아무렇지도 않다니. 이런 일을 저지르는 사람들은 별개의 인간으로 알고 있었는데. 이 서희연도 그런 일을 아무렇지도 않게 해 버릴 수 있다니.'

민 회장은 희연을 다시 꼭 끌어안았다. 그의 눈이 갈망으로 불타고 있었다.

희연은 민 회장에게 안기면서 사랑이란 걸 생각한다. 그게 실체가 있는 걸까? 자신은 민 회장을 과연 사랑하기는 하는 걸까. 민 회장의 경제적 풍요, 이런 걸 사랑한 건 아닐까. 민 회장에게 경제적인 걸 떼어내고 나면 아마 틀림없이 사랑하지 않았을 것이다. 그러고 보면 사랑이란 자신의 이익과 맞아떨어질 때 비로소 성립되는 것은 아닐까. 결국 사랑도 거래인 것이다.

금자의 결정

마감이 돌아올 때마다 희연은 민 회장을 떠올렸다. 민 회장에게 졸라서 계약을 해야 하나 하고 생각하게 되었다. 여태껏 민 회장이 가입한 보험만도 꽤 많았다. 주로 손해가 덜 나는 적금으로 가입을 했다. 자기 딸 이름으로 계약을 하기도 하고 아들 명의로도 계약을 했다. 오늘은 민 회장과 수금하기로 약속을 하고 그의 사무실로 가고 있었다. 노크를 하고 들어서니 사무실 안의 분위기가 이상하게 느껴졌다.

"아줌마, 오셨어요."

은영이라는 여직원이 웃지도 않고 희연에게 사무적인 어투로 말을 건넸다.

"그동안 잘 있었죠. 회장님은 안에 계셔요?"

"네."

여직원은 눈을 컴퓨터 모니터에 고정시킨 채 무표정하게 말을 받았다. 희연은 사무실의 분위기가 예전 같지 않다고 느끼고 있었다. 직원들이 민 회장과의 일을 알 리도 없고 민 회장이 얘기했을 리는 더욱 없고 왜 그런지 알 수 없었다.

"왜 이리 늦었어? 약속보다 30분이 늦었구만."

"죄송해요. 버스를 기다리는데 영 안 오잖아요."

"그래도 그렇지. 사람이 약속을 철저하게 지킬 줄 알아야지."

민 회장은 희연에게 이맛살을 찌푸렸다. 그들의 대화는 연인이 아닌 주종의 관계였다.

"아무튼 잘 왔어. 다음부터는 늦지 말라구. 그리구 내가 줄 게 있어."

민 회장은 서랍을 열어 무언가를 꺼내 놓았다.

"뭔데요?"

"이거 보라구."

민 회장이 포장지에 싸인 걸 끄르자 직사각형의 화려한 상자가 하나 나왔다. 희연은 상자를 집어 열어 보았다.

"어머!"

희연은 외마디 소리를 내었다. 안에는 포도 알만 한 크기의 진주가 다섯 개 죽 둘러진 목걸이가 나왔다. 진주는 푸르스름한 빛깔과 노리끼리한 색이 혼합된 빛을 발하고 있었다. 또 한 상자에는 그와 같은 종류의 진주반지가 나왔다.

"어때, 마음에 들어?"

"들다마다요. 너무 예뻐요. 이거 어디서 나셨어요?"

희연은 좋아서 민 회장의 옆자리로 다가가며 괜한 말을 물어보았다.

"뭘 어디서 나? 지난번 해외 출장 갔을 때 당신 생각이 나서 사 왔지."

"너무 고마워요. 근데 부담스러워서 어떻게 해."

희연은 짐짓 상심한 표정을 지어 보이며 민 회장에게 기대었다. 민 회장은 그런 희연의 허벅지를 슬슬 쓰다듬었다.

"부담스럽긴. 나는 당신만 내 곁에 있으면 돼."

"저 말이죠…."

"왜?"

"나 이달에 계약 없어서 어떻게 해. 맨날 회장님 만나서 노닥거리니까 활동도 못 하고 계약도 없잖아요."

"또 계약을 해 달라구?"

민 회장은 이맛살을 찌푸렸다.

"정말 그러실 거예요. 회장님이 다달이 들어오는 월세만 해도 삼천만 원이니 얼마든지 들어 주겠다구 하시구선."

희연은 뾰로통하게 입을 삐죽거렸다.

"아이구 알았어. 알았다구. 그 대신 조그만 걸로 하나 계약하지. 응, 알았지? 나도 말야, 들어오는 돈이 많으면 뭘해. 나가는 돈도 얼마나 많은데. 골치 아프다구. 그런데 희연이까지 이렇게 속을 썩일 거야."

민 회장은 능글맞게 웃으며 희연의 볼을 살짝 꼬집었다. 그러고는 내민 청약서를 자기 앞으로 끌어당겼다. 고개를 숙여 청약서에 서명을 하는 민 회장을 희연은 물끄러미 바라보았다.

"흥, 누가 뭐 나 같은 보험쟁이 애인을 두랬어요."

"아이구, 요 귀여운 것. 저 말야, 이따가 알지. 저 앞 제일호텔. 5시쯤 말야. 응!"

민 회장이 다시 희연의 엉덩이를 툭 하고 쳤다.

"회장님 너무 늦는단 말이에요. 나 집에 늦게 들어가잖아요."

"지난번처럼 수금 갔다 늦었다고 하면 되잖아."

민 회장이 안경 너머로 눈을 찡긋해 보였다.

"아이 참, 알았어요."

희연은 새침한 표정을 지으며 민 회장을 쳐다보았다.

사무실 문을 닫고 나오는데 뒤에서 아가씨들이 낄낄대고 웃었다. 희연은 기분이 이상했다.

'저 애들이 설마 나를 보고 웃는 건 아니겠지.'

희연은 입술을 지그시 깨물었다.

금자는 무스탕 반코트 호주머니에 깊숙이 손을 묻고 영업소의 문을 열었다. 11시가 넘은 시각이니 출근시간이 한참이나 지나 있었다.

"어머! 박승윤 씨 왔네!"

사무실 안의 누군가가 깜짝 놀라 소리쳤다. 사원들은 조회를 끝내고 반쯤은 나간 후였다.

"여어, 박금자 씨 어이구 참. 박승윤 씨 오랜만이오 이제 몸은 어때요?"

팀장은 금자를 바라보며 반갑다는 듯 손을 내밀었다.

"팀장님, 출근도 못 하고 죄송해요."

"아니요. 우선 몸이 나아야지. 아저씨가 얼마나 걱정하시겠소. 지난번에 병원에서 보니까 아저씨가 여간 좋은 분이 아니신 것 같더라고요."

"뭘요. 팀장님이 잘 보시니 고맙습니다. 참 그리고…."

"뭐요. 할 말이라도 있습니까?"

"저어, 회사를 그만두었으면 해서요."

"왜요? 몸 때문이라면 푹 쉬어도 되는데…."

"몸도 그렇지만…."

"또 다른 이유라도 있습니까?"

"제가 아무리 생각해도 능력이 없어요. 또 남편도 반대하고요."

"아니 특별히 능력 있는 사람이 따로 있습니까. 박승윤 씨는 여태까지 잘해 오시구선. 그리고 아저씨가 반대하는 것도 왜 이제 와서 반대한다는 말입니까? 안 그렇습니까?"

팀장의 말은 집요했다. 그는 한 사람의 사원도 놓치면 안 되었다.

"이제는 계약할 데도 없어요. 그리고 사람을 계속해서 볶아대는 보험 회사 생리도 제게는 안 맞아요."

금자는 말하면서 한숨을 내쉬었다. 입맛을 쩍 다시던 김 팀장이 담배를 한 대 꺼내 물더니 푸 하고 숨소리와 함께 연기를 내뿜었다.

"누구는 볶고 싶어서 볶습니까. 나도 위에서 얼마나 볶이는지 말도 마쇼. 맨날 과장 회의다 국장 회의다 어찌나 불러대는지 못살겠소. 실적을 못 맞추면 영업비 타 내기도 어려워요. 사원들 회식이다 뭐다 해서 내 호주머니에서 나가는 일도 있어요. 그렇다고 설계사들처럼 쉽게 고만둘 수 있는 처지도 아니잖아요? 나도 소장 해 먹기 죽을 맛이오."

"아무튼 저는 그만두었으면 해요."

"박승윤 씨, 당장 그만둘 일도 아니지 않소? 좀 더 생각을 해 봅시다."

"참, 희연 씨는 어디 갔나요?"

"서희연 씨요? 아직 나가지는 않은 것 같고 아마 잠깐 나갔을 거예요. 금방 올 겁니다. 아, 저기 오는군요."

211

붉은 목도리를 두른 희연이 "아이 추워" 하면서 들어오고 있었다. 금자는 반가워서 희연에게 다가갔다. 붉은 목도리를 두른 희연이 왠지 요염하다고 느껴졌다.

"어머, 승윤 씨잖아. 언제 왔어?"

희연은 반가워서 눈을 크게 뜨고 볼우물이 움푹 패도록 활짝 웃었다.

"희연 씨, 여전히 잘되나 봐? 더 예뻐진 것 같애."

희연은 별소리를 다 한다며 호호 웃었다. 둘은 언제나처럼 어깨를 나란히 하고 건물을 나왔다.

"우리 어디 가서 점심이라도 먹으며 오랜만에 같이 있자. 내가 점심을 살게."

금자는 희연을 돌아보며 미소 지었다.

"아냐, 내가 사야지. 맨날 돈이나 꾸어 달래고 신세는 내가 졌는걸."

희연은 어림없는 소리 말라는 듯 눈을 흘기며 금자를 바라보았다.

"신세는 무슨. 쓸데없는 소리 하지 마."

그들은 아늑한 레스토랑에 자리를 잡았다. 양식이 구미에 맞지 않았으나 우선 이야기 나누기에 더없이 좋은 곳이었고 후식으로 커피가 나왔기 때문에 따로 커피를 마시러 가지 않아도 되었다.

"나 그만두려구."

금자가 먼저 말을 꺼냈다. 희연은 그럴 줄 알았다는 듯 체념의 표정이 역력했다.

"승윤 씨 그만두면 내가 섭섭해서 어떡해?"

"그래서 난 희연 씨에게 고객 명단을 넘겨주려구. 웬만한 건 자동이체로 하겠지만 나머지는 부탁해. 모두 내가 잘 아는 사람이니까 별일 없을 거야."

"승윤 씨, 제발 마음을 바꾸었으면 좋겠어. 그만두려는 이유가 뭐야?"

"이유는 묻지 않아도 자기가 잘 알잖아. 나는 정말 보험설계사라는 직업에 회의가 들어. 아니 창피해."

금자의 말에 희연은 잠시 입술을 깨물었다. 그리고 말했다.

"우리의 직업 인식이 낮다는 건 원래 그렇잖아. 이제 새삼스럽게 그런 걸 들먹여. 그런 생각하면 아무것도 못 해. 무엇보다 자신의 가치는 자신이 높이는 것 아니겠어?"

"물론 그렇지. 하지만 이 사회가 우리를 바라보는 거대한 인식의 벽을 내가 어떻게 허물 수 있겠어."

"하긴 할 말이 없어."

희연은 풀이 죽어 나이프 든 손을 슬며시 내려놓았다.

"그것이 어떻게 사회를 탓하겠어. 문제는 그렇게 되도록 만든 보험회사야. 아무나 제약 없이 사람을 끌어들이고 무한경쟁을 시켜 사람을 초라하게 만들고 그렇게 무분별한 경쟁을 벌여서 회사를 키워 놓는 것이 자기들의 소위 성장이라는 거야 뭐야."

"…"

"이 사회가 우리를 너절한 여자쯤으로 보는 데는 이유가 있겠지. 보험회사 설계사란 아무런 조건 없이 눈, 코, 입만 달려 있으면 사람을 데려오라는데 누군들 안 거쳐 갔겠어. 바람둥이 여자도, 화류계 여자도 보험회사를 거쳐 갔겠지. 남녀노소 과거 불문, 직업 불문, 이런 게 보험회사 설계사 아냐? 뭐? 설계사는 교양 있고 품행이 단정한 고졸 이상이라구? 교양 좋아하시네. 보험회사가 아무나 데려다 영업하라고 부추기고, 사람들이 물을 흐려 놓고, 사회가 우리를 색안경 쓰고 보고 하찮게 보고. 내 말 틀려??"

금자는 비웃기 위해 계속 희연에게 되묻듯이 비꼬았다. 그녀의 표정이 철저하게 냉소적이었다.

"우리를 무슨 화류계 여자 대하듯 하는 태도라니. 그건 그렇다 치구, 무조건 사람들 끌어들여서 계약해 오라고 하고 뭐? 보장? 만일에 대비해서 보장한다고? 보장 좋아한다. 몇 사람이나 그런 보장을 받겠냐? 계약자가 보상받을 일이라도 생기면 약관 가지고 요 핑계 조 핑계 대면서 갖은 개수작을 다 부린다더만. 장기 보험 들고 30년 후면 만기금은 인플레 때문에 저절로 줄어들고 완전히 허가받은 사기꾼이지. 보험회사란 완전히 돈 놓고 돈 먹기지. 시중에 떠도는 말들, 이를테면 보험회사 다니는 여자들은 몸도 팔고 다닌다는 그런 말들 말야. 그런 말이 왜 괜히 떠돌아다니겠어. 아니 땐 굴뚝에 연기 나는 것 봤어? 실제로 그런 일들이 벌어지고 있겠지. 그런데 뭐 우리 보고 설계사로서의 자부심을 가지라고? 자기들이 망쳐 놓은 이미지를 우리 보고 어떻게 하라는 거야. 그래, 지들은 돈만 벌면 그만인 거지? 우리들이 타락하든 망가지든 알 게 뭐야."

희연은 말없이 얼굴이 달아오르고 있었다.

(승윤 씨, 나도 그런 너절한 여자의 한 사람이야.)

희연은 자신이 갑자기 암담하게 느껴졌다. 사막에 홀로 내던져진 듯한 느낌이 몰려왔다. 희연은 자신의 표정을 들키지 않으려고 입을 크게 벌려 포크로 찍어 놓은 돈가스를 꽉 물었다. 돈가스가 석면 조각처럼 깔깔하게 느껴졌다.

"아무튼 나는 이제 계약이라고는 할 데가 없어. 그래서 이렇게 헛소리

214

를 하고 있는지도 모르지. 이제는 계약을 부탁할 친척이 하나도 남아 있지 않아. 아는 사람들에게 하는 연고 계약도 무슨 큰 은혜라도 베풀어 주는 듯한 태도야. 보험을 만일에 사고에 대비한 보장이라는 측면을 생각하기도 전에 계약자들은 우리의 성화에 지쳐 버리는 거야. 아니 우리가 신중히 선택할 그들의 생각을 박탈해 버린 거지. 그건 회사가 그렇게 하도록 만들었어. 우리의 잘못이 아니야."

금자는 야무지게 결론을 내렸다.

"그래, 승윤 씨 말이 맞아. 그러니 어쩌라고. 자기는 자기 마음대로 해. 나는 돈 때문이라도 더 다녀야 하니까."

희연은 고개를 숙인 채 힘없이 말을 뱉었다.

"희연 씨, 미안해. 내가 너무 말이 지나쳤나 봐. 그리고… 가끔 우리 집에 놀러 와. 내가 심심하니까."

"승윤 씨, 앞으로 어떻게 할 거야. 자기도 심심한 건 못 참잖아? 뭐래도 해야지."

"그렇지. 그렇다고 별 뾰족한 수도 없어. 뭐, 내일은 또 내일의 태양이 떠오르겠지. 안 그래?"

금자는 어깨를 으쓱해 보이고는 영화의 대사처럼 읊조렸다.

"그래도 아무 일도 안 하는 승윤 씨는 왠지 어울리지 않아."

"나 사실은 말야. 교통사고 이후에 많이 생각했어. 언제 죽을지도 모르는 것이 우리들의 삶이 아니겠어. 나도 무언가 가치 있는 일을 하고 싶어. 그게 뭔지 모르지만. 그림을 그려 보던지… 나 어려서 그림에 취미가 있었거든. 상도 타 본 적 있고. 아무튼… 뭘 하려면 우선 몸이 좋아져야지."

215

금자는 말끝을 흐렸다.

"그래, 우선은 승윤 씨 몸이 많이 좋아져야지."

희연은 고개를 끄덕였다. 금자는 희연을 향해 잠시 머뭇대다가 입을 연다.

"사실 난 어쩌면 인생을 낭비하고 있는지도 몰라. 그동안 많이 괴로웠어. 내가 왜 괴로워하는지도 모르고 우울했어. 모든게 싫어지고 왜 사는지도 모르겠고. 그렇다고 대안도 없고."

"승윤씨, 스스로 마음을 잘 잡아야지. 왜 괴로워해. 승윤씨는 누구보다도 내가 부러워하는 사람이야. 나에 비해서 뭐하나 부족한 게 있어?"

희연의 말에 금자는 희미하게 웃는다. (그래, 저 여자에 비하면 나의 불평은 사소한 것인지도 모르지.)

희연은 희연대로 금자의 고민에 살짝 행복감을 느낀다.

"희연씨, 나 있잖아. 며칠전 밤거리를 헤매었어. 나도 모르게 가슴이 터질 듯 답답해서 그냥 막 돌아다니고 싶은거야. 무작정 걷다가 어떤 교회 앞을 지나게 되었어. 상가건물에 세들어 있는 아주 작은 교회였는데 그 때 교회 안에서 이런 노래소리가 들려오겠지.

'당신은 사랑 받기 위해 태어난 사람/ 당신의 삶 속에서 그사랑 받고 있지요.' 그리고 뭐라더라? 그래 맞아. 이세상에 존재함으로서 큰 기쁨이 된다고 했어. 난 그 노래소리를 듣고 막 눈물이 쏟아졌어. 모르겠어. 이유는 모르겠지만 왠지 서러웠어. 그리고 그 안에서 내 마음을 알아줄 것 같았어. 나도 모르게 교회 안으로 발길을 옮겼어. 그리고 맨 뒷자리에 앉아 펑펑 울었어."

희연은 금자의 말을 물끄러미 듣고 있다가 고개를 끄덕였다.

"왠지 승윤씨 마음을 이해할 것 같애. 그래, 승윤씨 다음에 교회에 나가봐. 그러면 안정을 찾을 수도 있을거야."

금자는 희연의 말에 말없이 듣고만 있다. 그들은 어깨를 나란히 하고 레스토랑 문을 나선다. 밖에는 오후의 햇살이 그녀들의 그림자를 길게 만들고 있었다.

배신

    출근을 한 희연은 벽에 붙여 놓은 실적표를 바라보았다. 실적표에는 누가 얼마나 많이 실적을 올리고 있는지 일목요연하도록 붉은 막대그래 프로 표시를 해 놓았다. 사원들은 그래프에 너도나도 신경을 곤두세웠 다. 이번 달에도 용희 씨의 그래프가 제일 많이 올라가 있고 민덕임 주 임도 꽤 많은 실적을 올리고 있었다. 그런 그들의 능력이 희연은 부럽기 만 하다.

    희연은 고객카드를 챙기기 시작했다. 고객카드 중에서 가망고객을 찾 아내야 한다. 수금해야 할 고객의 영수증도 꼼꼼히 살펴보기 시작했다. 수금을 한 건이라도 자동이체를 해야 편했으나 개중에는 방문수금을 원 하는 이들도 있었다. 어떤 때는 희연이 자진하여 방문수금을 하기도 했 다. 그래야 고객이 해약하지 않도록 계약 건을 유지할 수가 있고 또한 한 번이라도 얼굴을 더 대하고 또 다른 계약이라도 연결해야 하기 때문이다. 뒤적이던 기존의 계약자 중에서 다시 계약을 받을 수 있는 고객은 없어 보였다. 자기도 모르게 후 하고 한숨이 나왔다.

하는 수 없이 희연은 또 하나의 청약서를 작성하고 있었다. 민 회장의 청약서였다. 민 회장에게 받아 둔 20만 원을 적금으로 넣으려는 것이었다. 지난번에도 민 회장이 "또야" 하면서 짜증스럽게 희연을 쳐다보았었다.

작성을 끝낸 청약서를 가지고 내근 여직원인 미스 지에게 가지고 갔다. 미스 지가 청약서를 들여다보다가 흘긋 희연을 쳐다보며

"먼저 1억을 예치한 그 고객이군요. 대단한 고객을 두었네요."

넌지시 희연을 의미심장하게 바라보았다. 희연을 어쩔 수 없이 붉어지는 얼굴을 애써 감추며 당당해지려고 일부러 활짝 웃었다.

민 회장만 한 고객이 어디 있으랴. 민 회장은 말했었다.

"내 건물에서 들어오는 월세가 삼천만 원쯤 되지. 희연이 네가 힘들게 돌아다니지 않아도 되도록 매월 얼마씩을 넣어 줄 수 있어."

이제는 돌아다니기도 싫다. 계약이 될지 안 될지도 모르는 고객들을 찾아다니기도 점점 귀찮고 피곤하다. 고객들의 보험인식이란 만일에 대비한 보장성보다는 귀찮게 굴어야 마지못해 들어 준다는 식이라니.

그간의 일들을 곰곰이 따져 보면 고객들이 보험에 관심을 가지는 이유는 혹시 데이트라도 할까 하여 호기심을 보이는 척한다거나 설계사들이 볼펜이나 아니면 기념품을 주면서 자주 들르니까 그걸 기대한다거나 하는 거였다. 자발적으로 보험을 가입하겠다고 나서는 고객은 거의 없었다. 보험이라는 것이 상품으로 인정받지 못하고 푸대접을 받고 있었

다. 그까짓 앙케트나 받고 날마다 그들을 찾아다니면서 눈치를 보아야 하고 그런 것에 비하면 민 회장처럼 확실한 고객이 또 어디 있으랴.

희연은 집으로 들어가는 길에 시장엘 들렀다. 반찬거리도 좀 사고 지은이의 잠바를 하나 사리라고 마음먹는다. 아이가 자라 작년에 입었던 잠바가 작아져 손목 위로 깡충 올라갔었다. 쇼윈도에 걸린 옷가지를 찬찬히 바라본다. 목둘레로 흰털이 둘러져 있는 유명메이커의 오리털 잠바가 마음에 든다. 싸구려 노점상이 아닌 화려한 쇼윈도에 걸린 옷을 입혀 보고 싶다. 누구보다도 고운 딸아이에게 좋은 옷 한번 못 입히다니.

망설이던 희연은 이윽고 상점에 들어가 옷을 흥정하고 나온다. 그전보다 여유가 있는 표정이다. 희연을 만나면 민 회장은 가끔 돈을 쥐어 주었다. 민 회장이 준 돈은 쉽게 쓸 수 있다. 다시 지수의 장갑과 두툼한 바지를 사고 마지막으로 돼지고기를 두어 근 사고 나니 부자가 된 듯한 기분이다.

방 안에서는 아이들의 즐거운 웃음소리가 돼지고기 익는 냄새와 더불어 온 집 안을 즐거움으로 가득 차게 했다.

"엄마, 지수가 얼마나 돼지인지 좀 보세요."

지은이가 밥을 뜨다가 돼지고기를 꾸역꾸역 입으로 가져가는 지수를 가리키며 웃음을 터트린다. 녀석은 더욱 과장된 몸짓으로 고개를 좌우로 흔들며 연신 젓가락으로 고기를 집어 날랐다.

"체하겠다. 지수야! 너 정말 까불래?"

희연은 이맛살을 찌푸리며 지수에게 콩 쥐어박는 시늉을 한다.

밖에서 인기척이 들렸다. 남편인 정민이 들어서고 있었다. 아이들이 동시에 "아빠" 하고 소리쳤다.

"지금 와요."

희연의 말에 듣는 둥 마는 둥 표정이 어두웠다.

"아빠, 내 잠바를 보세요. 예쁘죠? 엄마가 오늘 사 오셨어요. 지수 바지도요."

지은이는 제 아빠를 보자마자 대뜸 잠바부터 내보였다.

"돈도 없을 텐데 웬일이오? 아이들 옷까지…."

전기 프라이팬에서 익어 가는 돼지고기를 번갈아 쳐다보며 정민이 말을 건넸다.

"곧 월급 탈 때가 돼요. 그래서 수금한 돈에서 조금 당겨썼어요."

프라이팬의 열기로 붉게 달아오른 희연의 표정이 밝다.

"당신이 재주가 좋군. 보험회사를 다녀 돈을 많이 벌 수 있다니."

정민이 퉁명스레 한마디 하고는 욕실로 갔다. 정민은 세수를 하고 저녁도 먹지 않은 채 자리에 길게 누워 버리고는 말이 없다. 희연은 그런 정민이 측은하다는 생각보다는 왠지 무능해 보여 보기 싫다.

*

이상했다. 사흘이 멀다 하고 전화를 하던 민 회장의 전화가 뜸했다. 기다리다 못해 희연이 전화를 해도 지금 바쁜 일이 있어서 나중에 연락하마 하고는 그만이었다. 회사에 출근한 후 민 회장에게 전화를 걸었다.

"저예요. 서희연이에요."

"어이, 웬일이야."

"뭘, 웬일이에요. 궁금해서 전화했어요."

"어… 그래,"

그는 희연의 말을 듣는 둥 마는 둥 별 말이 없다. 다른 때 같았으면 민 회장은 은근하고도 끈끈한 목소리로 어디서 만나자고 할 텐데 왜 그런 소리를 안 하는 걸까. 희연은 몇 마디 더 하려다가 수화기를 내려놓았다.

희연은 민 회장의 사무실을 노크하고 있었다. 민 회장에게 무슨 일이 생겼는지 얼마나 바쁜지 궁금했다.

사무실로 들어서자 직원들이 일제히 희연을 바라보았다.

"우리 회장님이요? 나가셨는데요. 미리 전화하지 않으셨나요?"

"네, 지나는 길이라 그냥 들렀어요."

희연이 대답하자 사무실 안에서 고참이라는 미스 김이 비웃는 듯한 웃음을 지으며 말했다.

"제일호텔 커피숍에서 만나시기로 한 건 아니에요."

"네?"

희연은 자기 귀를 의심했다. 아니 그렇다면 민 회장과 나와의 사이를 알고 있다는 말인가. 희연은 얼굴이 벌겋게 달아올라 눈을 어디로 두어야 할지 모르고 있었다.

"무슨 말을 그렇게까지…."

"아뇨, 그냥 그래 봤어요."

미스 김은 히죽 웃으며 희연을 뚫어져라 쳐다보았다. 희연은 수치심으로 몸 둘 바를 모르고 있었다. 사무실을 나왔다. 복도를 걸어 나오는

데 사무실 안에서 까르륵 자지러지게 웃는 소리가 들렸다. 희연은 잠시 발걸음을 멈추고 귀를 기울였다. 은영이라는 여직원의 목소리가 들렸다.

"언니, 그게 사실이야? 저 아줌마하고 우리 회장님하고 제일호텔에서 같이 나오는 걸 봤다는 게 정말이야?"

희연은 자기도 모르는 새 고개를 외면했다. 얼굴이 화끈 달아올랐다.

"저 아줌마 그럴 사람 같지가 않던데, 언니가 잘못 보았을 테지."

"그렇다면 다행이지만 내가 틀림없이 본 걸. 그리고 우리 회장님 얼마나 바람둥이인 줄 알아?"

"그래요?"

"여자와의 관계를 공공연히 이야기한다구. 자기와 바람피운 여자만도 한 트럭은 될 거라나. 그전에는 자기가 데리고 있던 여직원을 데리고 놀았는데 그 여직원이 자기가 준 지참금을 가지고 시집만 잘 갔다고 자랑 삼아 얘기하는 사람이야. 그러니까 너도 조심해. 나야 못생겼으니까 상관없지만."

"언니도 참…"

그들은 다시 깔깔대고 웃었다.

저들이 보았다는데 내가 부인한들 무엇하랴. 희연은 가슴이 내려앉도록 한숨을 쉬었다. 내가 어쩌다가 이런 망신을 당한다는 말인가. 설마하니 민 회장이 나하고의 관계도 잠깐 지내는 유희로 생각하지는 않을 테지. 희연은 갑자기 마음이 심란해져왔다.

희연은 엘리베이터에서 내려 건물 밖으로 나왔다. 주차장에 민 회장의 승용차가 멎는 게 보였다. 희연은 너무 반가웠다. 환하게 웃으며 민 회장에게 다가갔다.

"아니, 회장님 어찌 되신 거예요? 연락도 안 주시고 나 얼마나 기다렸는지 몰라요."

희연이 골이라도 났다는 듯 눈을 흘기며 민 회장을 쳐다보았다. 갑자기 민 회장의 표정에 어색해하는 듯한 표정이 스쳐 지나갔다.

"어, 그랬어. 내가 통 바빠서 말이야. 허허."

그는 여유 만만한 웃음을 웃어 보였다.

"나 그냥 갈래요."

희연은 골이 난 척 뾰로통해진 얼굴로 민 회장을 올려다보았다. 민 회장의 관심을 자극하려고 괜한 제스처를 해 보는 것이다.

"아니, 요 귀여운 것이…."

민 회장은 희연의 옆구리를 어루만지더니 팔을 꼭 잡고 벤츠 옆 좌석으로 밀어 넣었다. 민 회장은 저녁을 사 주겠다며 희연을 레스토랑으로 데리고 갔다.

"여긴 언제나 분위기가 마음에 들어요. 스테이크도 맛이 있고요."

희연은 나이프로 티본스테이크를 썰며 민 회장을 쳐다보았다.

"그래, 좋다니 다행이군. 많이 들라구. 참, 그리구 나 보험 든 것 웬만한 건 해약했으면 좋겠는데."

"왜요?"

"요새 돈도 쫄리고 마누라가 알아 버려서 귀찮지 뭐야. 에이!"

민 회장은 입맛을 쩝 하고 다셨다.

"그렇다고 부은 지 몇 달이나 됐다고 해약을 하신단 말이에요. 절대 안 돼요. 근데 회장님 왜 자주 연락 안 하세요? 이제 내가 싫어진 것은 아니시겠죠?"

"싫어지다니? 그럴 리가 있나. 허허허. 요새는 말이야 마누라 감시가 어찌나 심해졌는지 저녁에도 집에 일찍 들어가야 해. 그리고 바쁜 일도 계속해서 생기고 해서 말이야."

"아예 한 달에 한 번만 만나면 되겠군요."

"저렇게 비꼬기는. 희연이도 그래 볼 줄 알아? 그러니까 더 귀여운데. 저 말이야 내가 고객을 하나 소개시켜 줄까?"

"좋죠. 누군데요?"

"내 친구인데, 얘가 엄청나게 돈이 많아요."

"회장님만큼이요?"

"나는 걔에 비하면 새발에 피지. 걔는 준재벌에 속해. 잘 사귀어 보라구. 아마 좋은 일이 있을 거야."

민 회장은 약간 어색하게 웃으며 희연을 넌지시 바라보았다.

(민 회장은 왜 나에게 저런 말을 하는 걸까.)

"자, 다 먹었으면 일어나지. 나도 바쁘니까."

그는 서둘러 일어났다. 희연도 따라 일어섰다. 밖은 어둑어둑 어둠이 내리고 있었다.

"나 갈게. 참! 그리고 앞으로 나 자주 못 볼 거야. 요즘 들어 부쩍 마누라 감시도 심한데다가 원체 바빠서 말야. 내 친구에게 연락 닿으면 내가 전화하지. 잘 가, 희연이."

그는 벤츠에 올라타더니 붕 하고 가 버렸다.

민 회장은 다음 약속을 위해 차를 타고 가면서 생각한다.

'쟤는 다 좋은데 너무 가난해. 무슨 보험을 허구한 날 들어 달래다니.'

그런 것도 귀찮은 일이었다.

민 회장이 희연을 그동안 사랑한 건 사실이었다. 그런데 그 사랑이 지속되지 않는다는 게 문제였다. 세상의 플레이보이들은 사랑하는 순간만을 사랑한다고 하던가. 그는 희연과 한동안 잘 놀았으니 이제 그만 슬슬 손을 떼어야겠다고 생각했다.

바람피우는 것 중에서 제일 재미진 건 유부녀라지? 남편에게 들킬세라 스릴 있는 사랑도 괜찮지만 보다 매력적인 여자는 사람의 애간장을 녹이는 여자였다. 유달리 부담 없는 건 유부녀나 처녀나 마찬가지 아닌가. 여태 희연과 재미있게 놀았으니 이제는 다른 곳으로 옮길 필요가 있었다.

옛날부터 일부다처제가 상식이었는데 현대에는 그러지 못하느니만큼 한 여자에게 매일 필요가 있겠나 싶었다. 그렇다. 희연을 버리고 꼭 다른 곳으로 옮길 필요는 없겠고 희연은 희연대로 그냥 놓아 두고 다른 여자와 놀아야겠다고 생각했다. 뭐, 지가 가 버리면 그것도 할 수 없는 일이겠고…. 사업도 사랑도 다원화 내지는 다각화가 필요했다. 이미 그에게는 희연 말고도 사귀던 여자가 있었고 또 그는 지금 다른 여자를 만나러 가고 있는 중이었다.

이번엔 노처녀였는데 제법 섹시했다. 나이가 40이 되어 가는 노처녀라는데 긴 생머리에 키도 늘씬하고 용모가 마치 20대와 같았다. 이게 사람의 애간장을 녹이고 있었다. 이 여자와는 사업상 만나게 되었고 골프장까지 같이 갔다 왔다. 게다가 무슨 시인이라지? 그것도 그의 구미를 당겼다. 처녀인 만큼 자존심을 지켜 줄 필요가 있었다. 슬슬 자신에게 호감을 갖도록 하면서 스스로 옷을 벗게 하고 싶었다. 그래서 그때가 오기를 기다려 살살 가늠하면서 점잖은 척, 안 그런 척하다가 여자가 마음을 놓았을 때 어느 순간에 일을 저질러 버리면 되는 거였다.

'지가 스스로 달아올라야 제 맛이지. 강제로 범하면 그게 무슨 맛이야. 싫증나서 찰 땐 차더라도 말이야.' 민 회장은 그렇게 생각하며 흐흐 웃었다.

희연은 멍하고 서 있었다. 민 회장의 마지막 말은 무엇을 의미하는가. 그는 내게 다름 아닌 작별을 하고 가 버린 것이 아닌가. 그가 특별히 바쁠 일이 무엇이었겠는가. 또 자기 친구를 나에게 소개시켜 주겠다고 하는 것은 무엇을 뜻하는가. 나를 물건처럼 인계라도 시켜 주겠다는 말이 아니겠는가.

나를 쓰다가 싫증나면 내버리는 소모품이라고 생각했나. 희연은 갑자기 목이 말랐다. 갈증이 마음 깊은 곳에서부터 시작되고 있는 것 같았다. 희연은 길을 걷다가 현기증을 느꼈다. 어딘가에 가서 쉬고 싶다. 도저히 한 걸음도 옮기지 못할 것 같았다.

눈앞에 카페 간판이 보였다. 저기라도 들어가리라. 갈증을 풀기 위해 맥주라도 마시고 싶다. 아니 취하고 싶다. 취하지 않고는 이 무게를 감당할 수가 없다.

희연은 산장의 통나무집을 흉내 낸 카페로 들어서고 있었다. 후미진 곳에 가서 털썩 주저앉았다. 웨이터가 희연에게 다가왔다.

"일행이 계십니까?"

"아뇨. 혼자예요. 여기 맥주 좀 가져다주세요."

곧 맥주가 날라져 왔다. 희연은 벌컥벌컥 소리가 나도록 두어 잔을 마셨다. 빈속이라 취기가 오르고 있었다. 다시 한 잔을 따랐다. 싸늘한 비웃음이 감돌던 민 회장의 사무실 분위기를 떠올렸다. 영업소 내근 여직원의 천박한 호기심과 의혹에 찬 눈초리도 생각났다.

희연은 얼굴을 감싸 쥐었다. 흑 하고 울음이 터져 나왔다. 여태껏 살아오면서 남의 비난을 받거나 손가락질을 받아 본 적은 없었다. 그런 만큼 그녀의 충격은 컸다.

소공녀라 생각했던 이 서희연이가 그런 수모를 당하다니…. 엄마! 엄마! 희연은 엄마를 부르며 소리 내 울고 싶었다.

자신은 민 회장을 돈 때문에 만나기도 했지만 꼭 그것만은 아니었다. 차츰 그가 좋아지고 있음을 부인할 수가 없었다. 아니 점차 그를 사랑했다. 어쩔 수 없이 그와 몸을 함께했다 하더라도 이제는 그를 사랑한다고 말할 수 있다. 사랑이라는 정체는 그렇게 유동적이었다. 그 사랑의 정체가 섹스였던가? 돈이었던가? 알 수 없지만 그에게 몸과 마음을 다 주고 있었던 건 분명했다. 그런데 민 회장은 자신을 배신하고 있지 아니한가. 결국 자신은 바람둥이 민 회장의 성적 노리개에 지나지 않았다. 원치 않았어도 결국은 그렇게 되고 말았다. 그는 부나비처럼 다른 여자를 향해 날아갈 것이다. 자신은 어쩌면 민 회장의 친구를 소개받고 다시 그의 노리개가 될지도 모른다. 또 다른 고객카드를 작성해야 하리라. 자신의 몸을 원하는 새로운 고객에게 먹이가 되고 나는 그들을 나의 먹이로 삼아야 할까.

희연은 슬펐다. 눈물은 그녀를 정화라도 시키려는 듯이 끊임 없이 흘러내렸다.

그냥 이대로 아무도 모르게 사라질까. 그냥 정처 없이 아무도 모르는 곳으로 사라진다면, 그렇게 한다면 이 수모가, 억울함이 사라질 수 있을까. 그런 사치스러운 용기가 과연 내게 있을까. 지은이의 눈망울이 떠올랐다. 나의 아이들을 두고 내가 어디로 사라진단 말인가. 나는 또 내일을 살아가야 하리라. 아무 일 없던 것처럼 행동해야겠지. 아이들은 생각하면 가슴이 더욱 무너져 내리는 것만 같았다. 희연은 고개를 숙이고 눈물을 닦았다. 웨이터가 다가왔다.

"저, 손님. 저기 앉아 계신 분이 합석하자는데요. 혼자 계신 게 외로워 보인다고요."

"합석요?"

희연은 희미하게 웃었다. 웨이터가 가리키는 쪽을 쳐다보았다. 웬 남자 하나가 희연을 향해 미소 지었다. 합석? 좋지. 저 얼간이 같은 남자를 나는 또 새로운 고객으로 만들까.

"어떻습니까? 합석하는 게."

"필요 없다고 하세요. 곧 일행이 올 거라고요."

희연은 냉랭하게 말을 뱉었다. 웨이터가 인사를 하고 사라졌다. 희연은 곧 일어섰다. 계산을 끝내고 밖으로 나왔다. 밤바람이 찼다. 내가 이렇게 비참한 기분에 빠져 있는데도 세상은 아무 일 없고 별은 언제나 빛나고 있다니. 희연은 자신이 시든 꽃잎 같다고 느껴졌다. 그녀는 비틀거리며 어두운 거리를 정처 없이 걸었다.

공원에서 만난 남자

희연은 아침 일찍 야쿠르트 카트를 끌고 학교 앞을 지나고 있었다. 사방이 안개였다. 뿌연 안개는 도시 전체를 둘러싸고 부유하고 있었다. 날씨는 제법 서늘했지만 아침부터 두 시간을 걸으며 야쿠르트를 배달해 온 희연의 몸은 땀으로 끈적거렸다. 보험회사를 그만둔 뒤 시작한 야쿠르트 배달이었다. 몸은 힘들고 보수는 적었지만 고정적인 수입이었고 무엇보다 편한 건 보험회사처럼 신계약에 시달리지 않아도 된다는 거였다. 다행히 아이들이 자라 이제 집에 두고 다녀도 될 만큼 커졌기에 마음대로 활동할 수 있었다.

그녀의 거래처는 유독 위치가 좋지 않은 구역에 배당이 되었다. 시작한 지 얼마 되지 않았기 때문에 5층 아파트나 연립이 밀집된 곳이 그의 구역이었다. 이런 구역들은 배달처가 드문드문 있었고 그나마 5층 아파

231

트나 연립은 엘리베이터가 없는 곳이어서 일일이 계단을 오르내리며 발품을 팔아야 했다. 그렇게 한나절을 돌다 보면 다리가 뻣뻣해지고 발바닥이 화끈거리고 얼얼해지도록 아파 왔다. 그렇게 힘은 들지만 매일 정기적으로 정해진 일만 해도 된다는 것이 마음 편했다. 물론 새로운 거래처를 만들어야 하지만 보험처럼 오늘은 누구 집을 방문해서 졸라야 하나 하는 마음고생을 하지 않아도 되었다. 오늘도 힘들게 배달 일을 마치고 옷을 갈아입고 집으로 돌아가는 길이었다.

희연은 돌아가는 길에 잠시 쉬어 가기 위해 공원으로 들어섰다. 언제부터인가 일이 끝나면 습관처럼 이곳에 들르곤 했다. 사람들로 부산한 공원 안의 정경을 둘러보았다. 스피커에서 흘러나오는 경쾌한 음악에 맞추어 분수는 시원한 물줄기를 힘껏 뿜어 올렸다. 그 옆으로는 마치 장단을 맞추듯 작은 물줄기들이 덩달아 올라왔다. 이 공원은 제법 규모가 커서 오가는 시민들의 쉼터 구실을 톡톡히 하는 곳이었다.

희연은 시계탑 밑 구석진 벤치에 앉아 입술을 잘근잘근 씹었다. 왜 이렇게 살기가 팍팍해지기만 하는 것일까. 정말 돈 걱정 없이 살았으면 좋겠다. 마음도 몸도 지쳐서 이제 쉬고 싶을 뿐이었다. 월세를 내야 하는 날은 꼬박꼬박 돌아왔고 곧이어 세금고지서가 날아왔고 큰맘 먹고 보낸 지은이의 피아노 학원비는 어찌 그리 빨리 돌아오는지 하루도 돈 걱정 없이 지나는 날이 없을 지경이었다.

그때 건너편에서 희연을 뚫어져라 바라보고 있는 남자가 있었다. 그는 희연을 뚫어져라 바라보았다.

그 여자였다. 어제도, 그제도 보았던 여자였다. 가끔 빠지는 날도 있었지만 오래전부터 훔쳐보던 여자였다. 그 여자는 말없이 벤치에 앉아 있다 가곤 했다. 그 자태가 몹시 마음을 끌었다. 화려한 용모는 아니었지만 반듯한 이목구비에 전체적으로 우수에 찬 듯한 분위기를 지니고 있었다. 그녀는 누군가 자신을 보고 있다는 것도 모른 채 무언가 골똘히 생각에 잠겨있는 눈치였다.

강인수는 그녀에게 오늘은 말을 걸어 봐야지 하고 생각한다. 저 여자를 여러 번 보았는데도 한번 말을 걸어 보리라 생각한 건 얼마 전부터였다. 그런데 어떻게 말을 걸 것인가가 문제였다. 뭐라고 하면 좋을까? '오늘은 날이 참 좋네요.' 할 수도 없고 '여기서 뭘 하고 있나요?' 할 수도 없었다. 그럴듯한 구실이 있어야 했다. 섣불리 말을 붙였다가 여자가 만일 '별꼴이야' 하고 일어나 버리면 그 난감함을 어찌할 것인가. 괜히 어설프게 굴었다간 주책없는 늙은이가 되기 십상이었다. 어떻게 그녀에게 자연스럽게 접촉할 것인가.

그는 희연에게 다가갔다. "저어… 아줌마, 누굴 기다리시오?" "네?" 희연은 놀란 듯 남자를 바라보았다. 그리고 왜 그러느냐는 듯 의아하게 쳐다보았다. "허허", 남자는 멋쩍게 웃고 나서는 "잠깐 앉아도 되겠습니까?" 하면서 벤치에 엉덩이를 들이밀었다. 희연은 잠시 고개를 까닥하고는 다시 무심히 앞을 바라보았다. 그녀의 눈치를 살피며 강인수는 주저주저하며 말을 걸었다. "저, 내 부탁을 들어줄 수 있겠소?" "무슨 부탁인데요?" 희연은 긴 속눈썹을 깜빡거리며 강인수를 바라보았다. 마주 바라보던 강인수는 가슴이 서늘해지는 듯한 느낌을 갖는 것과 동시에 그녀를 놓치고 싶지 않다는 욕망이 강하게 솟아올랐다.

"내가 이곳에서 누구를 기다리는 중이오. 그런데 갑자기 급한 일이 생겨 친구를 기다릴 수가 없게 되었소. 지금 사업상 급한 연락이 와서 가

233

야 하는데 친구가 무슨 일인지 전화가 안 되는구만. … 친구를 바람맞힐 수는 없잖소? 그래서 말인데 여기서 내 친구를 좀 기다려 주시오. 정각 이 지나서 10분쯤 더 기다려 보다가 오지 않으면 가도 좋소. 내 보답은 톡톡히 하리다.”

그는 여자가 거절하지 못하도록 빠르게 말을 이었다.

“제가 어떻게 모르는 사람을….”

희연이 머뭇거렸다. 그러자 남자가 말했다. “그러니까 저 시계탑 앞에 서 기다리시오.” 그는 바로 건너편에 있는 시계탑을 가리켰다. 그러고는 곧 일어섰다. 희연은 거절하지도 못한 채 어정쩡하게 그의 부탁을 수락 하고 말았다. 부탁하는 노신사의 표정이 진지했고 딱히 거절하기도 어 려웠다. 강인수는 그녀에게 재빨리 자신의 연락처를 건네준 다음 그 자 리를 떴다.

그는 공원 밖으로 돌아서 나오며 그녀의 뒷모습을 바라보았다. 일단 은 성공이다. 저 여자는 나와의 약속을 지키기 위해 그 자리를 지킬 것 이다. 그러고 난 뒤 저 여자가 연락하면 약속을 지켜 준 것에 대해 보답 을 한다고 만나자고 하면 될 것이다. 그러고 나면 자연스럽게 구체적으 로 연결시킬 수 있을 것이다.

한참이 지나도 남자의 친구라는 사람은 오지 않았다. 희연은 자리에 서 일어나 공중전화로 걸어갔다. 노신사가 적어 준 대로 번호를 눌렀다. 뚜르르 신호음이 갔다.

“저, 여보세요. 아까 공원에서 만났던 사람인데요.”

“아, 참 어떻게 되었소??”

강인수는 짐짓 시치미를 떼고 다급하게 물어보았다.

"저어 아저씨 친구 분은 오시지 않았어요. 1시간 가까이나 기다렸지만 오지 않아서 이렇게 전화드립니다."

"아, 이거 미안해서 어쩌나. 정말 미안하오."

그는 자신의 목적을 위해 그녀에게 한 거짓말이 정말로 미안해 얼굴이 붉어졌다.

"아니 괜찮아요. 그럼 안녕히 계세요."

"아니오, 잠깐 기다리면 내가 그리로…."

찰칵. 전화가 끊겼다. 아니 이런…. 강인수는 갑자기 전화가 끊어지자 낭패스러운 표정을 지었다. 얼른 휴대폰 화면에 찍힌 전화번호로 통화버튼을 눌렀다. '지금 거신 전화는 착신이 금지된 전화이오니…' 하는 자동음성이 흘러나왔다. 이런, 하필 공중전화라니. 어떻게든 건수를 만들려다 망해 버렸다. 이럴 수가 있나. 내 말을 끝까지 들어 보지도 않고 끊어 버리다니.

강인수 노인은 허망한 마음으로 쓸쓸히 발길을 돌려야 했다.

젊은 것들은 나이를 먹으면 이성에 대한 생각도 사그라진다고 생각한다. 하지만 절대 아니다. 차마 체면이 있어 관심이 없는 척할 뿐, 마음속의 욕망은 사라지지 않는다. 이성에 대한 호기심뿐만이 아니라 자신의 경우는 성적 욕망도 전혀 사그라지지 않고 있다. 섹스를 젊은이만의 전유물이라고 여기는 사람들은 노인을 무성적(無性的) 존재로 간주하지만 나이를 먹어 가면서 그것이 오해라는 사실을 알게 된다. 노인의 성은 남들 눈에 비록 퇴색되어 보이긴 하지만 탈색되지 않는다는 사실을 그들은 모르고 있다. 돈이 있으니 여자는 얼마든지 살 수도 있었다. 그러나

235

돈을 주고 여자를 사고 싶지는 않았다. 술집여자는 아예 거들떠보기도 싫었다. 막말로 어떤 놈들은 종묘공원의 박카스 아줌마나 돗자리 아줌마와 놀았노라고, 그리고 제법 젊더라고 떠벌이지만 그런 건 생각하기도 싫다. 서로 간의 따뜻한 배려와 사랑이 없는 섹스란 배설에 지나지 않는다. 굶주린 개가 되어 아무에게나 껄떡대느니 차라리 시든 나무가 되고 말겠다.

강인수의 나이 65세, 노인이라고 하기엔 아직 젊은 나이였다. 5년 전 아내가 자궁암으로 세상을 떠나고 혼자되었다. 그는 아내만 일찍 잃지 않았더라면 다복한 노년이었다. 재산도 꽤 많이 불려 놓았고 두 자식들은 미국에 있었다. 남매가 출가해 아비에게 걱정 끼치는 일이라곤 없었다. 좋은 배우자만 있다면 더없는 노년이었다. 그러나 아내는 먼저 떠나고 그는 외로웠다. 휑덩그레 넓은 집 안, 적막한 곳에 늘 혼자 있어야 한다는 사실은 그를 못 견디게 했다.

날마다 밤이면 혼자 술을 홀짝홀짝 마셨다. 그러노라면 자신의 처지가 더욱 울적했다. 더러 재혼하라는 권유도 받고 중매도 들어왔지만 마음에 차지 않았다. 낡은 스웨터같이 빛바래고 늙수그레한 여자를 데려다 놓으니 아예 혼자 살겠다고 생각했다. 그런 여자를 얻어 무얼 하겠는가. 자신이 성적 능력이 없다면 몰라도 아직도 씽씽하기 이를 데 없었다. 그러니 성적 매력이라고는 찾아볼 수 없는 퇴물 같은 늙은 여자를 아내로 맞을 생각은 아예 없었다.

그런 강인수에게 짝사랑하는 여자가 생긴 것이다. 매일 공원에서 우연히 만나는 여자, 그 여자가 온통 마음을 흔들어 놓은 것이다. 그 후 어찌 된 일인지 그 여자를 만날 수 없었다. 자신의 의중을 들킨 것이었을까. 그런 것 같지도 않건만 그는 그 여자를 만날 수 없었다.

그러나 인연이란 그런 것이었는지 그는 우연히 야쿠르트 배달을 하고 있는 희연을 발견했다. 그는 반가운 나머지 소리를 지를 뻔했고 그녀에게 매일 5개의 야쿠르트를 배달하도록 부탁했다. 그는 그녀에게 얼마든지 과잉 친절을 베풀 이유가 충분했다. 자신의 부탁을 들어준 전례가 있지 아니한가. 그녀가 자신의 집을 날마다 드나들기 시작한 다음부터 강인수는 나날이 생기가 돌았다. 그녀가 오는 시간을 기다렸고 운동도 열심히 했다. 그는 기회를 보아 그녀에게 자잘한 집안일들을 시켰고 후한 임금을 지불하는 것으로 그녀에게 호감을 샀다. 희연은 그런 강인수가 무척 고마운 사람이었다. 점잖은 강인수에게서 돌아가신 아버지를 연상하기도 했다. 자연스럽게 자신의 가정사를 이야기하기도 하고 그의 말벗이 되었다.

희연은 오늘도 강인수의 집에 들렀다. 배달 일을 끝낸 후 김치를 담가 달라는 부탁을 받았던 것이다. 혼자 사는 그는 냉장고에 늘 먹을 게 그득했다. 각종 과일과 간식들은 자신이 사다 놓기도 하고 누가 사 온 거라고도 했다. 지난번엔 희연에게 생과자를 박스째 주기도 했다. 누가 선물한 거라며 주었던 것이다. 하지만 그건 사실이 아니었다. 일부러 주면 희연이 미안해할까 봐 자신이 사다 놓고는 선물받은 것이니 가져가라고 했던 것이다.

배추를 절여 놓고 집 안 청소를 시작했다. 값나가는 세간들의 먼지를 조심조심 털어 내고 청소기를 돌리고 집 안 전체를 옥같이 닦아 놓았다. 마지막으로 걸레마저 말갛게 빨아 탈탈 털어 건조기에 넣어 놓았을 때 강인수가 들어왔다. 친구와 낮술을 한잔했던 강인수의 얼굴은 약간 벌겋게 상기되어 있었다. 희연은 배추가 채 절여지지 않아 집으로 가지 못하고 있었다. 밖은 어느덧 어둑어둑해지고 있었다. 희연이 일을 하느라 사방이 어스레해지는 것도 미처 깨닫지 못하고 있었다. 일을 마저 끝내고 강인수에게 인사를 했을 때였다. 강인수가 갑자기 커튼을 쳤다. 커튼이 드리워진 채로 거실은 어두움에 휩싸였고 둘이 어색하게 서 있었다. 희연은 당황했고 서둘러 돌아섰다. 그때 강인수가 돌아선 희연을 꽉 끌어안았다.

"제발 가지 마오. 나랑 같이 있어 주시오."

강인수는 이렇게 애원했다. 희연은 뒤로 물러나며 전기스위치를 확 올렸다. 갑자기 실내가 환해졌다. 둘은 서로 머쓱해졌다.

"이러지 마세요. 점잖으신 분이 이러시면 안 됩니다. 전 가겠어요."

희연은 강인수를 뿌리쳤으나 그는 희연의 손을 꽉 잡은 채 놓아 주지 않았다. 그리고 그녀를 거실로 데려가 앉혔다. 그의 눈이 갈망으로 타올랐다.

"저, 말이오. 내 말을 들어 보오. 내가 돈을 주겠소. 원하는 대로 주겠소. 그러니 나와 같이 살면 안 되겠소? 나는 당신이 없으면 정말 미치겠소."

이미 엎질러진 물이었다. 취중 진담이라고 그는 술에 취한 힘을 빌려서 속마음을 다 털어놓고 있었다. 희연은 당황했다.

"저는 아저씨를 그렇게 생각해 본 적이 없습니다. 저는 남편과 아이가 있는 몸이에요. 그런 일은 절대로 있을 수 없습니다."

희연은 단호하게 말했다. 그리고 일어섰다.

"제발 가지 마오. 이 외로운 사내를 두고 가지 마오."

벌겋게 충혈된 눈에 얼핏 눈물이 고였다. 희연은 머뭇거렸다. 밖은 초겨울의 바람이 불고 있었다. 틈새로 들어온 바람이 커튼 한 자락을 흔들어댔다. 갑자기 희연은 몸서리를 쳤다. 강인수는 다시 희연을 끌어안았다. 희연은 더 이상 거절하지 못했다. 그는 그녀를 안방으로 데려갔다.

　그 후 강인수는 희연에게 단도직입적으로 나왔다. 당신이 정말로 좋아 죽겠노라고, 당신 없인 못 살겠으니 같이 살자고 했다. 그녀는 고개만 저을 뿐 아무 말 하지 못했다. 어느 날 그의 집으로 가니 놀라운 이야기를 꺼내었다. 희연의 계좌로 오천만 원을 입금했다는 것이다. 그리고 자기와 살아 준다면 오천만 원을 더 주겠다는 제안이었다. 10년을 같이 살아 주면 된다는 조건이었다. 강인수의 입장에서는 나쁘지 않았다. 그의 생각으로는 살림을 돌보아 주는 식모를 구하느니 희연을 데려다 살고 싶었다. 가정부를 얻더라도 월 백만 원 이상의 비용은 나갈 테고 그러느니 자신의 마음에 꼭 드는 어여쁜 희연을 맞아들이는 것이 좋다고 생각했다. 희연을 유혹하는 방법은 월급보다는 목돈이어야 할 것 같았다. 다달이 주는 월급보다 목돈을 주어야 한다는 것도 그에게 있어서 크게 부담이 되는 금액은 아니었던 것이다.

　희연은 너무나 놀랐다. 이 제안 앞에 희연은 어쩔 줄 몰랐다. 단호하고 정중하게 거절했지만 마음 한편으로 자리 잡은 유혹은 몇 날 며칠을 고민하게 했다. 1억이라는 돈만 가지면 작은 연립이라도 장만하고 남편이 무슨 일이든 시작할 수 있을 것이었다. 만일 자신이 강인수의 집으로 간다면 이혼하는 것도 아니고 집에 가끔 다녀가면 될 터였다. 아니 그보다는 당장의 생활이 너무나 어려웠다. 정민이 다른 일을 시작해 보겠다고 얻어 쓴 돈은 제때 갚지 못해 연체이자가 붙기 시작하고 있었다. 가장의 일정한 수입이 없는 가계는 늘 구멍이 뚫려 있었다. 마음은 외줄을 타는 것처럼 늘 조마조마했다. 이 어려운 생활에서 헤어날 수 있는 방법은 그저 돈이었다. 희연은 고민 끝에 정민과 의논을 했다. 정민은 처음엔 불같이 화를 냈다. 그러나 돈은 너무나 큰 유혹이었다. 처음엔 당치도 않다고 생각한 일이 돈이라는 꼬리표를 달고 그를 자꾸 유혹했다.

'따지고 보면 아무것도 아니야. 나는 그동안 숱한 여자와 동거를 했고 아내 희연은 이번 한 번뿐이 아닌가. 그것도 가족을 위해 희생하는 것 아닌가. 다행히 그 늙은이가 나쁜 인간은 아닌 것 같고 10년이란 세월은 어찌 보면 훌쩍 흘러가 버릴 세월이다. 아니다. 그 안에 자신이 그 돈을 갚고 아내를 데려와야 한다. 그 돈을 종자돈으로 해서 돈을 벌어야 한다.'

이번엔 그 돈으로 실수하지 말고 잘해야겠다고 마음먹었다. 정말 잘될 수 있다고 생각했다. 그는 아내의 눈치를 보았다. 희연은 그 일을 잊고 여전히 아침 일찍 야쿠르트 배달 일을 나갔다.

아내의 부정이나 자신의 자존심은 뜻밖에 돈의 위력 앞에서 아무것도 아니었다. 정민은 저녁에 희연에게 넌지시 그 말을 건네 보았다. 희연은 한동안 아무 말 하지 않았다. 한참을 고민하던 희연은 그의 요구대로 하겠다고 했다. 매일 쪼들리며 사는 것도 지겨웠고 남편에게 돈이 생기면 어떻게든 될지도 몰랐다. 다만 아이들이 문제였다. 둘이 의논을 한 끝에 아이들에게는 엄마가 미국에 사는 친구한테로 돈 벌러 갔다고 속이기로 했다. 아이들은 정민이 돌보고 아내는 강인수에게 가기로 합의를 보았다. 계약결혼 형식으로 강인수의 아내가 되어 그의 집으로 아주 들어가기로 한 것이다. 남은 아이들은 정민이 맡아 키우게 되었다.

지은이는 엄마와 떨어진다는 말에 희연의 곁을 떠나지 않았다.

"엄마, 우리 그냥… 돈 없어도 되는데…. 나 피아노 학원 다시는 다니겠다고 안 그럴래. 그리고 치킨 사 달라고 안 그럴게. 엄마 미국 가지 말아요."

이렇게 눈물을 글썽이며 희연의 목에 매달렸다. 엄마가 없는 건 상상하기도 싫다. 마치 앞이 안 보이는 것 같은 캄캄함만이 존재했다. 학교 끝나고 집에 오면 엄마가 없어도 싫은데 엄마와 오랫동안 떨어져 있어야 한다니 어떻게 하란 말인가. 얼굴은 눈물범벅이었다. 희연은 지은이를 꼭 안아 주며 속삭였다.

"지은아, 엄만 꼭 올 거야. 지은이가 아빠 말 잘 듣고 동생 잘 돌보면 엄마는 돈 많이 벌어 갖고 올 거야. 그동안 지은이는 피아노 학원도 가고 일요일엔 아빠랑 용인 에버랜드에도 가고, 그러고 나서 엄마가 미국에서 돌아오면 다 같이 비행기 타고 제주도에 가자 응??"

이렇게 달랬다. 희연은 가슴이 미어지는 것 같은 고통을 느꼈다. 나의 아이들, 그들과 떨어진다는 건 상상도 하지 않았다. 그런데, 그런데 그게 현실로 존재했다. 이런 일이 있을 수 있다니. 이것을 자신이 선택하다니. 지은아, 지수야, 어미 없는 어린것들을 누가 살뜰하게 돌볼까. 눈물샘이 터져 버린 것처럼 눈물은 쉬지 않고 흘렀다. 아이들이 잠든 밤, 그녀는 밤새 울다 새벽녘에 잠이 들었다. 이튿날 희연은 아이들과 작별을 고하고 학교에 간 뒤 슬그머니 집을 떠났다.

강인수는 희연이 집으로 들어오자 이사를 서둘렀다. 그는 평소 전원생활을 꿈꾸고 있었다. 물 맑고 산 좋은 곳, 그는 양평에 보아 두었던 땅을 매입하고 지붕이 뾰족한 목조주택을 지었다. 잔디를 가꾸고 과실나무를 심고, 온갖 정성을 들인 곳으로 희연과 함께 이사했다. 유행가 가사대로 저 푸른 초원 위에 그림 같은 집을 짓고 사랑하는 임과 함께 살게 된 것이다.

다단계 회사

희연이 강인수의 집으로 들어가고 대가로 받은 1억 원 중에서 4천만 원은 전세를 얻었다. 그리고 나머지 돈으로 다시 조그만 사무실을 얻었다. 이번엔 어린이 영어 학원을 차린 것이다. 때는 바야흐로 영어과외 열풍이 불고 있었다. 제법 시대의 흐름을 탔다고 할 수 있었지만 어느 분야나 마찬가지로 '부익부 빈익빈'이었다.

세상은 돈이 돈을 부르는 법, 자본으로 움직이는 세상이었다. 특별한 아이디어가 있다면 모를까? 소규모 투자로 되는 일은 애초에 없는 거나 마찬가지였다. 시설도 초라하고 규모도 크지 않은 꼬마들을 상대로 하는 학원은 시난고난하다가 문을 닫았다.

그는 다시 고민했다. 이 세상은 그렇게도 많은 직종이 있고 저마다 할 일이 있건만 항상 자신과는 동떨어지는지 모르겠는 거였다. 내가 무엇을 잘못한 것 같지도 않은데 세상은 자신의 편이 아닌 것만 같았다. 그는 그렇게 실의에 빠져 있었다.

그러던 중에 고교 동창 용호의 전화를 받았다. 경비 일을 할 때 만났을 때도 백수나 다름없었던 친구여서 썩 달갑지가 않았지만 이번엔 좋은 일이 있으니 무조건 나오라는 것이었다. 그 친구는 자신의 회사로 정민을 데려갔다.

엘리베이터의 움직임이 아슬아슬하게 외부로 보이는 5층 건물에 사람들이 왁자지껄했다. 건물 내부와 주변에는 많은 사람들이 흘러 다녔다. 거의 여자들이 많았다. 하늘에서는 '네트워크 산업의 일인자「드림이벤트」 사업설명회'라는 애드벌룬이 펄럭거리고 건물 입구에는 오색풍선과 사람형상을 한 대형풍선이 펄러덕펄러덕 바람을 따라 함부로 흔들렸다. 정민과 용호는 사람들이 북적이는 건물 안으로 발을 들여 놓았다.

"에, 여기 모여 주신 여러 선생님들께 우선 감사의 말씀을 드립니다. 그럼 지금부터 나날이 뻗어 가는 기업,「드림이벤트」에 대해 안내해 드리겠습니다."

이렇게 서두를 시작한 번들거리는 대머리에 말쑥한 신사복의 사회자는 신이 나서 못 견디겠다는 듯 들뜬 목소리로 좌중을 압도해 나갔다.

"우선 이곳이 뭐 하는 곳이냐? 아마도 궁금하실 겁니다. 우리 회사는 네트워크 마케팅을 하는 회사입니다. 제가 지금부터 하는 설명을 잘 들어주세요. 여러분, 마케팅, 유통에 대해서 어느 정도 아시나요? 광고의 종류에는 첫 번째, 신문이나 잡지에 내는 전면광고, 그리고 두 번째, TV나 인터넷 같은 멀티미디어가 있습니다, 그리고 세 번째가 텔레마케팅이 되겠죠. 그리고 네 번째가 구전 광고죠. 그중에서도 유일하게 돈이 안 들고, 효과가 가장 높은 것이 입소문으로 전해지는 구전 광고입니다. 특히 친분이 있는 사람에게 전해 주는 것으로서, 가장 설득력 있는 방식이죠. 우리 회사는 그 구전 광고 방식을 채택하고 있습니다."

"자 여러분! 유통에는, 생산자, 도매, 소매, 소비자가 있습니다. 유통비용은 아시죠? 만약 제가 이것을 100원에 만들었다고 치면, 옆 사람에게 팔 때 이윤을 남겨야겠죠? 그럼 150원에 팔았다고 치겠습니다. 그런 식으로 계속 옆의 옆의 사람에게 이윤을 남기면서 팔면, 마지막에 제품을 받는 소비자, 즉 여러분들은 말도 안 되는 터무니없는 가격에 사야 하겠죠! 참 억울하죠. 저희는 한마디로 그 중간 단계를 다 제외하고, 직접 소비자에게 제품을 파는 형식을 취하고 있는 거죠. 그만큼 중간에서 빠지는 돈이 없으니까. 저희는 더 싼 가격에 제품을 소비자에게 팔면서 더 많은 이윤을 남길 수 있습니다."

시간이 지나면서 웅성거리던 장내는 조용했고 마이크를 든 강사는 청중 하나하나라도 놓치지 않겠다는 듯 시종일관 강한 눈빛으로 이들을 주시하며 이야기를 해 나갔다.

정민은 다리를 꼬고 의자를 뒤로 약간 젖힌 채 앉아 있었다. 이건 암만 생각해도 세일이라서 자신은 할 것 같지가 않았다. 생각 끝에 정민이 밖으로 나가려고 일어섰다. 그러자 친구 용호가 쫓아와 주저앉힌다. "야야, 좀 기다려 봐. 이거 오리엔테이션 끝나고 결정하면 될 거 아냐" 하고 귓속말로 속삭였다. 정민은 하는 수 없이 그 자리에 도로 앉았다. 그러나 오리엔테이션이 끝나고 용호는 그를 그냥 보내 주지 않았다. 술 한잔 하자고 했다. 정민이 망설이고 있는데 그는 지난 이야기를 하며 끈질기게 따라붙었다. 그리고 찜질방으로 영화관으로 자신의 돈을 써 가며 정민과 붙어 다녔다. 그리고 자신의 체면이 있으니 다음 날 꼭 와 달라고 부탁했다. 거절할 도리가 없어 다음 날 회사로 갔다.

그날도 오리엔테이션이 이어졌다.

"또한 현대는 구매의 시대라 할 수 있습니다. 여기 고객이 있다고 합시다. 그는 현재 무엇이 필요합니까. 우선 의식주가 기본이니 먹어야겠죠? 쌀과 밑반찬이나 혹은 온갖 종류의 생필품들, 한 가지라도 사지 않고서는 일상을 해결할 수 없습니다. 이런 생필품을 소비하는 것 자체가 사업입니다. 물건을 사면 그 마진! 그 마진을 자신의 수입으로 돌려받는 겁니다.

그뿐입니까? 예를 들어 지금 우리 회사 제품에는 화장품보다 더 좋은 미용기구가 있습니다. 얼굴을 리프팅해 주는 미용기구인데 이것만 쓰면 정말 거짓말 하나도 안 보태고 십 년이 젊어집니다. 여기 증거가 있습니다. 우리 저… ○○팀의 장영지 골드님 정말 이거 쓰고 십 년 젊어졌습니다.

이런 거! 정말 이렇게 좋은 거! 여러분이 안 사시겠습니까? 예? 당장 사시겠다고요? 네 그렇습니다. 우리 드림이벤트는 이렇게 여러분이 꼭 필요로 하는 상품이 아니면 아예 취급을 하지 않습니다. 게다가 수당으로 반은 돌려받죠. 그러니 잘될 수밖에 없는 거죠."

강사의 열띤 강연에 좌중은 숨소리 하나 들리지 않고 경청하고 있다. 다른 건 몰라도 저 미용기구만큼은 반드시 사야겠다고 생각하는 여자들의 표정이 사뭇 진지했다. 앉아 있는 다수의 사람들의 눈동자는 호기심으로 가득했고 정민의 마음도 점차 움직이고 있었다. 강사는 뒤이어 파격적인 발언을 했다

"자자 여러분, 네트워크 판매가 무엇이냐. 일명 다단계라고 불리는 회사입니다. 이곳이 바로 그 말 많고 탈 많은 다단계 판매회사입니다."

강사의 다소 격한 발언에 장내가 갑자기 술렁인다. 사람들은 당황하는 표정이 역력하다. 그중에서 나가려는 사람들이 몇몇 눈에 띄었다. 그러자 강사가 손을 들어 여유롭게 그들을 저지했다. 새로 온 사람들은 다 의자에 앉아 있었고 뒤에는 사람들을 데리고 온 이들이 서 있었다.

"아아, 여러분, 잠시 제 말을 들어 보십시오. 지금 저 뒤에 계신 분들, 여러분을 데려온 사람들 말입니다. 그분들은 다 여러분들의 친구죠? 한 가지만 물어볼게요. 여러분 뒤에 있는 친구들이 여러분에게 피해가 될 일을 할 사람들인가요??"

강사는 여유롭게 이들을 제압한다. 이 말을 들은 대부분의 사람들은 속으로 생각한다. 나를 데려온 사람들은 적어도 나를 속이지는 않을 것이다. 이때 데려온 사람들은 다정한 눈빛으로 앞에 앉아 있는 사람들을 여유롭게 쳐다본다. 이런 일들은 다 사전에 교육된 것들이다. 사회자는 흡족한 듯 마케팅 및 유통에 대해 다시 이야기를 시작했다.

그때 갑자기 뒤에서 약간의 탄성을 지르는 소리가 들렸다. 뒤돌아보니 인물이 훤하고 키도 훤칠한 유명 메이커 정장을 말쑥하게 빼입은, 꽤 잘생긴 사람이 들어온다. 그러더니 뒤에 서 있던 사람 하나가 누군가를 쿡 찌르자 일부 사람들이 웃으면서

"배영훈 다이아님 보고 싶었어요."

하면서 환호를 한다. 뒤이어 강사가 청중을 부추기듯 한마디 한다.

"하하, 역시 배 다이아님은 여성 회원들에게 인기 만점이군요"

"다이아가 뭐냐?" 정민은 옆에 있던 용호에게 살짝 물어본다.

247

"다이아몬드라는 뜻이지. 그게 제일 윗 질의 계급이라는 뜻이야. 그다음이 골드, 실버, 이렇게 나가지."

용호가 작은 소리로 답한다. 사회자가 배영훈 다이아를 소개하면서 말을 잇는다.

"배 다이아님이 직접적으로 회사의 운영방식에 대해 설명을 하겠다고 합니다."

이어서 배 다이아라는 사람은 좌중을 흐뭇한 얼굴로 둘러보면서 니들 돈 많이 버는 건 내가 알아서 다 해 줄게 하는 듯한 자신만만한 표정이다.

"혹시 이 중에 망설이시는 분이 있을 겁니다. 그건 왜냐? 여러분이 가장 두려워하는 것이 불법 피라미드라는 것이겠죠. 피라미드가 왜 피라미드죠? 회사의 구조가 피라미드의 형식을 띠고 있는 것입니다. 한 명의 회원은 최소 3명을 밑에 놔야 하는 강제적인 구조입니다. 그러나 단연코 저희 회사는 그런 불법적인 방식이 아닌, A-B-C 방식을 택하고 있습니다. 한마디로 절대 여러분들은 몇 명을 억지로 불러들여야 한다는 개념이 아닙니다. 즉 여러분이 한 명의 '동업자'만 있으면 사업이 가능하게 되는 것입니다. 그리고 마지막으로 여러분은 3~6달이면 월 1,000만 원을 쉽게 벌 수 있습니다."

배 다이아의 말은 계속 유창하게 이어졌다.

"저희 팀만 해도 '신기하' 골드님은 입사한 지 얼마 안 되어 그 탁월한 능력으로 매월 천만 원 정도를 받고 있습니다. 혹시 거짓말이라고 생각하시는 분도 계실 줄 압니다만 이건 사실입니다. 여러분도 분명히 그렇게 되실 수 있습니다."

온갖 감언이설로 청중을 매료시킨 일명 네트워크 판매업은 번창일로에 있었다. 이렇게 정민은 다단계 판매업의 네트워크 사업자가 되었다. 용호는 업라인, 즉 정민보다 위에 있는 사람이었고 정민은 다운라인이 되었다. 교육은 사흘에 걸쳐 이루어졌다. 매일 다른 강사, 이를테면 ○○ ○골드라든지 다이아라든지 하는 업라인의 회원들로 이루어지는 교육은 거의 세뇌에 가까웠다. 그런 교육에 힘입어 정민은 차츰 이것을 사업으로 확신하게 되었다.

"여러분들이 데려온 친구가 여러분들의 추천으로 예를 들어 300만 원, 이것은 그냥 예입니다, 300만 원의 물건을 구입했다고 가정을 합니다. 여러분들은 이것으로 30%를 가지게 됩니다! 보통 소매업자들은 물건을 판매해 봤자 3~4%의 마진율을 가지고 있는데, 저희는 그것의 자그마치 10배가 되는 이득을 가지게 되죠. 그럼 여러분들이 데려온 친구들도 여러분들이 했던 것처럼 친구를 소개하겠죠? 그 친구도 이 일에 비전을 느껴서 아까처럼 동일한 예로 300만 원을 투자했다고 생각을 합시다. 그때 여러분들은 그것의 18%의 이득을 가지게 됩니다. 즉 이미 그것만으로 이미 최초 30%인 백만 원, 그리고 18%인 55만 원 정도를 지니게 되므로, 이런 일이 3번만 있으면 이미 투자금액을 넘어서 이제부터는 이득인 것입니다."

더없이 좋은 물건은 정말 쉽게 팔 것 같은 생각이 들도록 말했고 세 사람만 소개시키면 돈은 눈덩이처럼 거저 들어올 것처럼 말했다. 그리고 그 상황을 도표로 그려 설명했다.

"여러분들은 이런 좋은 일을 한 명에게만 소개시켜 줄 것입니까? 자신이 아끼는 친구를 한 명만 더 소개시키면, 그 친구도 여러분과 같이 엄청난 이익을 보게 됩니다. 이런 좋은 일을 누구에게든 소개시켜 주지 않겠습니까? 그럼 예를 들어 여러분이 친구 3명을 소개시켰다고 가정을 합니다. 그 친구들이 다 여러분처럼 300만 원을 투자했다고 생각을 하면, 30%씩, 이미 먼저 시작한 여러분들은 투자금액을 다 회수 하셨고, 그 친구들이 각각 3명씩 데리고 온다고 생각을 하면, 9명×300만 원=2700만 원이고 그에 대한 수당 20%니까 이미 540만 원이 손에 들어옵니다. 그다음 라인부터는 8%씩, 그다음부터는 꾸준히 5%씩 들어오게 되는 겁니다."

이때 이들은 은근슬쩍 300만 원의 투자와 3명을 소개해야 한다는 것을 주입시키고 있었다.

"그 27명이 다시 300만 원을 투자하면 27×300=8,100만 원이고 그에 대한 수당 10%면 810만 원이 됩니다. 그다음 5% 라인은 27명이 다시 3명씩을 소개하면 81명, 그 81명이 다시 투자한 금액이 2억 4,300만 원, 그에 대한 수당 5%가 1,215만 원이 되는 것입니다. 이때부터는 손 놓고, 여러분들이 하고 싶은 일들을 하면 되는 것이죠! 어떻습니까, 하고 싶지 않나요??"

이미 사람들은 이 수지 맞는 사업에 눈을 빛냈고 열광적으로 "예!"라고 소리치는 사람들까지 있었다. 이미 A-B-C 구조는커녕 피라미드 구조로서 3명을 소개시켜 줘야 한다는 게 사실화돼 있지만, 이런저런 구체적인 것을 따지기에 앞서 이들의 귀에는 1,000만 원이라는 숫자만 계속 맴돌았다.

이런 것들은 전부 허울 좋은 이론일 뿐이었다. 좋은 물건을 판매한다는 것에 푹 빠지고 더구나 돈이 펑펑 쏟아지는 시스템이라는 이론에 판단의 눈이 흐려지고 만다. 최고의 상품이라며 내어놓는 물건들은 모두 화장품, 보약류, 건강식품들이었다. 그것들의 성분이 무엇이고 어떤 회사이고 어떤 사람들이 사용하는지를 세세히 설명하는데 이처럼 좋은 상품은 다시없을 것 같은 느낌이 들도록 세뇌당했다. 상품 하나만 가지더라도 얼마든지 팔 수 있을 것 같은 생각이 들기도 했다. 강사의 기막힌 달변으로 평소라면 눈에 들어오지 않을 상품이 정말로 좋아 보였다. 사람들은 이때쯤이면 다른 세상이 보이는 것 같았다. 사람들은 힘들이지 않고 많은 돈을 벌 수 있다는 것에 그만 빠져들고 만다. 헛된 욕심이 판단의 눈을 가려 버리는 것이다. 똑똑하다고 자처하는 인간들은 욕망이라는 선글라스를 끼고 세상이 파랗게 보이는 것이다.

더구나 용호의 업라인이라는 장영지 골드의 말에 그만 더욱 빠져들게 되고 만다. 장영지는 얼굴은 보통이었지만 흰 피부에 도톰한 입술이 육감적이었다. 게다가 가슴을 크게 보이는 볼륨브래지어로 인해 가슴은 크고 허리는 잘록했으며 엉덩이가 컸다. 거기에 착 달라붙는 검은 원피스를 즐겨 입었다. 한마디로 섹시한 느낌을 풀풀 풍겼다.

"미국 유학까지 갔다 오셨다죠? 전 첫눈에 허 선생님이 보통 분이 아니라는 걸 알아봤어요. 저와 좋은 파트너가 되실 거예요."

이렇게 장영지는 정민이 확신을 갖도록 속삭였다.

"정민 씨, 아직도 못 믿겠죠? 솔직히 못 믿는 게 당연하죠. 한 달에 천만 원, 그러면 누구나 다 하겠죠? 그런데 정민 씨, 위험이 오히려 기회가 된다는 말씀 아시죠? 우리나라는 그 많은 불법 피라미드들 때문에 네트워크 마케팅에 대한 사람들의 불신이 엄청납니다. 그래서 사람들은 대부분 다단계다, 네트워크다 하면 우선 기겁을 하고 자리를 피하죠. 그러나 그것이 오히려 정민 씨에게 기회가 됩니다. 어떤 일이든 파이오니어가 최고의 자리에 오른다는 것을 알고 계시죠??"

"이런 거 몇 개 팔아서 그런 거금을… 만질 수가 있나요?"

못 믿겠다는 듯 정민이 말을 더듬거렸다.

"자, 정민 씨 다시 말할게요. 정민 씨는 지금까지 제대로 설명을 듣지 않았다는 거네요."

이렇게 슬쩍 핀잔을 주고는 교태스러운 웃음을 질질 흘리며 정민에게 자신의 몸을 슬쩍 밀착시켰다. 정민의 몸이 오한이 든 것처럼 짜릿하게 떨렸다.

"이건 물건을 파는 게 아니라 물건을 주위의 친구들에게 추천을 하는 겁니다. 세일즈맨이 아니란 거죠. 저희는 유통단계가 없으니까 그 유통 과정에서 발생되는 모든 마진을 가지게 되는 것이죠. 그래서 수익성이 훨씬 올라가게 된다는 겁니다."

정민은 반신반의했다. 장영지는 어느새 연인에게 하듯 정민에 대한 호칭이 '씨'로 바뀌었고 그에게 더욱 바짝 다가들었다.

"정말 그… 그렇게 될 수 있을까요?"

정민이 눈이 부신 듯 장영지를 바라보며 말을 더듬었다.

"물론이죠. 정민 씨가 바로 파이오니어죠. 불법적인 피라미드가 판치는 한국에서 건전한 합법적인 네트워크 마케팅을 이끌어 가실 선두주자들이 되는 것 아니에요? 경쟁자가 없으면 당연히 수익이 올라가는 것 아시죠? 정민 씨는 최고의 기회를 접한 거예요. 아마 곧 나를 고마워하게 될 거예요. 아직도 의심이 가시면, 저희 회사가 사업자등록이 돼 있는지 안 되어 있는지를 확인해 보면 알잖아요?"

이렇게 말했다. 정민은 어수룩한 사람이었다. 사업자등록증이란 건 아무나 낼 수 있는 거였는데 이때 정민은 특별한 허가를 말하는 줄 알았다. 장영지는 다시 속삭였다.

"나도 처음엔 친구와 싸웠잖아요. 왜 이런 곳에 데려왔냐구. 근데 요즘 매일매일 그 친구한테 고맙다고 그런다니까요. 나, 정말 이거 하고 나서 우리 엄마 이빨 안 좋으신 거 다 해 드렸지. 아파트 평수 늘렸지. 옷도 이젠 시시한 거 안 입고 명품으로만 입지. 세상이 확 달라졌다니까요. 그러니 정민 씨도 내 말 믿는 거죠?"

이렇게 기막힌 달변으로 어르고 구슬렸다. 정민은 다시 꿈을 꾸었다. 이렇게 능력 있고 멋진 여자와 다시 달콤한 사랑을 하게 되리라 생각했다. 능력 있는 여자, 정민에게는 무엇보다 이게 중요했다. 매번 실패만 거듭하는 그에게 필요한건 돈 있는 여자였고 능력 갖춘 여자였다. 이 걸 기회 삼아 다시 한 번 용트림을 하리라. 다시 일어나리라. 달콤한 꿈을 꾸었다. 그릇된 꿈을 꾸는 자들이 실패하는 이유는 바로 이것이다. 허황된 꿈으로 인해 판단력이 흐려져 실제를 보지 못한다는 것이다.

장영지는 정민의 생각을 꿰뚫어보았다. 흥, 혼자 산다더니 여자가 궁한가 보지? 너 같은 남자는 널리고 깔렸다. 남자가 오죽 할 짓이 없어 다단계에 뛰어드냐? 너처럼 가진 것 없는 남자는 흥미 없거든. 하지만 잠시는 놀아 줄게. 그나마 네가 가진 것 떨어질 때까지만.

일명 네트워크 사업자인 이들은 첫 번째 날 시스템을 설명할 때 피라미드가 아니라 A-B-C 구조라고 한 것을 슬쩍 뒤집었다. A-B-C 구조로 할 수도 있지만 시간이 엄청나게 걸리고 돈도 많이 들어오지 않는 구조이므로 너희들이 피라미드 구조로 선택해라 이렇게 설득했다.

정민은 처음에 300만 원을 투자했고 수당을 받았다. 그리고 머뭇거리는 사이 그의 업라인들은 실버나 골드로 승진하기 위해서는 우선 투자부터 하라고 졸랐다. 그렇게 하는 게 앞서 가는 거라고 모두들 부추겼다. 그래서 정민은 가진 돈을 몽땅 투자하고 실제로 몇 푼 안 되는 수당을 받았다. 결국 있는 돈을 거의 다 물건으로 사들이고 그 물건을 팔아야 하는 것이다. 집에 잔뜩 쌓인 상품은 마땅히 팔 곳이 없었다. 아는 사람을 찾아가서 자신이 아무리 열을 올려 설명을 해도 듣는 둥 마는 둥했다. 오히려 이쪽 눈치를 보며 심드렁해하기 일쑤였다. 그들에겐 단지 호주머니를 털어 마지못해 사 주어야 하는 불필요한 상품에 불과했다. 정민은 이제 새로운 투자자를 찾아 나서야만 했다.

정민은 빌딩을 나서며 어디로 갈지 잠시 망설였다. 이모 댁으로 갈까 아니면 처가 외삼촌네로 갈까를 망설이고 있었다. 자신이 알고 있는 만만한 상대를 이곳저곳 떠올려 보았지만 그 어느 곳도 마땅하지 않았다. 그의 손에는 팸플릿이 들어 있는 검은 가방이 들려 있었다. 모처럼 입고 나선 양복은 자신 있고 당당하게 보이려는 그의 의도와는 달리 어딘지 후줄근해 보였다. 아내가 강인수의 집으로 들어간 이후 그의 모습은 날로 초라해졌다. 여자의 손길이 안 간 옷들의 매무새가 그의 초라함을 나타냈다. 우선 소매 깃이 꾀죄죄한 낡은 와이셔츠가 그랬고 다른 색깔로 입은 양복의 위아래가 역시 안 어울렸다.

그는 들고 있던 검은 가방을 옆구리에 낀 다음 헛기침을 두어 번 했다. 자꾸만 졸아드는 마음을 다잡기 위해서였다. 물건을 팔아야 하는 직업은 언제나 막막하기만 했다. 오라는 데가 없어도 갈 곳은 많았고 막상 어디로 가 보려고 마음을 정하면 망설여지는 게 바로 이 직업이었다. 그는 처 외삼촌 댁과 자신의 이모님 댁 중 어느 곳으로 가야 할지를 망설였지만 막상 갈피를 잡기 어려웠다. 그동안 두 분의 신세를 얼마나 졌던가. 친구에게도 얼마나 기웃거렸던가. 안 찾아다닌 친구가 없을 만큼 어지간히도 찾아다녔다. 꽹과리도 낯짝이 있다고 한두 번도 아니고 자신이 무엇을 할 때마다 찾아다녔으니 그들이 지겨워하는 것도 당연한 거였다. 자신이 이런 처지가 된 게 참으로 한심스러웠다. 어쨌든 그동안 신용을 얻지 못해서 이제 누구한테서고 아쉬운 소리를 할 처지가 못 되었다.

정민은 불쑥 다방으로 들어섰다. 10여 년 전까지도 잘나가던 다방이었지만 지금은 거의 퇴락해 가는 곳이었다. 늙고 추레해 보이는 마담은 흘러간 노랫가락 속에서 졸고 있다가 정민을 보더니 눈을 반짝 뜨고 "어서 오세요" 하고 반겼다. 그는 커피를 시키고 나서 낡은 소파에 깊숙이 몸을 부리며 한숨을 깊이 내쉬었다. 이 다방도 자신만큼이나 낡아 가고 있었다. 그는 이제 50대 초반, 닦아 놓은 기반이 없으니 무엇을 해도 신통치 않은 나이였다. 그렇다고 이 나이에 기술을 배울 수도 없었고 막일은 더구나 할 수가 없었다. 주변부로 밀려나 비슬비슬 맴돌 수밖에 없는 인생이었다. 정민은 심란한 마음을 달래기 위해 이 신문 저 신문을 부지런히 뒤적거렸다.

정민은 결국 있는 돈을 다 날리고 다단계에서 손을 떼었다. 애초에 승부가 없는 게임이었다. 그에게는 아무것도 남아 있지 않았다. 정민은 자포자기했다. 그러나 무엇이든 해야 했다.

어리석은 여자

최화영은 멍하니 창밖을 바라보았다. 햇살이 눈부시게 따가웠다. 그 햇살에 대항이라도 하듯 노려보고 있다가 이내 가늘게 한숨을 내쉬었다. 남편인 동욱이 없어져 버리면 앓던 이 빠진 것처럼 시원할 줄 알았다. 돈도 못 벌어다 주는 남편이니 일고의 가치도 없는 인간일 터였다.

참 그동안에 속도 끔찍이 썩였다. 술만 처먹는다고 남편을 내쫓았고 남편이 없어지면 자신은 속 시원하게 편히 살 줄 알았다. 그러나 그렇지 않았다. 늘 불안한 마음이 가시지 않았다. 그 불안한 마음은 정체를 알 수 없는 거였다. 오랜 세월 같이 살았으니 미운 정 고운 정 다 들어서 그런가 하고 생각했지만 그런 것도 아니었다. 정이 남아 있을 턱이 없었다. 그러면 그 불안의 정체는 도대체 무엇인가? 곰곰이 생각해 보니 그것은 아이들과 연계된 것이었다.

아이들의 아버지… 그건 끊으려야 끊을 수 없는 질기디 질긴 생명 끈과도 같은 것이었다. 인륜은 천륜이라는 말이 딱 맞는 것 같았다. 제 애비 험담을 그렇게도 했건만 같이 살 때에는 맞장구치던 아이들이 막상 제 아빠가 쫓겨 나가고 나자 불쑥불쑥 아빠가 불쌍하다는 식의 말을 하고는 했다. 그런 말을 들을 때마다 아이들을 윽박질렀다. "니 아빠 때문에 여태 고생한 엄마가 불쌍한 거지. 니 아빠가 왜 불쌍하다는 거냐." 그렇게 눈을 부라렸다. 그러자 딸년이 한다는 소리가

"아빠가 엄마보다 못난 건 사실이지만 어쨌든 아빠로서는 그래도 최선을 다한 것 아니에요?" 하면서 대들었다. "뭐? 저것이 지 애비가 매일 술에 절어 지낸 걸 몰라서 그딴 소리를 해?" 하고 악을 썼다.

아이들이 평상시에는 노골적으로 나타내지만 않을 뿐 마음은 제 애비를 생각하고 있는 것 같았다. 그것이 영 못마땅하고 꺼림칙했다. 그렇다고 남편을 불러들이자니 그 꼴은 더 보기도 싫었다. 술 처먹고 둥기적거리며 뭉개는 꼴을 더는 보고 싶지 않았던 것이다.

남편은 쫓겨나고 나서 혼자 떠돌다가 시누이의 집에 머무르는 것 같더니 한참 만에 나왔다고 했다. 그러더니 방 얻어서 혼자 살고 있다고 했다. 게다가 직장을 다닌다고 하지 않던가. 화영은 눈이 번쩍 뜨였다. 이제는 마음을 잡았나 보다고 생각했다. 누구보다도 알뜰한 남편이었다. 그녀는 군소리도 안 하고 소처럼 벌어다 주던 남편이 생각났다. 적든 많든 한 달에 꼬박꼬박 받아 오는 월급만이라도 얼마인가. 보기 싫은 인간일지라도 돈이 있다면 문제가 달랐다. 그래서 아이들을 시켜 집으로 들어오도록 했다. 아이들은 동욱에게 가서 집으로 들어가자고 졸랐다. 아빠가 들어와야 한다고, 엄마도 그걸 원한다고 졸랐다. 그래서 동욱은 못

이기는 척 집으로 들어갔다.

그러고 나서 화영은 남편에게 잘해 주려고 얼마나 노력했던가. 그러나 잘되지 않았다. 인간의 관계란 아니 부부의 사이란 사기그릇과 같은 거였다. 한번 금이 간 사이는 절대로 붙여질 수 없는 것인지도 몰랐다. 최화영은 남편에게 처음에만 부드럽게 대했을 뿐 여전히 냉랭했다. 한 집에서 살았을 뿐 남편을 향해서는 입도 뻥긋하기 싫어했다. 오로지 월급날만 기다릴 뿐이었다. 안 볼 때는 남편에게 그러지 말아야지 하고 생각하다가도 동욱의 얼굴만 보면 마음이 싹 달라졌다. 자기 마음도 자기 뜻대로 안 되는 것이었다. 그렇게 간사스러운 게 인간의 마음이었다.

그러나 동욱은 예전과 달라져 있었다. 그전처럼 월급을 전부 가져다 주지 않았다. 슬그머니 아내 앞으로 밀어 놓는 봉투는 월급의 반이었다. 화영은 아니꼬웠다. '병신이 육갑한다더니 반절만 내놓아? 흥 돈도 벌어다 주지 않으면 니 꼴을 누가 다시 본대?' 이렇게 비웃었고 그래서 더 푸대접했다. 동욱은 다시 자포자기하는 상태로 술을 마시기 시작했다. 그리고 아내의 냉랭함에 질려 다시 집을 나갔다.

그런저런 이유로 혼자 사는 남자들이 많은 세상이었다. 이혼한 남자들의 대부분이 경제적 능력이 없었다. 사회의 변화에 따라 남자들의 일자리가 크게 줄었다. 현대에는 남자들의 힘을 별로 필요로 하지 않았다. 힘든 것은 기계가 하고 웬만큼 자잘한 일거리들은 여자들의 몫이었다. 중년의 나이에 직장을 그만두거나 사회의 변화에 따라 사라지는 업종들에서 도태된 남자들은 갈 곳이 없었다. 막노동이나마 아무나 할 수 있는 것이 아니었다. 노동이 힘에 부치거나 부끄러워서 나서지 못한 남자들은 다른 일을 찾아서 여기저기 기웃거렸지만 그들이 설 땅은 없었다. 떠돌이 남자들은 궁여지책으로 공인중개사 자격증을 따거나 소문대로 부동산이 떼돈을 벌어 주지 않을까 해서 중개업소에 죽치고 앉아 있기도 하지만 그것도 역시 만만한 것이 아니었다. 혼자 사는 남자들은 그들 끼리끼리 어울려 다녔다.

동욱은 그나마 다니던 직장도 그만두고 그들과 다시 어울렸다. 그들은 모이면 온갖 허접한 이야기를 지껄이며 술을 마셨다. 동욱도 그들과 어울려 폐인처럼 술만 마시더니 돌이킬 수없이 몸이 망가졌다. 병원으로 실려 갔을 땐 암이 전신에 다 퍼졌다고 했다. 그가 죽을병이 들자 같이 이웃해 살던 친구 한 사람이 집에 연락을 했다. 화영은 모른 척하려고 했지만 그럴 수가 없었다. 떨거지 같은 그의 친구들이 아픈 동욱을 부축해 그를 집 앞에 데려다 놓은 것이었다. 화영은 오만상을 찌푸리며 내치려 했지만 그나마 시누이에게 연락이 닿지도 않았고 아이들이 아빠를 끌어들였다.

죽음을 앞에 둔다는 것은 모든 것이 용서되는 것이기도 했다. 어서 죽어 주기만을 염원하던 남편이었지만 막상 죽음을 앞에 두니 측은한 마음이 들었다. 화영은 어차피 죽을 목숨인지라 정성껏 간호했고 병원에 입원까지 시켰지만 치료될 수 없었다. 화영은 눈물을 흘렸고 죽음의 문턱에서야 비로소 부부는 서로를 용서했다.

동욱이 암으로 죽은 후 화영은 시원섭섭했다. 그렇게나 술만 처먹고 속을 썩이더니 잘 죽었다고 생각했다. 거추장스러운 혹도 떼어졌겠다. 자유부인이었다. 자신은 미모의 고상한 과부가 될 줄 알았다. 하지만 그녀도 이미 50대 중반을 넘긴 나이였다. 화려한 싱글이 될 줄 알았더니 더없이 초라한 싱글이었다. 젊음도 사라지고 어찌 된 일인지 갱년기에 들어서면서 자꾸 살이 쪘다. 어느 날 늙고 뚱뚱한 여자가 거울 앞에 있음을 깨달았다.

늙고 돈 없는 과부, 그야말로 초라한 몰골이었다. 그제야 자신이 너무 했음을 후회했다. 자신이 남편을 조금이라도 이해하고 받아들였다면 성실하고 알뜰한 남편은 지금까지도 돈을 벌어다 줄 것이었다. 있는 복도 차 버린 어리석은 여자가 바로 자신이었음을 깨달았지만 이미 너무나 어긋난 인생이었다. 그리고 중요한 건 시집 식구들의 냉랭함이었다. 자신을 쳐다보는 눈초리가 차가웠다. 마치 '너 때문에 한 남자의 인생이 망가졌지?' 하는 투였다. 왜 나 때문이라는 말인가. 남편이 돈 많이 벌어다 주지 못해서 평생 가난하게 살았고 주변머리 없어서 그나마 사업이라고 벌인 것도 유지하지 못한 것이 자신만의 탓이란 말인가. 무능한 남편에 치여 언제까지 한숨 쉬며 살아야 한단 말인가. 그래도 잘살아 보려고 나름대로 발버둥 쳤다. 그런데 미움은 온통 나에게로 오다니….

한동안 영업실적으로 승승장구할 때엔 남다른 출세라도 할 줄 알았다. 하지만 현실은 자신의 뜻대로 되지 않았다. 영업회사의 관리자란 것들은 한마디로 냉정하기 짝이 없었다. 영업을 잘해 올 땐 세상에 하나밖에 없는 보배처럼 떠받들었지만 실적이 부진해지기 시작하면서부터는 그 태도가 백팔십도로 달라졌다. 달면 삼키고 쓰면 뱉는 게 그들이었다. 그것도 모르고 정말 자신을 위해 주는 게 회사인 줄 착각한 자신이 바보였다.

시집은 대체로 번족한 집안이었다. 돌아가신 시아버지의 형제가 다섯이나 되었고 사촌 육촌 할 것 없이 가까운 거리에 모두 그만그만하게 잘

들 살고 있었다. 그래서 화영이 세일즈를 할 때도 자신이 못산다는 이유로 친척들에게 도움을 받을 수 있었다.

그렇지만 영업한답시고 친척이고 친구들에게 인심은 다 잃어 놓고 말았다. 억지 계약은 하지 말아야지 하곤 했지만 그렇게 되지가 않았다. 그놈의 실적을 위해서는 그들이 원해서 사든 그렇지 않아서 사들이든 계약을 하게 만들어야만 했다. 사람들이란 게 묘했다. 지가 필요해서 사면서도 꼭 생각해서 사 준다는 식으로 생색을 내려 들었다. 돌이켜 보면 결국 돌아다니느라 돈 들어가고 마음만 하늘로 붕 띄워 놓은 채 남는 건 빈 껍데기였던 것이다.

남자들이란 것도 전부 자신을 이용하려고만 들었지 도움을 주는 인간이 별로 없었다. 돈 많은 남자 만나서 호강하는 여자의 이야기는 늘 흘러 다녔지만 자신이 그런 신데렐라 같은 주인공이 된 적은 단 한 번도 없었다. 돈 많은 남자인 줄 알고 몸 주고 마음 주었지만 결국 자신만 속고 있었던 것이다. 때로는 없는 돈까지 긁어 바쳤지만 돌아오는 건 배신뿐이었다. 아니다. 돈 많은 남자도 한 번 있긴 있었다. 하지만 그건 아버지뻘이나 될 법한 늙은이였다. 성적 능력도 없어 보이는 것이 치근대기에 돈이나 얻어 쓸까 하고 못 이기는 척 따라갔지만 혹시나가 역시나였다. 가기 싫은 걸 억지로 호텔방까지 따라갔는데 정작 침실에서는 문전에 들어오기도 전에 시동이 꺼졌다. 게다가, 세상에! 돈이 있으면 뭘 하나. 짜디짜기가 왕소금이요, 염전이 따로 없었다. 몇 푼 용돈 주기를 있는 대로 생색을 내면서 발발 떨었다. 그 늙은이와는 단 한 번으로 끝장이었다. 뿐인가. 어떤 놈은 호텔까지 따라갔더니 자신더러 방값을 내라는 것이었다. 어이가 없어 쳐다봤더니 뭐? 수표뿐이라서 그렇다나 뭐라

나. 수표 좋아하네. 나중에 보니 여자 돈으로 놀고먹는 날건달이었다.

　그간 사귀었던 남자들 중에 마음에 들고 똑똑한 남자도 별로 없었다. 신랑이었던 서동욱만 맹물조합장인 줄 알았더니 대부분의 남자들이 거의 비슷했다. 세상에는 무능한 사내들만 흘러넘쳤다. 돈 있고 똑똑하고 여자 위할 줄 아는 남자는 적어도 화영의 테두리 안에는 눈을 씻고 보아도 없었다. 아무튼 남자라는 족속들은 다 그렇고 그랬다.

　지난번엔 사촌 시동생의 결혼식에 참석했다. 그런데 친척들의 냉랭함이라니. 자신이 아는 척을 해도 모두들 무덤덤하게 바라보았다.

　그나마 나중에 암으로 다 죽게 된 걸 병원에 입원시켜 거둔 게 누군데 저것들이 나를 냉대해. 지들이 돈이라도 보태 준 적이 있어? 제대로 흡족하게 보태 주길 했어. 아무것도 아닌 것들이 나만 잘못했다고 해! 화영은 소리 지르며 퍼질러 대고 싶은 걸 가까스로 참았다. 자존심이 몹시 상했지만 꾹 참기로 했다. 만일 화를 참지 못하고 내질러 버리면 그들에게 아주 외면당할 수도 있었다. 그녀는 그게 몹시 마음에 걸렸다. 아이들이 결혼을 할 때가 돼도 그렇고 나중을 생각해도 참아야 했다.

불쌍한 아이들

정민은 생각했다. 우리 지은이가 배가 고플 것이다. 어린것이 얼마나 배가 고플까. 내가 자식을 굶기다니. 그런 일은 있을 수 없다. 정민은 수중에 돈이 한 푼도 남아 있지 않았다. 누구에게 또 아쉬운 소리를 해야 하나. 아는 사람 중에서 만만해 보이는 사람에게는 한 번씩 돈을 꿔 달라는 소리를 해서 더 이상 할 수가 없었다.

"저어, 김 선생님…."

정민은 이야기를 꺼내기 위해 머뭇거렸다. 얼굴은 화다닥 모닥불을 붓는 것 같고 가슴속에서는 진땀이 날 지경이었다. 이 착한 남자에게 지난번에도 오만 원을 꾸고 여태까지 시치미를 떼고 있었다. 눈치로 보아서 이 남자는 자신에게 돈을 달라고 싶어 했지만 자신이 짐짓 모른 척하고 있었다. 그래서 이번엔 방법을 달리하기로 했다.

(지갑을 안 가지고 왔다고 하고 이만 원만 꾸어 달래자. 그리고 지난 번에 꿔 간 것 까지 갚겠다고 하면 설마 거절하겠어? 당장 차비가 없다고 해야지.) 정민은 그렇게 요리조리 궁리를 해서 돈을 꿀 핑계를 마련 했다.

"지난번 꾼 돈을 갚아야 하는데 죄송합니다. 아, 글쎄 오늘 아침에 나 오면서 지갑을 잊어버리고 나왔지 뭡니까? 다음에 드릴 테니… 돈 좀 꾸 어 주십시오. 한 이만 원 없겠습니까? 내일모래쯤 돈이 생기니 지난번에 꾼 돈까지 꼬옥 갚도록 하겠습니다."

정민은 갚겠다는 말에 힘을 주었다. 정민의 거짓말은 너무나 진지하 고 익숙해서 한 치의 의심할 바가 없었다. 그는 이럴 때 상대방이 어떻 게 나올지 잘 알고 있었다. 그는 심리파악의 선수였다. 김 선생은 우물 쭈물했다. 마음이 여린 그는 지난번 갚지 않은 돈을 생각하며 정민에게 꾸어 주어야 할지 말아야 할지를 망설이고 있는 것이다. 그의 눈치를 보 던 정민은 재빠르게 마지막 결정타를 날렸다.

"당장 점심 값은커녕 차비도 없지 뭡니까."

"허, 안됐군요. 자 여기…."

그가 선뜻 이만 원을 내놓았다. 정민으로서는 고맙기 그지없었다. 다 시 한 번 김 선생이 착하다는 생각을 하며 사무실을 나왔다. 얼른 지은 이에게 가야 했다. 어린것이 점심 굶을 것을 생각하면 피가 마를 지경이 었다. 아이들을 배고프게 해서는 안 된다. 그것들이 어떤 것들이라고 배 를 곯리게 한단 말인가. 아내가 나간 후 아침을 빠지지 않고 지어서 지 수와 지은이에게 밥상을 차려 주었지만 아무려면 제 엄마만 하겠는가. 아이들은 밥도 잘 먹지 않고 특히 지수는 투정을 부렸고 거의 아침을 먹지 않았다.

학교로 달려가니 마침 점심시간이 시작되고 있었다. 교실을 들여다보니 지은이의 모습이 보였다. 풀 죽어 있는 모습이 역력했고 가뜩이나 흰 얼굴은 창백해 보였다.

"콜록, 콜록?"

지은이 기침을 심하게 했다. 얼마 전부터 감기가 들었는데 좀처럼 낫지도 않았고 특히 밤이면 몹시 기침을 해댔다. 그런데다 먼지 나는 비좁은 교실에 있는 아이의 상태가 어떠할지는 뻔한 것이었다. 그런 지은을 보는 정민의 마음은 안타까움으로 인해 가슴이 미어질 것 같았다. 점차 구지레해지는 아이들을 보니 착잡한 마음을 가눌 길이 없었다. 그런 아이를 물끄러미 바라보고 있다가 창가에 앉은 아이에게 지은이를 불러 달라고 부탁했다. 곧 지은이 달려왔다. 커다란 눈망울에 눈물이 글썽이도록 기침을 한 흔적이 역력했다. 그리고 다시 기침을 하기 시작했다.

정민은 왠지 모르게 화가 났다. 기침을 하지 말라고 아이에게 화를 내며 호통을 쳤다. 그건 아마도 무능한 자신에게 화를 내는 것이기도 했다. 아이는 겁먹은 눈으로 아빠를 쳐다보며 찔끔했다. 정민은 지은이와 지수를 데리고 나와 학교 근처 식당으로 갔다. 설렁탕을 시켰다. 제 몫의 고기를 건져 아이의 국에 넣었다. 고기를 좋아하는 지수는 연신 벙글거리며 고기를 먹고 지은이는 자신이 안 보는 사이 고기를 건져 슬그머니 도로 제 아빠의 그릇에 넣는다.

식당 문을 나서니 눈이 내리고 있었다. 점차 눈발이 굵어지기 시작했다. 기온도 갑자기 내려갔다. 아직 두꺼운 옷을 미처 챙겨 입지 못한 아이들은 오들오들 떨면서 교실로 들어갔다.

그날 밤 지은이의 몸은 열이 펄펄 끓었다. 온몸이 벌겋게 될 만큼 높은 열이었다. 정민은 아이를 둘러업고 병원으로 달려갔다. 한밤중에 응급실에 눕혀진 지은은 해열제를 놓아 잠시 진정되었다. 아이는 폐렴이라고 했다. 그러나 입원을 시키려면 입원보증금을 내야 했다. 치료비조차도 낼 돈이 한 푼도 없었던 정민은 간호사 몰래 지은이를 둘러업고 새벽에 병원을 빠져나왔다. 집까지는 꽤 먼 거리였지만 택시도 타지 못하고 아이를 업고 찬바람을 맞으며 걸었다. 하늘은 찌뿌듯하더니 다시 눈발이 날리기 시작했다. 오리깃털 같은 눈이 날린다 싶더니 어느새 밤하늘을 꽉 덮고 쏟아져 내리기 시작했다. 정민은 자신의 잠바를 벗고 아이를 다시 업었다. 잠바로 아이를 덮을 생각이었다. 잠바로 들씌워진 아이는 끙 앓는 소리를 냈다. 정민은 집으로 가는 발걸음을 빨리했다.

　제발 더는 아프지 마라. 정민은 마음속으로 빌며 눈물을 흘렸다.

　집으로 온 아이는 낮에 좀 진정되는가 싶더니 밤에는 다시 열이 오르는 것이었다. 깊은 밤에는 지은의 정신이 더욱 혼미해졌다. 가쁘게 몰아쉰 숨이 가늘게 이어졌다가 끊어지는 듯했다가 다시 이어졌다.

　지은은 꿈을 꾸었다. 하얀 모래밭을 걸어갔다. 한참 만에 바다가 나타났다. 어두운 바닷가에 배가 한 척 매어 있었다. 배 안에 앉아 있던 사공이 말했다.

　"어서 타거라."

　지은은 할아버지, 할머니도 이 배를 타고 갔다지 그런 생각을 했다. 자신도 당연히 이 배를 타고 가야 한다고 생각했다. 잠시 허전한 생각이 들었으나 이내 그 생각을 뿌리쳤다. 갈등 없이 배에 올라타려는 순간 갑자기 자신을 부르는 아빠의 소리가 들렸다. 지은아, 지은아, 아빠의 목소리는 사방 천지에 가득했다. 지은은 깜짝 놀라 이리저리 돌아다보았다.

지은의 온몸이 땀으로 흠뻑 젖어 있었다. 꿈이었던 것이다. 꿈인지 생시인지 구분도 못 한 채 가늘게 눈을 떠 보니 아빠 얼굴이 바로 눈앞에 있었다. 아빠의 얼굴은 자신의 얼굴에 바투 들이대었는데 눈물로 온통 젖어 있었다.

(지은아, 이 못난 애비를 용서해 다오. 네가 아픈 곳을 내가 대신 앓을 수만 있다면 얼마나 좋겠니. 펄펄 끓는 열도 기침도 다 나를 다오. 좋지 않은 건 모두 내가 다 당할 테니 제발 눈을 떠라. 하느님! 하느님! 나를 데려가고 우리 아이를 부디 살려 주세요. 지은아, 제발 정신을 차려라.)

이렇게 빌고 있었다. 지은은 겨우 정신이 들었다가 다시 눈을 감았다. 비몽사몽간에 자신의 몸이 끝없이 추락하고 있었다. 바닥을 알 수 없는 끝없는 심연, 쿵쿵 자신의 심장 뛰는 소리가 크게 들려왔다. 사방은 온통 어두움이었다. 지은은 한없는 나락으로 떨어져 내리다가 잠깐 정신이 들다가 다시 어두움 속을 떨어져 내리기를 반복했다. 그 밤이 고비였다.

실컷 앓고 난 아이는 부쩍 어른스러워졌다. 육체의 고통은 어린아이를 심적으로 성장시켰다.

*

어느 날 학교에서 청소를 하던 지은이는 웬 아저씨가 찾아왔다는 아이들의 말에 빗자루질을 하다 말고 교실 밖으로 나갔다.

"네가 지은이니?"

"네, 아저씨는 누구세요?"

지은은 커다란 눈을 빛내며 호기심에 찬 눈빛으로 남자를 쳐다본다.

"응… 아저씨는 회사에서 나왔는데 너희 집이 어디지?"

"무슨 회사요?"

"그건 알 것 없고. 니네 집 어디로 이사 갔냐?"

"…."

"어디로 이사 갔냐구 응?"

지은은 대답 대신 고개를 잘래잘래 흔들면서 생각한다. '회사라구? 저번에 한 번 본적이 있는 이 아저씨는 분명히 돈을 받으러 왔을 것이다. 저번에 이 아저씨 말고 집으로 어떤 아저씨가 왔었다. 그리고 날마다 아빠를 얼마나 들볶았던가. 매일 몇 번씩 전화를 해대고 소리를 지르고 그러고는 찾아오고, 아빠는 숨어 다니고 전화라도 오면 나보고 없다고 그러라고 하고 난리도 아니었다. 아마 이 아저씨도 그럴 것이다. 아저씨가 우리 집을 알게 해선 안 된다. 아마 우리 집을 알게 되면 매일같이 아빠를 또 못살게 굴 것이다. 그러면 아빠가 또 얼마나 시달림을 받을 것인가. 아빠가 고통받게 해선 안 된다. 불쌍하고 가엾은 우리 아빠, 그런데 이 아저씨를 어떻게 우리 집에 못 가게 하지?'

"이름이 지은이랬지? 너 지금 아저씨와 함께 집으로 가자."

"아저씨, 저는 청소를 해야 해요."

아이의 목소리는 들릴 듯 말듯 개미소리만 하다. 남자는 교실 안을 들여다본다. 교실 안은 대걸레로 바닥을 미는 아이, 선생님의 책상을 닦는 아이, 청소를 하는 건지 장난을 치는 건지 서로 빗자루로 대결을 하는 아이들이 한데 엉켜 어수선하다. 남자는 그런 아이들을 향해 크게 외친다.

"애들아, 지은이는 지금 아저씨와 함께 가야 하니까 너희들끼리 청소해도 되지? 이따 선생님 오시면 지은이 일이 있어서 갔다고 잘 말씀드려라."

"네!" 아이들이 일제히 크게 소리를 지른다. 게다가 친절하게도 "아저씨 걱정 마세요. 저희가 다 할게요" 하면서 착한 척 외치는 아이도 있다. 지은은 그 애들이 원망스럽다. 이러면 안 되는데.

"자, 지은아 됐지? 이제 같이 가자."

남자는 아이의 머리를 쓰다듬으며 아이의 비위를 맞추려 애쓴다. 지은은 겁에 질린 얼굴로 고개를 끄덕끄덕한다. 남자의 얼굴에는 안도의 미소가 떠오른다. 내 돈 떼어먹은 뻔뻔한 놈을 드디어 오늘은 잡게 되는 것이다. 지은이가 앞에 서고 남자가 뒤를 따른다. 지은은 앞서 가며 생각한다. (저 아저씨를 집에 데려가면 안 되는데… 그러면 저 아저씨가 우리 아빠에게 돈을 달래겠지? 우리 아빤 돈도 없는데. 안 돼 안 돼) 지은은 마음속으로 도리질을 한다. (그럼 어떡하지? 저 아저씨는 나를 쫓아오고 있는데?) 지은은 저 혼자 꽁달꽁달 궁리를 하며 앞장서서 교정을 나선다. 그러다가 운동장 옆으로 공동 화장실을 지난다. 지은은 남자를 향해 뒤돌아선다.

"아저씨 나 소변 마려요."

"아, 그래? 어서 갔다 오너라."

지은은 남자를 남겨두고 화장실로 내달았다. 화장실에 앉아 소변을 보며 혼자 궁리한다. 저 아저씨를 따돌려야 할 텐데. 어떡하지? 지은은 소변을 다 보고 느리게 일어나며 혼자 한 가지 생각이 떠오른다. 화장실은 길게 연결되어 있고 문이 양쪽으로 나 있다. 남자는 한쪽 문에 기대어 아이를 기다리기 무료했던지 담배연기를 푸푸 내뿜고 있다. 지은은 그 남자를 흘깃 본 다음 다른 쪽 문으로 쏜살같이 내달린다. 그리고 남자에게 들키지 않도록 나무그늘로 숨어 가며 다람쥐처럼 자기 교실을 향해 달려간다. 숨이 턱에까지 찬 지은이 교실로 들어서자 아이들이 놀라 지은을 쳐다본다. 지은이 헉헉거리며 외친다.

"야야! 나 좀 숨겨 주라."

"어떻게 된 거야?"

아이들은 지은의 주위로 우우 몰려들어 호기심이 가득한 눈으로 묻는다.

"응… 저기 헉헉! 아까 그 아저씨가 날 잡으러 올 거야."

"뭐어! 그럼 그 아저씨가 나쁜 아저씨야?"

"으응, 그런 건 아니구… 헉헉 있잖아 그 아저씨를 우리 집에 데려가면 안 돼. 그러니까 얘들아 날 숨겨 줘."

"뭐라구!"

한 아이가 놀라 소리치자 다른 아이가 "그럼 선생님한테 일러야지" 하면서 두 손을 치켜들고 펄쩍펄쩍 뛴다. 그러자 다른 아이가 "야, 바보야. 선생님 아까 바쁜 일 있다고 나가셨어. 우리보고 청소 다 하면 가라고 했단 말야." 하면서 다시 소리를 지른다. "그러면 지은이를 숨겨야지. 그러다가 아저씨 오면 어떡해!" 아이들은 생판 난리가 난 것처럼 설쳐댔다. 지은은 그런 친구들이 너무너무 고맙고 안심이 된다. 그러면서 밖에 남자가 올까 봐 두려워 손가락을 입에 대고 쉿 하는 표정을 짓는다.

"그래, 그래 알았어! 지은아 빨리 이리 와!"

정의감에 넘치는 아이들은 지은이를 데리고 교실 옆 복사실로 데리고 가 숨겨 준다. 그 일은 재미가 있으면서 스릴마저 넘치는 일이다. 아이들은 서로 쉬쉬하며 제 할 일에 열중하는 척한다. 조금 지나자 남자가 벌겋게 상기된 얼굴로 교실로 들어선다.

"애들아, 지은이 교실로 안 왔냐?"

남자는 아이들에게 묻는다. 아이들은 서로 쿡쿡 찌르며 "아니오" 하고 크게 소리 지른다. 남자는 뭔가 미심쩍다. "지은이 왔었지? 그렇지?" 하면서 넘겨짚는다. 그러자 아이들의 불안한 기색이 스친다. 그때 한 아이가 썩 나서며 "아저씨 조금 아까 지은이가 후문으로 막 달려가는 걸 보았어요" 하면서 천연덕스럽게 외친다. "그래? 하 고것 참 맹랑한 계집애네." 남자는 입맛을 쩝쩝 다시더니 허겁지겁 뒤돌아서서 후문 쪽으로 향한다. 남자가 사라지자 아이들은 영웅이 된 듯 만세를 외치며 와와거린다. 해냈다. 우리가 저 나쁜 아저씨를 따돌렸다. 지은이를 이제 오라고 하자. 아이들이 우 복사실로 몰려간다. 남자가 후문으로 사라졌다는 이야기를 들은 지은이는 '애들아 고맙다'를 외치며 곧이어 남자가 사라진 반대쪽 정문으로 토끼처럼 달려간다.

지은이의 무용담을 들은 정민은 참담하다. 그놈이 어떻게 아이의 이름과 학교를 알아내 가지고 찾아갔단 말인가. 감나무에 연 걸리듯 갖가지 월부에 사채에다 동네 슈퍼 외상값에 정신이 혼란할 지경이었다. 어떻게 한다. 어린애에게 창피한 건 둘째 치고 놈에게 시달릴 일이 끔찍하다. 사채놀이를 하는 놈들은 어찌나 끈질기고 독한지 사람의 피를 말린다. 전화를 끊었는데도 용케도 아이의 학교를 알고 찾아간 걸 보면 수사관 뺨 칠 만하다. 에라, 모르겠다.

"지은아, 내일부터 한 일주일간 학교 가지 말아라."

"아빠, 그럼 어떻게 해요?"

지은은 걱정스러운 듯 제 아빠를 올려다본다.

"아빠 말대로 해."

지은은 아무 말 못 한다. 갔다가 또 그 아저씨가 왔으면 집에 가자고 할 것이다. 그러면 아빠가 괴롭힘을 당할 것이다. 그렇지 않아도 지금 동네 슈퍼 외상값에 또 갚아야 할 것도 많은데 아빠를 괴롭힐 수는 없는 것이다. 지은은 어두운 얼굴로 아빠 말에 끄덕끄덕한다.

정민과 아이들의 생활이 최악으로 치닫고 있었다. 지수 역시 엄마가 없고부터는 오락으로만 빠져들었다. 지은이는 몸이 약한데다가 먹성도 없고 제대로 챙겨 먹이지 못해 늘 골골했다. 아이들과 정민의 생활은 날로 황폐해져 갔다.

정민은 생각다 못해 희연을 찾아갔다. 문 앞에 서서 안의 동정을 살폈다. 행여 강인수가 보면 안 되었다. 희연과 단단히 약속을 했던 것이다. 그는 오전 10시쯤에 집 주변을 서성이면서 희연이 나오기를 기다렸다. 희연은 문밖에 좀처럼 모습을 나타내지 않았다. 누가 볼세라 수시로 주변을 두리번거려야 했다. 길고 지루한 시간이었다. 정민의 가슴은 조마조마하면서도 기분은 말할 수 없이 비참했다. 다시는 오지 않으리라 생각했지만 기어코 또 발걸음을 하고 말았다. 희연의 도움이 없으면 매달 살아가기가 너무나 어려웠던 것이다. 시간은 정오를 훨씬 넘기고 있었다. 그때 안에서 인기척이 들리더니 대문이 열렸다. 정민은 흠칫 놀라 얼른 뒤돌아섰다. 강인수가 외출을 하려고 문밖을 나섰던 것이다. 정민은 한참을 두리번대다가 강인수가 멀리 사라진 연후에야 비로소 문 앞에 다가가 초인종을 눌렀다.

정민을 보자 희연이 깜짝 놀라더니 얼굴이 붉어졌다. 싫은 표정이 역력했다. 그녀는 말 없이 앞서서 집 안으로 들어갔다. 정민도 무춤무춤 그녀를 따라 집 안으로 들어섰다.

희연은 자잘한 무늬가 있는 벨벳 홈웨어를 입고 있었다. 햇볕이 따사롭게 내리쬐는 넓은 실내, 고풍스럽고 품격 있는 세간들이 짜임새 있게 들어선 집 안은 아늑하고 포근한 느낌을 주었다. 희연이 마치 '나 어때요?' 하는 것처럼 보여 정민은 주눅부터 들었다.

"점심… 아직 안 먹었죠??"

그녀는 그렇게 묻고는 무표정한 얼굴로 정민을 쳐다보지도 않은 채 식탁에다 밥상을 차렸다. 정민의 배 속에서 꼬르륵 소리가 났다. 아침도 안 먹었던 것이다. 밥상에는 맛깔스런 반찬이 살뜰하게 가지런히 놓여 있었다. 더덕무침, 콩나물무침, 자신이 좋아하는 부추김치, 빨간 포기김치, 사골국, 오징어젓 가지가지였다. 정민은 허겁지겁 수저를 들었다. 그리고 서둘러 밥을 먹기 시작했다. 그 모습을 보는 희연은 예전에 가엾다는 생각은 어디로 가고 정나미가 떨어지는 자신을 발견했다.

밥을 먹으며 문득 정민은 서러운 생각이 들었다. 이곳이 어디라고 이렇게 천연덕스럽게 밥을 먹는다는 말인가. 그리고 아내도 그렇다. 나와 살 때에 이렇게 살뜰하게 잘해 놓은 적이 있었던가. 살림도 대강대강 해놓는 아내가 아니던가. 그것도 야속했다. 밥을 다 먹은 정민은 어렵게 입을 뗐다.

"저어… 여보."

정민이 말을 떼기가 무섭게 폭발하듯 희연의 신경질이 시작됐다.

"듣기 싫어요. 한두 번도 아니고 당신은 어쩜 그렇게 사람이 달라지질 않아요? 나 돈 없어요. 그 양반이 살림할 것밖에는 내게 돈을 맡기지 않아요. 그나마도 당신이 가져가고 돈 없는 거 당신도 알잖아요. 돈도 그만큼 까먹었으면 됐지. 내가 뭘 어떻게 더 해요? 당신이 알아서 살아가도록 하세요. 다시는 찾아오지도 말고요."

이렇게 냉정하게 쏘아붙였다.

"이번 한 번만… 좀 어떻게 해 보구려. 다음에 와서 꼭 갚을 테니 걱정 말고…"

"듣기 싫어요. 한 번만 한 번만 한 게 벌써 언제부터예요? 이제 그 말 듣기도 지겨워요. 그만 가세요. 이제는 와도 문도 안 열어 줄 거예요."

희연은 냉정하기 이를 데 없었다. 그런 정민이 신물 나고 지겨워졌다. 정민과 떨어져 살면서 곰곰이 생각해 보니 그처럼 어이없는 일도 없었다. 내가 왜 남편 때문에 끊임없이 가슴 졸이고 살아야 하나 회의가 들었다. 저 남자 때문에 애들과 떨어져 살아야 했고 끝도 없이 뜯기고 있는 자신이 바보 같았다. 남편에 대한 애정은 이미 사라진 지 오래였다. 그나마 자식 때문에 그를 매정하게 내치지 못했던 거였다.

"다시는 오지 말아요. 아이들은 그이와 약속된 십 년이 지나면 내가 맡겠어요. 당신은 이제부터 나를 찾지 말아요."

마지막으로 희연은 냉정하게 쏘아붙였다.

그이? 그이라니. 언제부터 저런 호칭을 썼던가. 정민은 심한 굴욕감을 느끼며 어디다 눈을 두어야 할지 어쩔 줄 모른다.

그 후로도 가끔 정민은 희연을 찾아와 아쉬운 소리를 하곤 했지만 희연은 들은 척도 하지 않았다. 무슨 말을 해도 듣던 예전의 아내가 아니었다.

정민은 자존심이 상해 한동안 그녀를 찾지 않았다. 그러나 두고 생각해 보니 괘씸하기 짝이 없었다. '오냐, 니가 아이들을 두고 나랑 헤어지겠다고? 내가 돈을 요구한 것도 아이들과 살려니 어쩔 수 없었던 것인데 그까짓 푼돈 좀 준다고 나를 박대해? 어디 두고 보자' 이렇게 생각했다.

그는 생각다 못해 법원으로 가서 이혼 청구서를 작성했다. 딱히 이혼할 생각은 없었으나 희연을 혼내 줄 생각이었다. 아마도 희연은 제 자식 때문이라도 이혼 같은 건 생각도 안 할 터이고 자신에게 잘못했다고 빌지도 몰랐다. 어느 날 희연에게 찾아가 다짜고짜 이혼하러 법원으로 가자고 따졌다. 그러면 희연이 잘못했다고 할 줄 알았다. 그런데 어이없게도 그녀는 순순히 따라나서는 것이 아닌가. 자신이 하자고 했으니 이쯤에서 그만두자고 할 수도 없는 일이었다. 그래서 어물쩍하는 사이 합의 이혼을 하게 되었다. 서류상 이혼을 하니 그나마 아주 남남이 되고 말았다.

이제 희연은 남편을 철저히 외면하기로 했다. 그래서 점차 연락도 안 하고 지냈고 소식을 끊어 버렸다. 설령 전화가 오더라도 받지 않고 끊어 버렸다. 그리고 이제는 정민이 보기도 싫었다. 하지만 누구보다도 자식들을 끔찍이 위하는 정민이었기에 그런 남편의 마음을 아는 희연은 아이들만큼은 남편만을 믿었다. 아이들이 염려되었지만 집에 갈 수는 없었다. 먼발치에서 가끔 보기는 했어도 엄마가 돈 벌러 미국 갔다고 애초에 애들한테 이야기했기 때문에 불쑥 집에 들어설 수는 없었던 것이다.

그러던 어느 날이었다. 강인수와 함께 산책을 나갔다. 공원을 거닐고 있는데 한 떼의 아이들이 왁자지껄했다. 소풍을 온 모양이었다. 희연은 아이들을 물끄러미 바라보았다. 아마도 지은이가 중학생이 되었으리라. 정말 보고 싶었다. 언젠가 몰래 학교로 찾아가 먼발치에서만 가슴 졸이며 지켜보았다. 가슴에 맺혀 있는 이 그리움의 덩어리는 언제까지나 자신을 압박하고 있을 것인가. 세월이여 어서 지나가거라. 그렇게 생각하니 가슴이 먹먹해졌다. 희연의 눈가에 어느새 이슬이 맺혔다. 그때였다.

"저어…."

소녀 하나가 자신을 향해 다가오며 말을 더듬었다. 희연은 무심코 쳐다보다 자신의 눈을 의심했다. 훌쩍 키가 커 버렸지만 그건 분명 지은이었다. 이럴 수는 없었다. 아이에게 어쩌자고 들킨 것인가. 그녀는 휙 뒤돌아섰다. 그리고 빠르게 걸어갔다. 긴가민가하던 아이는 혼자 남아 우두커니 서 있었다.

'분명히 엄마가 틀림없는 것 같은데…. 아냐 엄마가 나를 모른 척할 리는 없어. 그리고 엄마는 미국에 있잖아. 내가 잘못 보았나?'

지은은 집합하라는 선생님의 호루라기 소리도 듣지도 못한 채 그 자리에 멍하니 서 있었다. 잠시 시간이 흐른 후 멀리서 지은을 찾는 아이들의 고함을 듣고서야 정신을 차려 그들에게로 허겁지겁 뛰어갔다.

집에 와 보니 아빠가 잔뜩 술에 절어 있었다.

"아빠, 아까 엄마를 본 것 같아요. 웬 나이 많은 아저씨와 같이 있었는데 틀림없이 엄마였어요. 엄마 미국에 간 거 맞아요? 왜 연락이 없어요? 이젠 전화도 안 하잖아요??"

그렇게 따졌다. 정민은 게슴츠레한 눈을 들어 딸을 쳐다보았다.

"그래, 지은아 니가 기어코 보고 말았구나. 엄마는 미국에 돈 벌러 가지 않았다. 엄마는 말이야. 니가 아까 보았다던 그 나이 많은 아저씨한테 갔단다. 이제는 오지 않는다. 엄마를 찾지 마라."

지은은 믿을 수 없었다. 엄마가 그런 여자라니. 아빠를 두고 딴 남자에게 가다니 있을 수 없었다. 지은은 울었다. 그런데 그건 사실이었다. 그렇지 않다면 왜 엄마가 아까 자신을 외면하고 그 나이 많은 남자와 부리나케 가 버린다는 말인가. 엄마가 원망스러웠다. 자신들을 버리고 간 엄마는 있을 수 없었다. 게다가 언제부터인가 아빠는 부쩍 술을 마시는 날이 많아졌고 그런 날은 우리들에게 대놓고 엄마 욕부터 했다. 엄마를 찾아간 아빠에게 얼마나 냉정하게 했던지를 두고두고 이야기했다. 그리고 너희들을 버리고 간 몹쓸 년이니 이제 그런 여자는 엄마로 생각지도 마라고 말했다.

이것이 다 엄마 탓이었다. 엄마가 없고부터 생긴 변화였다. 엄마가 우리들과 아빠를 버리다니. 우리를 버릴 수 있다니. 게다가 다른 남자에게 가 버리다니. 그 남자는 돈 많은 남자라고 했고 아빠 말에 의하면 엄마는 행복하다고 했다. 그런 엄마는 있을 수 없었고 참을 수 없었다. 생각할수록 분하고 원통했다.

정민 역시 아이들이 무심코 제 엄마 이야기라도 꺼내면 네 엄마는 너희들을 버리고 간 나쁜 년이라며 화를 냈고 아이들은 그 말에 늘 풀이 죽었다. 또한 말끝마다 다시는 엄마를 찾지 마라. 인간도 아니다. 그렇게 가르쳤다. 아이들은 자연히 엄마에게 원망과 분노를 키워 갔다

정민은 오늘도 술이었다. 이제 그는 하루도 마시지 않는 날이 없었다.

마시지 않고는 머리가 아파 견디기 어려웠다. 아내를 잃은 상실감은 무엇과도 바꿀 수 없었다. 자기 신세가 이렇게까지 전락한 것이 기가 막혔다. 아이들과 자신을 따뜻하게 감싸 주던 아내. 그 아내가 가 버린 후 아이들과 자신은 더 몰락해 가고 있었다. 누구보다도 아이들이라면 제 살점처럼 벌벌 떨던 아내가 아이 앞에서도 냉정해지다니. 있을 수 없었다.

그 후 정민은 어렵게 아이들과 살림을 꾸려 나갔다. 생활이 어려울수록 희연에게 원망만이 남았다.

부부 사이처럼 허망한 게 있던가. 어긋난 부부 사이는 깨진 사기그릇처럼 붙여질 수 없는 관계였다. 헤어지면 남이라더니 자신과 아이들에게 그토록 헌신적이던 아내가 그렇게 냉정할 수가 없었다. 님과 남은 노랫말처럼 점 하나 차이였다. 부부란 사이가 좋을 때는 간이라도 떼어줄 듯 모든 걸 다 주지만 헤어지고 나면 원수도 그런 원수가 없었다.

지은 역시 어려움을 겪게 되었다. 아침밥은 아빠가 했지만 자신이 할 적도 많았다. 생활의 불편은 말로 다 할 수 없었다. 집에 돌아오면 집 안은 썰렁했고 반찬은 김치조차도 없는 날이 허다했다. 지수는 말도 안 듣고 돌아다니기만 했다. 집 안은 침울하기 짝이 없었다. 그것보다 더 어려운 건 경제적인 거였다. 월세가 밀려 이리저리 이사를 다녀야 했다. 보증금도 없어서 보증금 없는 방을 찾다 보니 습기 찬 지하에 세 들게 되었다. 24시간 불을 켜야만 하는 어두침침한 방 안에서 모든 건 정체되었고 집 안에서는 퀴퀴한 냄새가 늘 유령처럼 떠다녔다. 시간도, 감정도 흐르지 않고 고여서 썩는 물처럼 집 안은 항상 우울한 분위기에 잠겨 있었다.

세월이 흐르면

정민은 달라진 게 없었다. 늘 허공을 휘젓는 꿈꾸는 사나이였고 또 다른 여자와 살고 있었다. 여자 하나 얻는 재주는 참 남다르군. 그녀는 그에게 그렇게 내뱉었다. 어쩌면 그가 여자를 새로 얻는 것은 자포자기한 삶에서 살기 위한 하나의 방편이었다.

그녀가 다시 찾은 아이들은 희연을 서먹해했다. 사람의 마음이란 이상한 거였다. 몸이 멀어지면 정도 멀어진다고 하더니 떨어져 살다 보니 아이들이 갑자기 낯설었던 것이다. 희연이 다가가 안으려 하자 아이들은 냉랭했다. 그 아이들의 표정에서 남편의 원망을 읽었다.

"엄마 없어도 우린 잘 살아요. 우릴 찾지 마세요."

아이들은 그렇게 희연을 외면하며 야무지게 내쏘았다.

아이들로부터 버림받은 어미, 그랬다. 아이들은 희연을 외면했다. 지은이의 그 야멸친 눈초리를 잊을 수가 없다. 엄마가 내 엄마 맞나요? 우리들을 버리고 그렇게 훌쩍 가 버린 엄마가 내 엄마가 맞느냐고요? 우리는 엄마 없어도 잘 살고 있으니까 찾으실 필요 없어요. 아이의 냉정한 한마디에 희연은 돌아서서 한없이 울었다. 그녀가 사랑한 아이들, 한시도 잊은 적이 없는 아이들이 그녀에게 등을 돌렸을 때 그 심정은 말로 표현할 수가 없었다.

희연은 눈물을 흘리면서 돌아섰다. 저 아이들이 내가 키운 아이들 맞나. 그런 생각이 들었다. 부모 자식이란 것도 인간관계였다. 결국 떨어져 살다 보면 부모 자식이라 할지라도 정도 멀어지고 마는 것이었다. 남편은 아예 남이 되었지만 아이들 역시 예전과 달라져 있었다.

희연이 아이들 곁을 떠난 지도 오랜 세월이 흘렀다. 물 흐르듯 더없이 편안하고 안락한 세월이었다. 적어도 남 보기에는…

그러나 한시라도 마음속에서 아이들을 잊어 본 적이 있을까. 아이들을… 특히나 바람 불고 비라도 퍼붓는 날이면, 희연은 거의 자책으로 돌아 버릴 것 같았다. 지금 아이들은 어떻게 하고 있을까. 혹시라도 비를 맞으며 어두운 거리에서 헤매고 있지는 않을까. 철렁하도록 가슴이 내려앉았고 명치끝이 아려 왔다. 추위가 닥치는 겨울이면 따뜻한 방 안에서도 몸과 마음이 웅크려졌다. 아이들을 상상하면 거의 미쳐 버릴 것 같은 고통이 왔다. 그러나 그녀는 남편과 대면하는 것이 두려워 집에 가지 않았다.

오늘도 강인수는 필드로 나갔다. 그는 날마다 골프를 치러 필드로 나가는 게 일이었다. 희연에게도 나가자고 권했지만 별로 흥미가 없었다. y부부와 벌이는 승부에 대한 매력도 없고 햇볕이 따갑게 내리쬐는 잔디밭에서 골프채를 휘두르다 보면 끈적끈적하게 배어드는 땀도 짜증나는 것이다.

희연은 남편의 요구를 거절한 것이 미안해 다른 날과 달리 문밖까지 배웅하고 돌아와 2층 테라스에 혼자 앉아 바깥 경치를 바라보았다. 목조 주택 주변으로는 잘 가꾸어진 꽤 넓은 잔디밭이 있었고 한편에는 대추나무나 감나무, 그리고 사철나무들이 간간히 심어져 있었다. 멀리서 보면 그림 같은 풍경을 연출한다. 집 뒤에서는 계곡에서 내려오는 물소리가 새소리와 함께 잔잔한 하모니를 이루고 있었다. 언제 왔는지 야생 다람쥐 한 마리가 그녀의 눈앞에서 알짱거렸다. 가끔 먹을 것을 주는 그녀를 무서워하지 않는 다람쥐는 건방지게 가깝게 다가서도 물러서지 않았다.

주택 밖으로는 넓게 펼쳐진 풀밭이었다. 풀밭 속에서 무리지어 있는 망초꽃이 바람에 흔들리며 햇빛에 하얗게 부서졌다. 희연은 문득 그런 생각이 들었다. 저 망초꽃은 어디로부터 왔을까. 나처럼 아무렇게나 던져졌을까? 던져졌다는 말은 어쩌면 어울리지 않을지 모른다. 하지만 자신은 세상으로부터 던져졌다는 느낌을 가끔 갖고는 했다. 희연은 그 생각을 하면 가슴속에 멍울이라도 진 것처럼 명치끝이 묵직하게 얹혔다.

남들은 그랬다. 속 모르는 사람들은 늦복이 있는가 보다고. 비록 나이 많은 남편이지만 더할 수 없이 잘해 주는 남편 만났고 경제적으로도 풍요로운 그녀를 부러워하곤 했다. 그런데 희연은 그렇지가 않았다. 이건 아니라고 생각했다. 친척들은 모두 자신을 경멸에 찬 시선으로 바라보았다. 아이들을 남편에게 내버리고 간 부도덕한 여자, 저만 잘살겠다고 훌쩍 떠난 매정한 어미, 아니 그보다는 자신의 아이들을 외면했을 때 그 괴로움을 누가 짐작이나 하겠는가. 희연의 아픔은 그녀만의 것이었다. 그래서 외롭고 괴롭고, 슬픈 것이었다. 희연은 잊지 못하고 아이들을 향해 늘 해바라기를 하고 있었다.

대부분의 사람들은 자신이 불행하거나 외롭다고 생각한다. 누가 더 불행한가에 대한 객관적인 기준이 있다면 정민은 얼마큼이나 불행한 것일까. 그는 어려서 엄마를 일찍 여의었고 무관심하고 애정 없는 가정에서 자랐다. 희연과 결혼할 때도 장모님을 보고 돌아가신 어머니 같다고 하지 않던가. 좋은 어머니를 둔 사람이 자신은 제일 부럽다고 했다. 모성의 결핍, 그의 문제는 그것에서부터 출발한 것이었다. 아무에게도, 아니 자신의 부모에게조차도 인정받을 수 없다는 그 뼈저린 고독, 그 외로움, 그러니 어쩌란 말인가.

자신이 불행하다고 생각하는 사람은 누군가가 자신을 불행에서 건져 줄 것이라 의지한다. 그렇게 막연하게 누군가를 기다린다. 그것이 때로는 종교가 되어 신에게 의지하기도 한다. 그러나 구원은 다른 곳에 있지 아니하다. 자신만이 구원할 수 있을 뿐, 그것을 마음 깊은 곳으로부터 인식하지 못하는 정민은 아직도 허공을 헤매는 사람인 것이다. 희연 역시 자신도 버림받은 것 같은 상처를 스스로 다스리지 못하고 있다는 것을 잘 알았다. 잊어 버려야 한다고 생각하다가도 아이들과 연관된 것이라면 곪았던 상처를 다시 건드리는 것처럼 쓰리고 아팠다.

희연에게 아이들은 커다란 의지였고 삶의 목적이나 다름없었다. 부모와 자식, 전생에 무슨 인연으로부터 이어진 끈일까? 아이들을 잊으려고 해도 잊을 수 없고 참으려고 해도 터져 오르는 가슴은 무엇 때문인가. 너무나도 아픈 가슴을 누가 이해할 것인가. 자식에게 외면당했다는 그 아픔은 아문 줄 알았던 상처가 다시 터진 것처럼 생각할 때마다 고통스러웠다. 세월이 흐르면 모든 걸 잊고 살 수 있을 줄 알았다. 그러나 그렇지가 않았다. 문득 문득 그녀는 아이들 생각부터 났다.

'누구나 넘어야 할 산이 있다. 나는 그 과정을 넘어야 하는 것이다. 남편 역시 내가 넘어서야 할 산이다. 이미 애정은 식어 버렸지만 의무마저 저버릴 수는 없지 않은가. 그와 맺어지고 두 아이까지 낳은 이상 그도 역시 내가 지고 가야 할 짐이 아닌가.'

그녀는 아무도 모르는 저 깊은 곳, 그녀의 내면에서부터 끓어오르는 소리를 듣고 있었다.

지은이가 더 나이를 먹으면 이해할까? 못난 어미를 이해해 줄 수 있을까. 이렇게 괴로운 자신은 그때까지 견뎌낼 수나 있을지. 기다리자. 기다리자. 이 모든 건 세월이 해결해 줄 수 있을 것이다. 세월은 고마운 것이다.

나는 내 아이들을 결코 잊어버릴 수도 떠날 수도 없다. 언젠가는 나는 아이들에게 돌아갈 것이다. 이런 것들이 옛말이 되어 아이들과 나와의 사이는 아무렇지도 않게 될 것이다. 나는 내 아이들을 내 품에 안게 될 것이다.

그녀는 그렇게 주문이라도 외듯 뇌이고 또 되뇌었다.

김묘진(金妙眞)

작가 김묘진은 인천 출생이다. 계간 자유문학을 통해 문단에 나왔으며 한국문인협회인천지회 사무
국장을 역임했다. 숭의여자대학 문예창작과를 졸업하고 동국대학교 문화예술대학원에서 문학석사
학위를 받았다. 현재 복지관 등에서 문예창작을 강의하면서 다문화전문가로 활동하고 있다.

저서로 수필집『노내기의 꿈』(2001), 『샨티샨티 김묘진의 인도기행』(2005)으로 2006 한국문화예술
위원회 우수도서로 선정된 바 있으며『밥 한 술 걸쳐놓고』(2008)가 있다.
E-mail: gimmyo@hanmail.net

이 책은 인천광역시 남동구 문화예술진흥기금에서 사업비의 일부를 지원받아 제작되었습니다.

김묘진 장편소설

초판인쇄 | 2010년 12월 31일
초판발행 | 2010년 12월 31일

지 은 이 | 김묘진
펴 낸 이 | 채종준
펴 낸 곳 | 한국학술정보㈜
주   소 | 경기도 파주시 교하읍 문발리 파주출판문화정보산업단지 513-5
전   화 | 031) 908-3181(대표)
팩   스 | 031) 908-3189
홈페이지 | http://ebook.kstudy.com
E-mail | 출판사업부 publish@kstudy.com
등   록 | 제일산-115호(2000. 6. 19)

ISBN   978-89-268-1878-7 03810 (Paper Book)
         978-89-268-1879-4 08810 (e-Book)

이담
Books 는 한국학술정보(주)의 지식실용서 브랜드입니다.